AF553624

शंख-नाद

[कहानी-संग्रह]

शंख-नाद

डॉ. जगदीश प्रसाद सिंह

राधाकृष्ण प्रकाशन

पहला संस्करण 2009 में प्रकाशित

ISBN : 978-81-978022-0-1

शंख-नाद

पहला राधाकृष्ण संस्करण : 2024

मूल्य : ₹ 695

प्रकाशक

राधाकृष्ण प्रकाशन प्राइवेट लिमिटेड
जी-17, जगतपुरी, दिल्ली-110 051

शाखाएँ : अशोक राजपथ, साइंस कॉलेज के सामने, पटना-800 006
पहली मंज़िल, दरबारी बिल्डिंग, महात्मा गांधी मार्ग, प्रयागराज-211 001
1, अनमोल सोराबजी संतुक लेन, धोबी तलाव, मरीन लाइंस, मुम्बई-400 002

वेबसाइट : www.radhakrishnaprakashan.com
ई-मेल : info@radhakrishnaprakashan.com

मुद्रक

बी.के. ऑफसेट
नवीन शाहदरा, दिल्ली-110 032

SHANKH-NAD
Stories by Dr. Jagdish Prasad Singh

अनुक्रम

पारितोषिक

रामविलास राय कुसुमपुर के अग्रणी भवन-निर्माताओं में थे, और उनकी करोड़ों की चल और अचल सम्पत्ति थी। वे सुविख्यात घोटालों के प्रमुख सूत्रधारों में थे, और प्रांत के न सिर्फ बड़े-बड़े अफसर, बल्कि बड़े-बड़े मंत्री भी, उनका आतिथ्य स्वीकार करने के लिये लालायित रहते थे। उन्होंने अपने पाँच सितारा होटल देव विलास में अतिथियों के सत्कार के लिये एक अलग खण्ड बनवा दिया था, जहाँ ठहरनेवालों की सुख-सुविधा के लिये हर तरह की व्यवस्था थी। राम विलास राय का सिर्फ प्रांत ही नहीं, बल्कि पूरे देश के, अन्तर्जगत से घनिष्ठ सम्बन्ध था ; उनके एक इशारे पर किसी की भी हत्या हो सकती थी, किसी का अपहरण हो सकता था, और किसी का भी घर उजाड़ा जा सकता था। उनके दोनों लड़के भूपेन्द्र और महेन्द्र तरह-तरह के धंधों से लाखों रुपये कमाते थे, और प्रांत की राजनीति में उनका स्थान किसी मंत्री से कम नहीं था। राम विलास राय की एकलौती पुत्री शालिनी की, जो उनकी सबसे छोटी संतान थी, बारह वर्ष पहले, उनकी तरह सम्पन्न परिवार में शादी हुई थी। शालिनी के श्वसुर गजेन्द्र राय की पाँच दर्जन से अधिक बसें और ट्रकें थीं, और वे सड़कों और पुलों के निर्माण के लिये करोड़ों के ठीके लेते थे। शालिनी का पति संजीव राय, जो गजेन्द्र राय का एकलौता बेटा था, और जो पिता के कामों में हाथ बंटाता था, औरतों में विशेष रुचि रखता था ; और उसकी छोटी बहन मोहिनी, जो ससुराल से अधिक समय नैहर में ही बिताती थी, अपने भाई के शौक को पूरी कराने में उसके साथ पूरा सहयोग करती थी। शादी के बारह वर्षों के बाद भी शालिनी को कोई संतान नहीं हुई थी, लेकिन उसने हिम्मत नहीं हारी थी क्योंकि संतान-प्राप्ति के लिये हर प्रयत्न करने के लिये वह स्वतंत्र थी। उसकी सास श्यामा देवी, जो उदार विचारोंवाली महिला थी, उसे पुरुष मित्रों के साथ होटलों में अपनी शामें गुजारने के लिये प्रोत्साहित करती थी। शालिनी, जो एक तगड़ी, सुन्दर और प्रसन्नचित्त महिला थी, अपनी सास की उदारता से पूरा लाभ उठाती थी, और अपने पुरुष मित्रों के साथ, जिनकी संख्या आधा दर्जन से कम कभी नहीं रहती थी, अक्सरहाँ अपनी शामें होटलों या विश्रामगृहों में ही बिताती थी।

इस स्थिति में उसका एकाएक गायब हो जाना और इस तरह गायब हो जाना जिस तरह एक कंकड़ सागर के अंदर में खो जाता है, सबके लिये आश्चर्य और हैरानी की बात थी। जब पन्द्रह दिन बीत गये और उसका पता नहीं चला तो राम विलास राय ने पुलिस में रिपोर्ट लिखायी कि उन्हें इस बात की आशंका है कि उनकी पुत्री की हत्या कर दी गयी है, और हत्या में उसकी ससुरालवालों का हाथ है। शालिनी की हत्या में उसकी ससुरालवालों का हाथ होने की आशंका इस कारण और बढ़ गयी क्योंकि राम विलास राय द्वारा सम्पोषित अन्तर्जगत के अपराधकर्मियों में से किसी को भी उसके सम्बन्ध में जानकारी नहीं थी।

पुलिस पूरे जोर-शोर से अपराधियों की तलाश में लग गयी और उसने स्थान-स्थान पर छापे मारने शुरू किए। उसे हर कदम सतर्कता से रखना था क्योंकि शालिनी से सम्बन्ध रखनेवाले लोग समाज के सर्वाधिक समृद्ध, शक्ति-सम्पन्न और सम्मानित वर्ग के सदस्य थे, और एक गलत कदम पुलिस और प्रशासन के अधिकारियों को अत्यंत कठिन स्थिति में डाल सकता था। पुलिस ने शालिनी के उन सभी पुरुष मित्रों से भी, जिनके साथ वह होटलों और विश्रामगृहों में शामें बिताती थी, पूछताछ की, लेकिन उनमें से भी कोई उसका पता-ठिकाना देने में असमर्थ था; वे स्वयं भी उसके गुम हो जाने से कम आश्चर्यित और दुखी नहीं थे, और इस बात के लिये उत्सुक थे कि उसका पता यथाशीघ्र लगे और उनकी जिन्दगी उस पुरानी लीक पर चले जिसमें अप्रिय हिचकोले नहीं थे। शालिनी की अनुपस्थिति में उनकी शामों का रंग उतना चटख नहीं रह गया था जितना वह पहले था, और वे इस बात के लिये उत्सुक थे कि उनका पुराना रंग लौट जाय।

पुलिस का संदेह शुरू से ही उसके पति संजीव राय पर था, क्योंकि वह नवोदित धनी वर्ग का सच्चा प्रतिनिधि था और अपना अधिक समय राग-रंग में व्यतीत करता था। लेकिन पुलिस की कठिनाई तब बढ़ गयी जब उसने पाया कि उसने अपनी पत्नी द्वारा अपनायी गयी स्वतंत्र जीवन-शैली का कभी विरोध नहीं किया था, और पत्नी के पुरुष-मित्रों के प्रति उसके व्यवहार में कभी कटुता नहीं आयी थी। लेकिन शालिनी जैसी लम्बी-तगड़ी युवती, जिसका वजन पचासी किलोग्राम था—वह अपनी देह-यष्टि के माप-तौल पर पूरा ध्यान रखती थी और सौंदर्य-गृहों और व्यायाम-गृहों में नियमित रूप से जाती थी—का एकाएक लुप्त हो जाना अत्यंत विस्मयकारी था, और पुलिस ने सभी संदिग्ध स्थलों और व्यक्तियों पर पैनी निगाह रखना जारी रखा। राम विलास राय द्वारा दायर प्राथमिकी के दस दिनों के बाद पुलिस ने संजीव राय के घरेलू नौकर तीस वर्षीय राजदेव महतो को, जो लम्बे बाल रखता था और लाल रंग की कमीज पहनता था, हिरासत में लेकर गहन पूछताछ की। राजदेव महतो ने बताया कि मेम साहब जिस दिन गायब हुई थीं, उस दिन भी अकेले, गाड़ी को स्वयं ड्राइव कर, बाहर गयी थीं, और जब रात तक नहीं लौटीं तो घर पर किसी ने विशेष

ध्यान नहीं दिया क्योंकि वे पहले भी अक्सर दो-तीन दिनों तक घर से गायब रहती थीं और फिर स्वयं लौटकर आ जाती थीं। जब पुलिस ने पूछा कि शालिनी देवी के साथ परिवार के लोगों का व्यवहार कैसा था, तो उसने बताया कि परिवार के सभी लोगों का मेम साहब के प्रति व्यवहार अच्छा था, सिर्फ मेम साहब की ननद मोहिनीजी, उनके सामने नहीं रहने पर, उन्हें कभी-कभी बांझ कहती थीं, और उस समय उनकी आवाज इतनी ऊंची होती थी कि मेम साहब उनकी बात को जरूर सुन लेती होंगी, यद्यपि उन्होंने कभी इस बात की शिकायत नहीं की। राजदेव महतो से सारी पूछताछ के बाद भी बात जहाँ की तहां रह गयी, और पुलिस ने उसे जेल भेज दिया।

लेकिन रामविलास राय को इससे संतोष नहीं हुआ, और जब डेढ़ महीने बीत गये और शालिनी का कहीं पता नहीं चला तो उन्होंने पुलिस पर संजीव राय को हिरासत में लेकर पूछताछ करने का दबाव डाला। तब संजीव राय भूमिगत हो गया, और पुलिस उसकी तलाश में उन स्थानों पर छापे मारती रही जहाँ उसके नहीं होने के बारे में उसे निश्चित सूचना थी।

जब शालिनी के गायब हुए तीन महीने बीत गये तब उसके पिता और दोनों भाई निराश हो गये, और यद्यपि पुलिस ने छापे मारना जारी रखा, उन्होंने स्वयं मामले को भाग्य के भरोसे छोड़ दिया। लेकिन शालिनी की माँ सुनीता देवी और सास श्यामा देवी ने आशा नहीं छोड़ी। वे शालिनी को अच्छी तरह जानती थीं और उनका विश्वास था कि उसके खो जाने के पीछे कोई मंगलकारी योजना है ; अनिष्ट उसकी छाया से दूर भागता था, उसका अहित करने की बात कौन कहे। इस कारण उनके चेहरे से विश्वास की मुस्कान पलायित नहीं हुई, और न उनकी आवाज की स्वाभाविक स्थिरता में कोई हलचल हुई।

एक दिन सुबह में, जब सुनीता देवी अपना बिछावन छोड़ने की तैयारी कर रही थी, उसी समय पलंग की बगल में रखे टेलीफोन की घंटी बजी, और उसी समय शुभ सूचना देने वाली आँख भी फड़कने लगी। सुनीता देवी के अंग-अंग में खुशी की लहर दौड़ गयी, और उसके दिल में किसी ने साफ-साफ कहा—"तुम्हारी प्यारी बेटी शालिनी की तरफ से कोई खुशखबरी आनेवाली है।" सुनीता देवी एक मिनट के लिए हिचकी—कहीं यह आवाज उन्हें धोखा तो नहीं दे रही है?—लेकिन दूसरे क्षण फोन का चोगा उठाकर कान में लगा लिया।

फोन पर आवाज आयी, "माँ, मैं आज ही घर आ रही हूँ। मैंने तुम्हें एक खुशखबरी सुनाने के लिये फोन किया है। मेरे पेट में बच्चा है। अब मैं माँ बनूँगी।"

सुनीता देवी की आँखों में खुशी के आँसू आ गये। यह उनकी वेटी शालिनी की आवाज थी। उन्होंने पूछा, "बेटी, तुम कहाँ से बोल रही हो? तुम्हें लाने के लिये रेलवे स्टेशन पर गाड़ी कब भेज दूँ?

सुनीता बोली, "माँ, मैं देवल से बोल रही हूँ। मैं हवाई जहाज से आ रही हूँ। ट्रेन से नहीं। दोपहर के बाद तीन वजे एरोड्रम पर गाड़ी भेज देना। बाकी बातें आने पर होंगी।"

उसने फोन रख दिया।

सुनीता देवी के रोम-रोम में खुशी की लहर उसी तरह प्रवाहित होने लगी जिस तरह अल्यूमिनियम के तार में बिजली की करेंट प्रवाहित होती है। क्या उनके दिल ने उनसे बार-बार नहीं कहा था कि उनकी बेटी लाख में एक है और उसका कोई कुछ बिगाड़ नहीं सकता? एम.ए. की परीक्षा में एक बार फेल हुई तो लोग हँसते थे। दूसरी बार परीक्षा में अपनी जगह पर किसी दूसरी को वैठा दिया और फर्स्ट क्लास से पास कर गयी। सबका मुँह बंद हो गया। बारह वर्षों तक बांझ रहने के बाद वीर हनुमान की कृपा से गर्भवती हो गयी। लोग कहेंगे, इसका पति तो इसके पास तीन महीने से गया नहीं, फिर कैसे गर्भवती हुई? दुनिया में अजीव-अजीब अहमक लोग हैं। मैं पूछती हूँ कि देवी कुंती ने पाँच पुत्रों को कैसे जन्म दिया? क्या उनमें से एक पुत्र भी उनके पति का था? सब देवताओं की कृपा से हुआ कि नहीं? असल चीज है भक्ति। भक्ति से फल जरूर प्राप्त होता है। मेरी वेटी शालिनी के दिल में वीर हनुमान के लिये गहरी भक्ति है। वह हर मंगलवार को रेलवे स्टेशन के हनुमान मंदिर में जाती थी और सवा किलो लड्डू चढ़ाती थी। भक्ति का फल मिलना ही था, नागा कैसे हो सकता था?

सुनीता देवी ने घंटी बजायी और उनकी प्रिय दासी भकोसी एक प्लेट में कॉफी की प्याली और दूसरे प्लेट में गुलरोगन के तेल की शीशी लेकर हाजिर हुई। रोज सुबह पूरी देह में गुलरोगन के तेल की मालिश के बाद ही सुनीता देवी बिछावन छोड़ती थी। लेकिन आज वह बोली, "भकोसी, कॉफी की प्याली मेज पर रख दो और गुलरोगन के तेल की शीशी ले जाओ। आज मुझे मालिश कराने की फुर्सत नहीं है।" मालकिन की आँखों की चमक और आवाज की चहक से भकोसी समझ गयी कि जरूर कोई खुशी की बात हुई है, लेकिन उसने अपनी आवाज को किंचित् चिंताग्रस्त बनाते हुए पूछा "क्यों मेम साहब, क्या बड़े साहब किसी झंझट में फँस गये हैं?"

सुनीता देवी के पूरे चेहरे पर मुस्कराहट पसर गयी। बोली, "नहीं री, भकोसी। आज वेबी आ रही है। और जानती हो, उसके पेट में बच्चा है!"

भकोसी ने खुशी से चहकते हुए कहा, "हाय दैया! वेबी आ रही है! उनके पेट में बच्चा भी है! यह तो गजब हो गया।" सुनीता देवी बोली, "सब वीर हनुमान

की कृपा है। समझी? सब वीर हनुमान की कृपा है। तुम जल्दी पण्डित शिवानंद तिवारी को खबर कराओ कि अपना शंख और पोथी लेकर आ जाएँ। बेबी तीन बजे तक आयेगी। हवाई जहाज से आ रही है। उसके पहले वीर हनुमान की पूजा होगी, रेलवे स्टेशन वाले मंदिर में, और शुद्ध घी का ग्यारह किलो लड्डू बँटेगा। अब तुम जाओ। तब तक मैं साहब को खबर कर दूँ। बेचारे बहुत दिनों तक टेंशन में रहे।''

भकोसी जब चली गयी तो सुनीता देवी ने मुँह-हाथ धोया, केश को नये सिरे से रंगा ताकि सफेदी की छाया भी नहीं दिखायी पड़े, चेहरे की रंगाई-पुताई की, भड़कीले कपड़े पहने, और रामविलास राय के कमरे में गयी, जो मकान के निचले तल्ले पर था जहाँ उनका व्यक्तिगत कार्यालय भी था। रामविलास राय अब पत्नी के कमरे में कभी-कभी ही सोते थे, और ज्यादा समय अपने कमरे में बिताते थे। प्रतिदिन सुबह में, नाश्ता करके ऑफिस में बैठने के पहले, रामविलास राय दो पेग ले लेते थे, जिससे एकाग्रता आती थी और बड़ी से बड़ी समस्या का समाधान उसी सरलता से उपस्थित होता था जिस सरलता से कम्प्यूटर के स्क्रीन पर दूरस्थ सूचनावली प्रकट होती है। वे दूसरा पैग लेने ही जा रहे थे कि सुनीता देवी ने मुस्कुराते हुए कमरे में प्रवेश किया। रामविलास राय ने प्रश्नभरी नजरों से पत्नी को देखा, लेकिन बोले कुछ नहीं।

सुनीता देवी ने पति की बगल में पलंग पर आसन ग्रहण करते हुए कहा, ''डार्लिंग, गिलास अलग रखो तो मैं तुम्हें ऐसी खुशखबरी सुनाऊँगी कि तुम्हें बिना पीये ही नशा हो जायेगा।''

रामविलास राय ने गिलास को होंठों से दूर करते हुए कहा, ''यह लो।''

सुनीता देवी बोली, ''आज बेटी शालिनी घर लौट रही है।''

रामविलास राय इस तरह चौंके कि गिलास हाथ से छूट गया। वे करीब-करीब चीखते हुए बोले, ''क्या? क्या शालिनी मिल गयी?'' सुनीता देवी ने पति की ठुड्डी में हल्की चिकोटी काटते हुए कहा, ''डार्लिंग, वह भूली कब थी? वह तो देवल में अपनी एक सखी के घर थी।'' राम विलास राय ने पूछा, ''क्या सच?''

सुनीता देवी ने एक आँख दबाते हुए कहा, ''सच नहीं तो क्या झूठ? जो काम कुसुमपुर में बारह वर्षों में नहीं हो सका, वह काम उसने देवल में तीन महीनों में कर दिखाया। उसके पेट में बच्चा है।''

रामविलास राय उस सूचना से इतने आह्लादित हुए कि उछलकर वीर हनुमान के दीवाल में टँगे चित्र के सामने खड़े हो गये, और हाथ जोड़कर विगलित आवाज में बोले, ''यह सब आपकी कृपा का फल है, प्रभु! आपने हमारी लाज रख ली।'' फिर उन्होंने पत्नी से कहा, ''प्यारी बेगम, वीर हनुमान की पूजा की उचित व्यवस्था

होनी चाहिए। शीघ्र पंडित शिवानंद तिवारी को बुलाओ। वे हनुमान-पूजा के एक्सपर्ट हैं। कम से कम एक क्विंटल लड्डू का प्रसाद चढ़ाना चाहिए और मंत्रियों और अफसरों के घर जाना चाहिए। मुख्य मंत्री के बंगले पर दस किलो लड्डू का प्रसाद अलग से जायेगा। आह! वीर हनुमान ने हमारी लाज रख ली!"

सुनीता देवी मुस्कराकर बोली, "तुम बेकार घबड़ा जाते हो। मैं तो शुरू से जानती थी कि शालिनी कोई गलत काम नहीं कर सकती। आखिर बेटी किसकी है?"

रामविलास राय ने कुछ सोचकर कहा, "मेरी प्यारी, इस शुभ अवसर पर वीर हनुमान की पूजा से ही काम नहीं चलेगा। शाम को एक शानदार पार्टी भी होनी चाहिए। बागमती बाँध के लिये एक करोड़ का टेंडर अगले हफ्ते खुलने वाला है। नदी विकास मंत्री सुखनंदनजी की धर्मपत्नी गोमती देवी को इस अवसर पर बुलाना जरूरी है। मैं उनके लिये मोतियोंवाली एक लाख की माला ले आया हूँ। बेटी शालिनी के हाथ से उनके गले में माला डलवा देंगे। मैं होटल क्लार्क के मैनेजर शूकर भारती को फोन कर रात में एक सौ लोगों की पार्टी की व्यवस्था करने के लिये कह दे रहा हूँ। प्यारी सुनीता, तुम गोमती देवी के बंगले पर जाओ और उन्हें पार्टी में शामिल होने का न्योता दे आओ। कहना, सब उनकी कृपा से हुआ है।"

सुनीता देवी ने कहा, "डार्लिंग, हमें अपने दामाद संजीव राय का प्रॉब्लम भी अभी ही साल्व कर देना है। बेचारे ने पुलिस के डर से घर से बाहर निकलना बंद कर दिया है। सुनेगा कि बाप बनने वाला है तो खुशी से नाचने लगेगा। आज ही पार्टी में मियां-बीबी को मिला दिया जाय।"

रामविलास राय ने हँसकर कहा, "हाँ, बेगम, अच्छा मौका है बल्कि मैं तो यह कहूँगा कि इस खुशी के मौके पर वे एक दूसरे को जयमाला पहनावें, और उसके बाद बेटी शालिनी गोमती देवी के गले में मोतियों की माला पहना दे। कैसा रहेगा?"

सुनीता देवी ने खुशी की अधिकता से पति की गोद में लुढ़कते हुए कहा, "डालिंग, तुम्हें मोतियों की एक माला मेरे गले में भी पहनानी होगी।"

रामविलास राय ने सुनीता देवी के गाल थपथपाते हुए कहा, "प्यारी बेगम, सब कुछ तुम्हारा है। मैं तो सिर्फ सेवक हूँ।"

पंडित शिवानंद तिवारी, जो वीर हनुमान की पूजा के एक्सपर्ट थे, पूरे तामझाम के साथ पूजा की तैयारी में लग गये। रामविलास राय ने एक टाटा शूमो गाड़ी, ड्राइवर और तीन नौकर उन्हें सुपुर्द किये और इस बात की अनुमति दे दी कि वे जिस दुकान से जितने सामान की जरूरत हो उधार ले आएं, सिर्फ दुकानवाले के रजिस्टर पर दस्तखत कर दें।

शिवानंद तिवारी ने इस अवसर पर अपनी योग्यता का पूरा उपयोग करने का निश्चय किया, पूजा का प्रसाद मुख्यमंत्री निवास तक जाने वाला था, और सम्भव था कि उनकी चर्चा वहाँ हो। तकदीर की बात कौन जाने? उन्हें अगले चुनाव में प्रांतीय असेम्बली के लिये सामाजिक न्याय की टिकट भी मिल सकती थी, और चुन लिये जाने पर उन्हें मद्य निषेध मंत्री बनाया जा सकता था। पंडित शिवानंद तिवारी ने हनुमान पूजा का व्यवसाय शुरू करने के पहले दो वर्षों तक देशी शराब का अवैध धंधा करनेवाले एक व्यवसायी के यहाँ नौकरी की थी और उनका मद्य निषेध विभाग की शक्ति से नजदीकी परिचय था। उन्होंने शुद्ध घी से बने एक क्विंटल लड्डू और वनस्पति घी से बने उतने ही लड्डू का ऑर्डर दिया, फिर रहमतुल्ला खाँ का बैंड बाजा पचीस प्रतिशत के कमीशन पर तय किया, हनुमान मंदिर के पार्श्व में स्थित पूर्व—परिचित दुकानों से एक हजार एक रुपये के सामान खरीदे, और मंदिर की छत के आधे हिस्से को किराये पर लेकर उस पर तम्बू लगवा दिये।

देवल से आने वाला जहाज ढाई बजे पहुँचता था, लेकिन पूजा-मंडप में एक बजे से ही गहमागहमी हो गयी। राम विलास राय, सुनीता देवी, उनके दोनों पुत्र भूपेन्द्र, महेन्द्र और उनके बच्चे, शालिनी के ससुर गजेन्द्र राय, उनकी पत्नी श्यामा देवी और पुत्री मोहिनी और उसके दोनों बच्चे, दोनों परिवारों के चार दर्जन मित्र और शुभचिंतक, जिनमें आधे प्रांतीय विधानसभा और विधान परिषद् के सदस्य थे, अपनी पत्नियों के साथ मौजूद थे। हनुमान मंदिर के परिसर के एक कोने में रहमतुल्ला खाँ की बैंड पार्टी, जिसमें दो दर्जन से ऊपर लोग थे, इस तरह क्रियाशील थी कि लगता था कि मल्लू गोप के मंत्री-परिषद् के किसी सदस्य के घर में शादी होने वाली हो।

गजेन्द्र राय के एक मित्र ने कहा, "बेटा संजीव राय नजर नहीं आ रहा है। क्या अभी भी पुलिस के डर से घर में छिपा है? भाई, अब मामला रफा-दफा हो गया। इससे अधिक खुशी का अवसर दूसरा क्या होगा? उसकी बीवी मिल गयी, और शादी के बारह वर्षों बाद वह बाप भी बनने वाला है।"

गजेन्द्र राय के चेहरे पर विजय की मुस्कान अधिक चौड़ी हो गयी। उन्होंने कहा, "संजीव अपनी बहू को लाने हवाई स्टेशन गया है।" ठीक तीन बजे संजीव राय और शालिनी ने पूजा-मंडप में साथ-साथ प्रवेश किया। उनकी आँखों में सफलता की चमक और चेहरे पर आह्लाद की मुस्कान थी। दोनों असाधारण काठी के, गौर वर्ण के और आकर्षक व्यक्तित्व के थे, और इनकी जोड़ी इस तरह फब रही थी मानो विधाता ने उन्हें एक—दूसरे के लिये ही बनाया हो। उनके मंडप में प्रवेश करते ही उपस्थित जनों में खुशी की नई लहर दौड़ गयी और बच्चे उनके पास आ जाने की होड़ करने लगे ताकि जो वीडियो फिल्म तैयार हो रही थी उसमें उन्हें मन के लायक जगह मिल सके।

जब शालिनी और संजीव राय मण्डप के बीच में बिछी कालीन पर आये, जहाँ बैठकर उन्हें पूजा सम्पन्न करनी थी, तब पंडित शिवानंद तिवारी ने गेंदे की माला दी, और उन्होंने एक दूसरे के गले में उसी आह्लाद से माला पहनायी जैसे बारह वर्ष पहले, शादी के समय, पहनायी थी। तालियाँ बज उठीं, और ग्यारह शंखों से निकलने वाली गगनभेदी आवाज बुरी आत्माओं के द्वेष के कारण निसृत होनेवाले कलुष को दसों दिशाओं में खदेड़ने लगी।

वीर हनुमान की पूजा जिस धूम-धाम से सम्पन्न हुई वह उस मंदिर में महीनों से नहीं देखी गयी थी। शुद्ध घी के लड्डू राजनेताओं और मंत्रियों के यहाँ गये और वनस्पति घी के लड्डू मंदिर के तीन तरफ बैठे भिखारियों और मंदिर के पार्श्व में निरर्थक मटरगस्ती करनेवाले लोगों, रिक्शाचालकों, ठेकेवालों और रेलवे स्टेशन के बाहर खड़े कुलियों और यात्रियों में बँटे। लड्डू खानेवाले हर व्यक्ति की आत्मा ने शालिनी और संजीव राय की जोड़ी को आशीर्वाद दिया जिनके पुण्य कार्य से उन्हें यह अवसर मिला था।

रात में होटल मौर्या क्लार्क की पार्टी के पहले सुनीता देवी ने अपनी पुत्री से अकेले में कुछ देर के लिये बातें कर लेना उचित समझा। यद्यपि शालिनी समझदार और अनुभवी थी, सफलता के नशे में वह कुछ ऐसी बातें कर सकती थी जो गले की हड्डी साबित हो जाय। वीर हनुमान की पूजा सम्पन्न हो जाने के बाद वह उसे अपने कमरे में ले गयी, और कुछ देर तक इधर-उधर की बातें करने के बाद बोली, "बेबी, तुमने कमाल कर दिया। जो काम वह अहमक संजीव राय बारह वर्षों में नहीं कर पाया, तुमने तीन महीनों में कर दिखाया। क्या तुम्हारे साथ कुसुमपुर के पुराने साथी लोग थे?"

शालिनी हँसने लगी। बोली, "ममी, मैं उतना बेवकूफ नहीं जितना तुम समझती हो। यदि मैं किसी पुराने साथी के साथ रुकती तो पुलिस की छापेमारी होती और मुझे वापस कुसुमपुर आना पड़ता। मैं यह सोचकर देवल गयी थी कि काम होने के बाद ही कुसुमपुर लौटना है।"

"बेबी, तुम तीन महीनों तक देवल में कहाँ रही?"

शालिनी ने गम्भीर होते हुए कहा, "नहीं ममी, मैं यह नहीं बताऊँगी। तुम पापा से कह दोगी और बेकार मनमुटाव होगा।" सुनीता देवी ने अपने सिर पर हाथ रखते हुए कहा, "छी! छी! क्या मुझे खानदान की इज्जत का ख्याल नहीं है? बेबी, मैं कसम खाती हूँ, किसी को कुछ नहीं बताऊँगी।"

शालिनी मुस्कराती हुई बोली, "ममी, होटल क्लार्क के मैनेजर शूकर भारती ने सारा इन्तजाम किया। उसने देवल के एक तीन सितारा होटल में मेरे लिये एक कमरे का इंतजाम कर दिया था। मैं नाम बदलकर तीनों महीने उसी में रही।

ठहरना–खाना मुफ्त, काम था होटल के चुने हुए ग्राहकों को खुश करना। सुबह दस बजे से रात दस बजे तक। पाँच सौ रुपये प्रति ग्राहक मेरी फीस थी। हिसाब होटलवाले ही करते थे, और मेरी फीस के सारे रुपये रात को दस बजे मेरे पास पहुँच जाते थे। किसी-किसी दिन कमाई पाँच हजार तक पहुँच जाती थी।"

सुनीता राय ख़ुशी से हँसने लगी। बोली, "वाह! वाह! आम का आम, गुठली का दाम! लेकिन तुम थक जाती होगी।"

शालिनी ने भी हँसते हुए कहा, "ममी, थकना कैसा? कोई जबरदस्ती थोड़े थी, सब मेरी मर्जी पर था। मजा आ गया। डेढ़ महीने बीतते–बीतते मुझे मालूम हो गया कि मेरा काम हो गया। मैंने दो बार डॉक्टर से जाँच करायी। जब डॉक्टर ने कहा कि अब ड्यूटी करना खतरनाक है, तो मैंने सोचा–घर लौटना ही ठीक है।"

सुनीता राय प्रसन्नता के अतिरेक से ताली बजा–बजाकर हँसने लगी। बेटी ने भी माँ का साथ दिया।

स्वयं-सिद्धा

जब सुदेश में व्यापार के भूमंडलीकरण की आँधी चली, तो नौकरियाँ सेमल की रूई की तरह आसमान में खिल गयीं, और उन्हें पकड़ पाना कठिन हो गया। स्थायी नौकरियाँ सिर्फ सरकारी विभागों और संस्थानों में रह गयीं, और उन्हें पाना भगवान विष्णु का वरदान पाने की तरह कष्ट-साध्य हो गया। सुदेश के अन्य प्रान्तों में कुछ ऐसे व्यवसाय वचे थे, जिनमें परिश्रम कर जीवन-निर्वाह भर अर्जन किया जा सकता था, लेकिन कुसुमांचल में, मल्लू गोप के दस वर्ष के मुख्य-मंत्रित्व के बाद, कृषि, उद्योग और अन्य व्यवसाय, बुलडोजर के नीचे पड़ने वाले फूस के मकान की तरह, मिट्टी में मिल गये थे, सिर्फ एक व्यवसाय फल-फूल रहा था, और वह था अपराध-कर्म। मुख्यमंत्री का निवास हर तरह के अपराध-कर्म का प्रधान कार्यालय बन गया था, जहाँ पर प्रान्त में होने वाले हर बड़े अपराध की योजना बनती थी और जहाँ से उसका संचालन होता था। जो अपराधकर्मी नहीं थे और अपने व्यवसाय में शांतिपूर्वक लगे थे, उन्हें नियमित रूप से अपराधकर्मियों द्वारा निर्धारित गुंडा टैक्स देना पड़ता था ; इसके बावजूद वे समय-समय पर अपराधकर्मियों की अप्रसन्नता के शिकार होते थे और अन्य शांतिप्रिय लोगों के लिये उदाहरण बनते थे।

कुसुमांचल में बेरोजगारी बढ़ी तो लड़कियों की शादी होना कठिन होता गया, और नौकरी में लगे लड़कों की तिलक और दहेज की माँग आसमान छूने लगी। किसी सरकारी ऑफिस में चपरासी की माँग दो लाख रुपये, पुलिस के या फौज के सिपाही की माँग तीन लाख रुपये, सरकारी ऑफिस के किरानी की माँग चार लाख रुपये, बैंक के किरानी की माँग पाँच लाख रुपये, और सरकारी अफसर या बैंक अफसर की माँग दस लाख रुपये से लेकर तीस लाख रुपये तक हो गयी। नौकरी या स्वतन्त्र व्यवसाय में लगी लड़कियों से तिलक और दहेज की माँग कुछ कम थी; लेकिन ऐसी लड़कियाँ थीं ही कितनी? अपराधकर्मियों के घरों की लड़कियों की बात कुछ अलग थी; उनके पास पैसे थे और वे अपनी भोड़ी, कुरूप और भद्दी लड़कियों के लिये भी अपनी इच्छा के अनुकूल वर खरीद सकते थे, उनसे पैसे की माँग करने का साहस बहुत कम लड़के वालों को था, क्योंकि वे जानते थे कि इसका परिणाम उनके लिये हितकर नहीं होगा।

लेकिन ऐसी परिस्थिति में भी कुछ लड़कियाँ ऐसी थीं जो अपना रास्ता निकाल लेती थीं और अपने लिये अच्छे वर ढूँढ़ लेती थीं। वे जानती थीं कि क्षणिक प्रेम के जाल में फँसाकर पति पा लेना अनेकानेक उलझनों को जन्म देता है और उससे वैवाहिक जीवन में कटुता के प्रवेश की सम्भावना रहती है। वे विवाह के महल के निर्माण के लिये ठोस भूमि का आधार प्राप्त करने में विश्वास करती थीं, ताकि वह मजबूती से खड़ा रहे और आँधी–तूफान में थपेड़ों को आसानी से सह सके। यह कहानी एक ऐसी युवती की है जिसने अध्यवसाय की मदद से अपने लिये लाल किले का निर्माण किया।

इस कहानी की नायिका के पिता रामजीलाल कुसुमांचल के एक जिला मुख्यालय अभयपुर के एक सरकारी कार्यालय में किरानी थे। उनके कार्यालय में बायें हाथ की कमाई के उतने अवसर नहीं थे जितने सरकारी कार्यालयों में सामान्यतः होते हैं, लेकिन उन्होंने अपनी संतानों को उचित शिक्षा देने में कोई कोर-कसर नहीं छोड़ी। तीनों पुत्रियाँ–राजश्री, मधुश्री और अमृता–अभयपुर में स्थित एकमात्र कॉलेज में, जहाँ उच्च शिक्षा की व्यवस्था थी, सह–शिक्षा पा रही थीं, और पुत्र मनोहर प्रसाद स्कूल में पढ़ता था। घर में पढ़ाई–लिखाई और सुसंस्कृत जीवन-शैली का बोल-बाला था–रामजी प्रसाद अंग्रेजी अखबार ही पढ़ते थे, हिन्दी अखबार नहीं–और लड़कियों के लिए 'गृहशोभा' नाम की मासिक पत्रिका को अलग से खरीदा जाता था, लड़कियाँ हारमोनियम और सितार बजाती थीं, और मनोहरलाल असली बैट से क्रिकेट खेलता था। लड़कियाँ सुन्दर और सुसंस्कृत थीं और वर्तमान और भविष्य के प्रति सजग थीं, और लड़का कुशाग्रबुद्धि और होनहार था।

लेकिन स्वयं रामजीलाल में एक कमजोरी अपने मित्रों के प्रभाव के कारण आ गयी थी। वे शाम को कभी-कभी उनकी चौकड़ी में शामिल हो जाते और दो-चार घूँट पी लेते। शायद इसी कमजोरी के कारण उनका ध्यान इस बात की तरफ नहीं गया कि लड़कियों की शादी के लिये उन्हें बचत करनी चाहिए क्योंकि शादी के बाजार में लड़की की कीमत उसके रूप और गुण पर नहीं बल्कि उससे मिलनेवाले दान-दहेज पर निर्भर करती है। उनकी बड़ी लड़की राजश्री जब बी.एस.सी. में गयी, वे उसी समय से उसके लिये योग्य वर की तलाश करने लगे, लेकिन नौकरी या रोजगार में लगे लड़कों की संख्या इतनी कम थी, और उनके लिये दान-दहेज की माँग इतनी अधिक थी, कि उन्होंने उसकी पढ़ाई आगे जारी रखने में बुद्धिमानी समझी, इस कारण परिवार के खर्च में तंगी का ही सामना क्यों न करना पड़े? कौन जाने कब तकदीर साथ दे दे और कम खर्च में ही योग्य वर मिल जाए?

उस समय कम्प्यूटर शिक्षा की धूम थी, इस कारण जब राजश्री ने बी.एस. सी. पास किया, तो रामजीलाल ने उसका दाखिला कुसुमपुर में स्थित एक ऐसे कम्प्यूटर संस्थान में करा दिया जिसकी डिग्री की सरकारी मान्यता थी और जिससे कोई अच्छी नौकरी मिल सकती थी। संस्थान में अपना कोई छात्रावास नहीं था। इस कारण रामजी लाल ने, अपने परिचितों के प्रभाव का उचित उपयोग कर, उसे एक कामकाजी महिला छात्रावास में भर्ती करा दिया, जहाँ खर्च कुछ अधिक जरूर था लेकिन रहने-खाने की व्यवस्था उतनी बुरी नहीं थी जितनी कुछ अन्य महिला छात्रावासों में थी।

राजश्री को जिस कमरे में जगह मिली उसमें एक अन्य युवती, जिसका नाम संगीता था और जो राग मालकोश की तरह लुभावनी थी, पहले से रह रही थी। संगीता ने पूरी गर्मजोशी से उसका स्वागत किया और पूछा "तुम किस ऑफिस में काम करती हो, मोहिनी?"

राजश्री ने हँसकर कहा, 'दीदी, मेरा नाम मोहिनी नहीं, राजश्री है। मैं यहाँ नौकरी करने नहीं; बल्कि राजकीय कम्प्यूटर इंस्टीट्यूट में तीन वर्षों का कम्प्यूटर कोर्स करने आयी हूँ।"

संगीता अत्यन्त गम्भीरता से बोली, "तुम इतनी मोहक हो कि मैं तुम्हें मोहिनी ही कहूँगी। मेरा नाम संगीता है, तुम मुझे संगीता ही कहना। लेकिन यह बताओ कि तीन वर्षों का कम्प्यूटर कोर्स करने के बाद क्या करोगी?"

राजश्री ने कुछ सोच कर कहा, "शादी करूँगी या नौकरी करूँगी।"

"नौकरी या दूल्हा दोनों में से किसी को खरीदने के लिए पैसे चाहिए। पैसे हैं?"

राजश्री ने दो मिनटों तक अनिश्चय से उसकी तरफ देखा, फिर बोली, "यदि पैसे रहते तो यहाँ कम्प्यूटर का कोर्स करने क्यों आती?"

संगीता ने कहा, "मेरी प्यारी बहन, तुमने बुद्धिमानी की बात कही। किसी लड़की के लिए सबसे अच्छी जगह उसके पति का घर है। अच्छा घर पाने के लिए हर लड़की को पूरी कोशिश करनी चाहिए। तुम बहुत अच्छी जगह पर आयी हो। यह छात्रावास इसमें रहने वाली छात्राओं के लिए बहुत शुभ साबित होता है। हर साल यहाँ की कम से कम एक चौथाई लड़कियों की शादी हो जाती है और वे अपने पति के घर चली जाती है। यहाँ आने वाली लड़कियों में से किसी को भी चार साल से अधिक तक इंतजार नहीं करना पड़ता। मुझे यहाँ आये हुए तीन साल हुए हैं। एक और साल बीतते-बीतते मैं शादी कर लूँगी और आदर्श गृहिणी बनकर अपने पति के साथ रहूँगी।"

राजश्री हँसकर बोली, "दीदी, आप शादी की बात इस तरह कर रही हैं जैसे वह किसी दुकान में बिकती हो। पसन्द किया, खरीदा और ब्याह रचा लिया।"

संगीता ने कहा, "प्यारी मोहिनी, ठीक यही बात है। बाजार में हर तरह के पति की कीमत निश्चित है। माल पसन्द करो, कीमत अदा करो और उसका उपभोग

करो। तुम-सी सुन्दर लड़की तीन साल की कमाई से कोई ऑफिसर पति खरीद सकती है।''

राजश्री ठठाकर हँसने लगी। लेकिन वह संगीता की बातों का संकेत समझ रही थी। कुसुमपुर में कम्प्यूटर संस्थान में दाखिला लेने के पहले ही उसने निश्चय कर लिया था कि वह वहाँ रहकर अपने समय और योग्यता का भरपूर उपयोग करेगी ताकि उसके जीवन की गाड़ी राजमार्ग पकड़ ले। लेकिन उसने चर्चा को जारी रखना उचित नहीं समझा, क्योंकि इससे संगीता की दृष्टि में हल्का हो जाने का डर था।

संगीता किसी होटल में स्वागत अधिकारी थी, और हर रोज शाम चार बजे से रात दस बजे तक ड्यूटी में रहती थी। एक दिन जब वह ड्यूटी में जाने के लिए तैयार हो रही थी, राजश्री ने कहा, ''दीदी, आठ घंटे ड्यूटी करने के बाद भी जब आप लौटती हैं तो पहले से अधिक ताजी और खुश लगती हैं। कोई भी यही कहेगा कि होटल के स्वागत अधिकारी का काम इतना कठिन नहीं जितना यह दूर से लगता है।''

संगीता ने जवाब दिया, ''प्यारी मोहिनी, मैं अपने भविष्य का महल तैयार कर रही हूँ जिसमें मुझे जीवन भर रहना है। यह जैसे-जैसे पूरा हो रहा है, मेरी खुशी बढ़ती जा रही है। इसमें थकान कैसी?''

वह एक मिनट रूक कर बोली, ''मैंने तुम्हारे लिए भी एक अच्छी नौकरी खोज दी है। तनख्वाह अच्छी है, और होशियारी से काम करने पर इसमें वृद्धि की गुँजाइश है। काम के घण्टे वही हैं, शाम के चार बजे से रात के दस बजे तक। कम्प्यूटर ट्रेनिंग और नौकरी दोनों को साथ-साथ चलाया जा सकता है।

राजश्री ने मजाक के लहजे में पूछा, ''दीदी, क्या इस नौकरी से मेरे भविष्य का महल तैयार हो सकता है?''

संगीता ने जवाब दिया, ''बेबी, यदि तुमने होशियारी से काम किया तो तीन साल में पन्द्रह लाख रुपये आसानी से बचा लोगी, और उससे एक अफसर दूल्हा खरीद लोगी। तुम्हें संस्थान की ओर से प्रति दिन एक हजार रुपये मिलेंगे। उससे अधिक की जो कमाई होगी, वह संस्था की होगी।''

राजश्री के चेहरे पर उत्तेजना की लाली छा गयी, और उसकी आँखें उत्साह के आधिक्य से चमकने लगीं। लेकिन उसके गले में खरास आ गयी थी, क्योंकि रास्ता अनजाना था। उसने खाँस कर गला साफ किया और पूछा, ''दीदी, संस्था का नाम क्या है? बहाली के लिए इन्टरव्यू तो होता ही होगा।''

संगीता ने जवाब दिया, ''संस्था का नाम है संगीत कला मंदिर। मैं जिस होटल में काम करती हूँ, यह संस्था उसी के मालिक की है। इसके मालिक बहुत बड़े आदमी हैं और प्रांत के एक मंत्री की भी इसमें भागीदारी है। सुदेश के आधे दर्जन शहरों

में इसकी शाखाएँ हैं, और इसे सरकार से हर वर्ष पचास लाख रुपये का अनुदान मिलता है। संगीत कला मंदिर के मैनेजर से मेरी बातें हो चुकी हैं और मैं यह ऑफर उसी की तरफ से दे रही हूँ।''

फिर मुस्कुराती हुई बोली, ''जब हम लोग परसों डे एण्ड नाइट रेस्तराँ में चाय पी रहे थे, एक आदमी मुझसे मेनू के बारे में पूछने आया था और तुम्हारी तरफ ध्यान से देख रहा था। वही संगीत कला मंदिर का मैनेजर है।''

राजश्री ने किंचित् हिचक से पूछा, ''दीदी, मेरा डिजाइनेशन क्या होगा? यदि मुझसे कोई पूछेगा कि वहाँ कौन सा काम करती हो तो क्या बताऊँगी।''

संगीता बोली, ''बेबी, तुम्हारी बहाली वायलिन शिक्षिका के रूप में होगी। जिस दिन तुम इस छात्रावास में आयी, उसी दिन मेरी नजर तुम्हारे वायलिन बैग पर पड़ी, और मैंने तय कर लिया कि तुम्हें अपना राजमहल बनाने के लिए कौन-सा काम करना है।''

राजश्री चुप रही। उसके अन्दर गुदगुदी हो रही थी, और आकाश की ऊँचाई मापने के लिए उसके पंख फड़फड़ाने लगे, लेकिन उसने मन की बात को मन में ही रखने का निश्चय किया।

संगीता, जो विचारों के प्रवाह में अस्थिर हो गयी थी, बोली, ''प्यारी मोहिनी, हर काम के लिए एक उचित समय होता है। फसल सूख जाय तो उसे पानी से क्या लाभ होगा? औरतों को उनकी देह की सबसे अच्छी कीमत पचीस वर्ष की उम्र तक ही मिलती है। इस उम्र तक जितनी कमाई हो सके, कर लेनी चाहिए। उसके बाद ही घर बसाने की बात सोचनी चाहिए। आज कोई लूट-पाट कर पैसे बटोर रहा है, कोई धोखाधड़ी से धन कमा रहा है, कोई सिद्धान्त के अनुसार लक्ष्मी की जेब में हाथ डाले हुए है। हम औरतें न लूट-पाट करती हैं और न धोखाधड़ी करती हैं ; हम मेहनत करके पैसे कमाती हैं। इसमें बुराई क्या है? लेकिन बेबी, यह मर्दों की दुनिया है, और वे अपनी मर्जी से किसी काम को अच्छा और किसी काम को बुरा करार देते हैं। औरत को हर काम सावधानी से करना है ताकि वह बुरी न करार दी जाय।''

राजश्री चमकती आँखों से उसकी तरफ देखती रही, लेकिन बोली कुछ नहीं। संगीता ने उठते हुए कहा, ''साढ़े चार बज गये। मैं अपनी ड्यूटी पर चली। अब रात में दस बजे के बाद मुलाकात होगी। हम कल संगीत कला मंदिर चलेंगे। इसी समय तैयार रहना।''

दूसरे दिन राजश्री जब कम्प्यूटर संस्थान के लिए निकली, तो वहाँ जाने के पहले रेलवे स्टेशन के पास स्थित हनुमान मंदिर गयी, देवता के चरणों में सवा किलो लड्डू

चढ़ाया, और प्रार्थना की कि जिस तरह उन्होंने उस पर अब तक कृपा की, उसी तरह भविष्य में भी करें। उसने एक लड्डू अपने लिए रखकर बाकी सारे लड्डू मंदिर के बाहर बैठे भिखारियों के बीच बाँट दिये। वह जानती थी कि गरीबों के आशीर्वाद में ऐसी शक्ति होती है जिससे बड़े-बड़े कष्टों का निवारण होता है। भिखारियों के बीच सारे लड्डू बाँटने का एक कारण और भी था, वह नहीं चाहती थी कि कम्प्यूटर संस्थान में, या अन्यत्र कहीं, उसकी नौकरी के सम्बन्ध में चर्चा हो, और उसे तरह-तरह के प्रश्नों के उत्तर देना पड़े।

शाम को वह संगीता के साथ संगीत कला मंदिर गयी। वहाँ उसे नियुक्ति पत्र दिया गया जिसमें काम के मुताबिक वेतन देने की बात कही गयी थी, लेकिन रकम का कोई खुलासा नहीं किया गया था। वह समझ गयी कि यह सावधानी अप्रिय प्रश्नों से बचने के लिए है, और इससे उसे खुशी हुई। उसने अपनी पूरी योग्यता से काम को सम्भाल लिया, और निश्चय कर लिया कि अपने नियोक्ताओं को शिकायत का कोई अवसर नहीं देगी। लेकिन वह अपना उद्देश्य कभी नहीं भूली, और न धर्म पुस्तकों में कही गयी यह बात भूली की कर्मयोगी को कमल के पत्ते के समान होना चाहिए।

संगीत कला मंदिर में सिर्फ महिला शिक्षिकाएँ और छात्राएँ थीं, पुरुष शिक्षकों या छात्रों के लिए उसमें कोई स्थान नहीं था। एक कमरे में कुछ वाद्य वृंद रखे हुए थे, लेकिन वे शीशे की दो आलमारियों में बंद थे, और उन्हें कभी बाहर नहीं निकाला जाता था। शिक्षिकाओं और छात्राओं के लिए प्रतिदिन का कार्यक्रम संस्था के व्यवस्थापक तय करते थे, और उन्हें गाड़ियों से पूर्व निश्चित होटलों में या अन्य स्थानों पर पहुँचा दिया जाता था जहाँ ग्राहक उनकी प्रतीक्षा कर रहे होते थे। लेकिन ग्राहकों से मोल भाव करने की या पैसे वसूलने की जिम्मेवारी शिक्षिकाओं या छात्राओं की नहीं थी, यह काम स्वयं व्यवस्थापक करते थे। इस कारण किसी स्तर पर कोई कठिनाई नहीं होती थी, और हर काम शांति और शालीनता से होता था।

राजश्री ने पाया कि वह संस्था की विशेष वेतनभोगियों में से एक है, और उसे औसत से अधिक सम्पन्न ग्राहकों के पास ही भेजा जाता है। इनमें से अधिकांश चालीस से अधिक उम्र के थे, और उसे शीघ्र ही मुक्ति दे देते थे। कभी-कभी उसे किसी ग्राहक के साथ रात भर रूकना पड़ता था। लेकिन यह उसकी नौकरी का अंग था, और वह जानती थी कि ऐसी स्थितियों में अधिक कार्यकुशलता की आवश्यकता है। ऐसे ग्राहक संतुष्ट होने पर, उसे अलग से पैसे देते थे, और यह बताना नहीं भूलते थे कि यह उसकी कुशलता के लिए पारितोषिक है। इन ग्राहकों में से अधिकांशः ऊँचे सरकारी ऑफिसर, सरकार के मंत्री या नवधनाढ्य वर्ग के सदस्य थे, और जब वे दो-चार घूँट पी लेते थे तब अपने घर की, और अपने मित्रों और परिचितों के घरों की औरतों के सम्बन्ध में ऐसे रहस्यों का उद्‌घाटन करते थे कि राजश्री का

चेहरा शर्म से लाल हो जाता था ; लेकिन वह जानती थी कि उसे उन रहस्यों को इस तरह पचा जाना चाहिए कि किसी को यह नहीं लगे कि उसे कुछ भी स्मरण है। संगीत कला मंदिर के व्यवस्थापक उसकी इस विशेषता से थोड़े ही दिनों में अवगत हो गये, और विशेष अवसरों के लिए भी उसकी सेवाओं का आरक्षण करने लगे।

कुछ ही दिनों में राजश्री अपने काम में इतना निपुण हो गयी कि सामाजिक मर्यादा के स्तम्भों की तरफ से उसकी विशेष माँग होने लगी। लेकिन उसने काम में कभी कोताही नहीं की और हर ग्राहक को पूरी संतुष्टि देने की पूरी कोशिश की। वह देवताओं के प्रति अपने कर्तव्य के प्रति भी उतनी ही सजग रही ; वह हर मंगलवार को रेलवे स्टेशन के पास स्थित हनुमान मंदिर में सवा किलो लड्डू चढ़ाकर उसे मंदिर के बाहर बैठे भिखारियों के बीच बाँट देती थी।

तीन वर्ष बीतते-बीतते राजश्री के बैंक एकाउण्ट में अठारह लाख रुपये हो गये। इस बीच उसका कम्प्यूटर कोर्स भी पूरा हो गया। वह एक हँसमुख और होशियार युवती थी, और उसे कम्प्यूटर संस्थान से प्रथम श्रेणी में उत्तीर्णता की डिग्री मिली। अब घर बसाने का समय आ गया था और उसने अपने पिता को सलाह दी कि वे उसके लिए योग्य वर की तलाश करें।

रामजी लाल ने किंचित् उदास आवाज में कहा, ‘‘बेटी, हमें दो-तीन वर्षों तक इन्तजार करना पड़ेगा। अभी मेरे पास तिलक-दहेज के लिए पैसे नहीं हैं।’’

राजश्री मृदु वाणी में बोली, ‘‘पापा, मैं कम्प्यूटर की पढ़ाई के साथ-साथ संगीत शिक्षा देने की नौकरी भी करती थी। वायलिन बजाने की कला ने मेरी बड़ी मदद की। मेरे पास तिलक-दहेज के पैसे हैं। आप कोई अच्छा वर ढूँढ़िये।’’

रामजी लाल का चेहरा प्रसन्नता से रक्तिम हो उठा, और आँखें गोल हो गयीं। उन्होंने पूछा, ‘‘बेटी, कितने तक का वर ढूँढ़ूँ?’’ राजश्री ने जवाब दिया, ‘‘पापा, आप की कृपा से हम पन्द्रह-बीस लाख रुपये तो खर्च कर ही सकते हैं। लड़का ऑफिसर रैंक का होना चाहिए, लेकिन सजातीय हो। हमें कोई ऐसा काम नहीं करना चाहिए कि उँगली उठे।’’

रामजी लाल ने खुशी से कहा, ‘‘आह!’’ और उसी दिन योग्य वर की तलाश में लग गये।

भाग्य ने साथ दिया, और हफ्ता भर के अंदर उन्हें एक ऐसा लड़का मिल गया जो सजातीय था और स्टेट बैंक में ऑफिसर था। जब रामजी लाल ने उसके पिता के सामने शादी का प्रस्ताव रखा तो उन्होंने कहा, ‘‘बड़ा बाबू, पन्द्रह लाख से एक भी पैसा कम नहीं होगा।’’

रामजी लाल ने जवाब दिया, "पैसे की कमी नहीं है, हुजूर। पहले लड़की तो पसन्द कीजिए।"

लड़की देखने के लिए दो हफ्तों के बाद का एक दिन तय हुआ क्योंकि उसके पहले लड़के वालों का समय नहीं था। राजश्री को देखने के लिए लड़के के साथ सिर्फ उसके पिता आये, घर की औरतें नहीं आयीं क्योंकि उन्हें तिलक-दहेज में पर्याप्त रकम मिलने में संदेह था, और वैसी स्थिति में लड़की देखने में समय बर्बाद करना मूर्खता के सिवा अन्य कुछ नहीं था। रामजी लाल ने अच्छी तैयारी की थी, घर की रंगाई-पुताई का समय तो नहीं था, लेकिन वे नया सोफा सेट खरीद लाये थे और दरवाजों और खिड़कियों पर नये पर्दे लगवा दिये थे।

रमाकांत प्रसाद–यही लड़के का नाम था–और उसके पिता उमाकांत प्रसाद लड़की देखने अनिच्छपूर्वक आये थे, उन्हें भी यह विश्वास था कि एक दर्जन अन्य इन्टरव्यू की तरह यह भी निष्फल सिद्ध होगा। राजश्री स्वयं ही उनके लिए चाय ले आयी, और साथ बैठकर इस तरह बातें करने लगी जैसे वे इन्टरव्यू लेने नहीं बल्कि इन्टरव्यू देने आये हों। इस क्रम में उसने अपना पास बुक, जिसमें अठारह लाख रुपये थे, धीरे से खोलकर रमाकांत प्रसाद के सामने रख दिया।

आधा घण्टा में ही इण्टरव्यू समाप्त हो गया। रामजीलाल ने हाथ जोड़कर, धड़कते दिल से, उमाकान्त प्रसाद से पूछा, "हुजूर, आपका निर्णय जानने के लिए आपसे कब मिलूँ?"

उत्तर रमाकांत ने दिया, "मुझे दस दिनों के बाद ट्रेनिंग में जाना है। मैं चाहता हूँ कि इस बीच विवाह सम्पन्न हो जाय। लड़की हमें पसन्द है।"

आठवें दिन धूमधाम से शादी हो गयी, और राजश्री आदर्श पत्नी की तरह घूँघट ताने नई गाड़ी में सवार होकर ससुराल चली गयी।

'उद्योग से ही कार्य की सिद्धि होती है। सिर्फ मनोरथ से नहीं।'

आत्म-हत्या

जव भरतपुर रेलवे स्टेशन पर गाड़ी रुकी, तो यात्री डिब्बे में से निकलकर टिड्डीदल की तरह प्लेटफार्म पर बिंखर गये। सभी उम्र के आदमी थे–वच्चे-जवान और बूढ़े, सभी वर्ग के थे–धनी और गरीब, ऊँचे और नीचे। सवके सामने उद्देश्य थे, सबके चेहरों पर उत्सुकता थी, और सबकी चाल में अपने-अपने गंतव्य-स्थान जाने के लिए तेजी थी।

गाड़ी से एक यात्री तीसरे दर्जे के एक डिब्बे के सभी अन्य यात्रियों के पीछे उतरा। उसके कदम धीरे-धीरे उठ रहे थे, उसे कहीं पहुँचने की जल्दी नहीं मालूम होती थी। वह मैली कमीज और पाजामा पहने हुए था। उसके सिर के बाल विखरे हुए थे, चेहरा किंचित् पीला था, और वह रोगी सा दिखता था। उसके चेहरे पर एक अपराधी की व्याकुलता थी जिसे किसी भी क्षण पकड़े जाने और दण्डित होने की आशंका थी। वह स्थानीय कलक्टरेट में किरानी था और उसका नाम गोपीचंद था। वह दशहरे की छुट्टियाँ बिताने के बाद अपने श्वसुर के घर से, जो कुसुमपुर में था, अपने शहर भरतपुर लौटा था, जहाँ वह अपनी पत्नी मंदाकिनी, पुत्र टीपू और नौकर भीम बहादुर के साथ एक किराये के मकान में रहता था।

उसने एक कुली को आवाज दी। कुली ने आकर पूछा, "क्या ले चलना है; बाबू? कहाँ चलना होगा?"

वह भड़क उठा, "आँखें नहीं हैं क्या? उल्लू की तरह क्यों ताक रहे हो?"

कुली ने कहा "रंज क्यों होते हैं? पूछना भी गुनाह है क्या?"

गोपीचन्द आग बबूला हो गया। चिल्लाया "बदतमीज कहीं के! मेरे मुँह लगता है?"

वह कुली की तरफ बढ़ा। कुली भी तैयार था। एक तीसरे आदमी ने बीच में पड़कर दोनों को अलग किया। गोपीचन्द अपना सामान कन्धे पर रख आगे बढ़ा।

स्टेशन के बाहर तीन-चार रिक्शावालों ने आकर पूछा, "बाबू, रिक्शा चाहिए?"

गोपीचन्द ने कहा "नहीं" फिर स्वयं एक रिक्शे के पास जाकर उस पर अपना सामान रख दिया, और सवार होकर बोला, "बाबू बाजार चलना है।"

"आठ आने पैसे होंगे।"

"चार आने से एक छदाम अधिक नहीं दूँगा।"

गोपीचन्द उतरने लगा। रिक्शावाला मान गया।

रिक्शा पुराना था, और इस कारण धीरे-धीरे चल रहा था। लेकिन गोपीचन्द को उसकी चाल हवाई जहाज से भी अधिक तेज लग रही थी। दो-तीन बार रिक्शावाले से बोला, "इतनी जल्दी में क्यों हो?"

रिक्शावाले ने चाल और धीमी कर दी।

गोपीचन्द का हृदय पीड़ा से भरा था। दशहरे में परदेशी अपने घर लौटते हैं, जहाँ उनकी प्रतीक्षा में कोई आँखें बिछाये रहता है। उसकी ऑफिस दशहरे के लिए आठ दिनों के लिए बन्द हुई थी और उसे अपनी इच्छा के विरुद्ध इन आठ दिनों के लिए घर छोड़ना पड़ा था। उसकी पत्नी मंदाकिनी ने उसे जबर्दस्ती कुसुमपुर भेज दिया था। बोली थी, "जाओ। छुट्टी में मेरे नैहर में रहना। तुम बहुत कमजोर हो गये हो। छुट्टी भर कुसुमपुर में रहना। मेरे पिताजी वकालत से हजारों रुपये कमाते हैं। खूब मोटे-ताजे होकर लौटना। उलटे पाँव भाग मत आना। तुम्हें कोई अच्छी नौकरी भी नहीं मिलती थी। मिली तो यह साठ रुपये की किरानीगिरी। जिस दिन तुमसे शादी हुई, उसी दिन मेरी तकदीर फूट गई। तुम जैसे भिखारी से मैं जीवन भर के लिए बँध गई। तुम्हारी आँखें कैसी धस गई हैं! चमगादड़ से भी घिनावने लगते हो!"

गोपीचन्द ने सोचा था कि छुट्टी के इन आठ दिनों में खूब खायेगा, और लम्बी तानकर सोयेगा। महीनों की थकावट दूर हो जायेगी। लेकिन उसे विवश होकर अपना घर छोड़ कुसुमपुर जाना पड़ा। यह कोई नई बात नहीं थी। तीन दिनों की छुट्टियां होने पर भी उसे कुसुमपुर जाना पड़ता था। और यह किसलिए। उस नौकर के लिए! क्या उसे मालूम नहीं कि मंदाकिनी का भीम बहादुर से क्या सम्बन्ध है? सब जानकर भी वह आँखें बन्द रखता है। फिर भी उसे छुट्टियों में घर के एक कोने में सोने की इजाजत नहीं। ओह, कैसा नारकीय जीवन है! उसका सिर घूम गया। उसकी आँखों के सामने अंधेरा छाया हुआ मालूम पड़ा। उसने आँखें भींच लीं और दोनों हाथों से अपना सिर दबा लिया।

रिक्शा घर की ओर बढ़ रहा था, और गोपीचन्द को लग रहा था कि हर क्षण उसे फाँसी के तख्ते के समीप ले जा रहा है। उसने सोचा—आखिर इस जिन्दगी का क्या प्रयोजन है? क्या मैं भी आदमी हूँ? मैं सब देखता हूँ, समझता हूँ फिर भी कुछ नहीं कर पाता हूँ। नहीं, मुझे अब कुछ करना चाहिए। अब समय आ गया है जब मैं प्रमाणित कर दूँ कि मेरी भी आत्मा है।'

एक अस्पष्ट निश्चय से उसका जी कुछ हल्का हुआ। उसने सिर उठाया और चारों तरफ इस तरह देखा जैसे उसने कोई विजय हासिल कर ली हो। उस समय उसे राजा गोपीचन्द की महान उपलब्धि का स्मरण हो आया और उसे ऐसा लगा उसकी अपनी उपलब्धि उससे कम महान नहीं होगी।

मकान का दरवाजा भीतर से बन्द था और एक मर्द और एक औरत की स्वच्छन्द हँसी की आवाजें आ रही थीं। गोपीचन्द ने सामान को बाहर बरामदे में रखवा दिया और जब रिक्शावाला कुछ दूर चला गया तो दरवाजे पर दस्तक दी। कोई प्रतिक्रिया नहीं। उसने साहस कर जोर से आवाज दी और दरवाजे को फिर थपथपाया। भीतर हँसी बन्द हो गयी, लेकिन कोई कुछ बोला नहीं। गोपीचन्द ने फिर आवाज दी। दो-तीन मिनटों के बाद मंदाकिनी ने दरवाजा खोला। उस समय उसके होठों पर एक विचित्र मुस्कान खेल रही थी। वह गोपीचन्द को देखते ही क्रुद्ध होने की कोशिश करती हुई बोली, "तुम आखिर लौट आये, ऐं? आधी उम्र बीत जाने पर भी तुम्हें अक्ल नहीं आयी। किसी भले आदमी के दरवाजे पर इस तरह शोर मचाने का क्या मतलब? कोई क्या कर रहा है इसका कोई ख्याल नहीं और आते ही लगे जंगली की तरह कोहराम मचाने।"

फिर कुछ शांत स्वर में बोली, "इतने दुबले क्यों हो? बीमार थे क्या? चलो, अन्दर चलो। ओ भीम बहादुर, साहब का सामान अन्दर ले चलो।"

"जी, मालकिन जी!" कहता हुआ भीम बहादुर बाहर निकला। उसके होंठों पर मुस्कान खेल रही थी।

उसने गोपीचन्द को सलाम किया और कहा, "कुसुमपुर में मजे से थे न, साहब? मालकिन जी आपको बहुत याद करती थीं।" उसने मुस्कुराते हुए मंदाकिनी की तरफ देखा। मंदाकिनी ने अपनी मुस्कान छिपाने के लिए अपने होंठ दाँतों से दबा लिए। गोपीचन्द के उत्तर की प्रतीक्षा किये बिना भीम बहादुर उसके सामान लेकर अन्दर चला गया।

उसके निश्चय के बावजूद गोपीचन्द के हृदय का घाव गहरा हो गया।

गोपीचन्द ने स्वयं अपने कमरे में बिछावन किया और सो रहा। उसे नींद नहीं आ रही थी। राजा गोपीचन्द ने चाहे जो किया हो, उसका दिल मंदाकिनी से समझौता करने के लिए तैयार नहीं था। घर की बात अगर घर में ही सुलझ जाय तो इससे अधिक अच्छा और क्या होगा? लेकिन वह ऐसा नहीं होने देगा।

वह कमरे में टहलने लगा। नहीं, वह आत्म-हत्या कर लेगा और अपमान की जिन्दगी से मुक्ति पा लेगा। तब मंदाकिनी भी जान लेगी कि उसकी आत्मा भरी नहीं है। उसने बहुत बर्दास्त किया है, लेकिन अब समय आ गया है जब वह कुछ

करेगा। उसके मरते ही सारे शहर में बात फैल जायेगी। लोग उसकी तारीफ करेंगे और कहेंगे कि आन का आदमी था। उसकी ऑफिस के किरानी सहदेव और नकुलदेव, जो हमेशा उसका मजाक उड़ाते थे, उसकी आत्म-हत्या की खबर सुनेंगे और दाँतों तले उँगली दबायेंगे। उस समय मंदाकिनी उसकी महानता से परिचित हो जायगी, और जार-जार आँसू बहायेगी।

अपनी महानता की चर्चा की कल्पना से गोपीचन्द गर्व से झूम उठा। उसका हृदय विश्व-बंधुत्व के भाव से लबालब भर गया। उसने सोचा–"अब वह इस धरती से विदा हो रहा है, इस कारण किसी की आत्मा को दुखी नहीं करेगा। यदि इस दुनिया में सभी सुखी रहें तो इससे उसका क्या बिगड़ जायेगा? क्या ऋषियों ने नहीं कहा है कि परोपकार ही सज्जनों की विभूति है?"

उसे अपनी पत्नी का अपराध नगण्य प्रतीत हुआ, जिसके लिए उसे क्षमा कर देना ही उचित था। उसने पत्नी के नाम एक पत्र लिखना शुरू किया। यह सोचकर कि यह उसके द्वारा लिखा जाने वाला आखिरी पत्र था, उसकी आँखों में आँसू आ गये। उसने लिखा, "मेरे प्राणों की रानी मंदाकिनी, मैं जानता हूँ कि जिस समय तुम यह पत्र पढ़ रही होगी, मैं स्वर्ग से तुम्हें आशीर्वाद देता रहूँगा। मैं इस दुनिया से जा रहा हूँ लेकिन यह कदापि मत समझना कि इसके लिए तुम दोषी हो। मैंने तुम्हें हृदय से क्षमा कर दिया है, और मैं आशीर्वाद देता हूँ कि तुम सुखी रहो और फूलो-फलो।"

वह दो घण्टों तक पन्ने-के-पन्ने रँगता रहा। उसने अपने और मंदाकिनी के सम्बन्ध पर सविस्तार प्रकाश डाला ; अपनी बी.ए. की पाठ्य पुस्तकों से बर्कले, हिगेल और कांट के कुछ उद्धरण दिये, हिन्दू दर्शन के अनुसार जीवन की क्षणभँगुरता और तुच्छता प्रमाणित की ; रटी हुई कविताओं की कुछ पंक्तियाँ लिखीं, और अन्त में लिखा, "तुम मेरे लिए लेश मात्र भी अफसोस मत करना। समझ लेना कि प्रभात का एक तारा था, डूब गया। मेरी मरणासन्न आत्मा का अणु-अणु तुमको और मेरे प्यारे बेटे टीपू को आशीर्वाद दे रहा है। अब मैं तुमसे विदा ले रहा हूँ। यदि मैंने कभी तुम्हारा दिल दुखाया हो तो मुझे क्षमा करना।"

जब गोपीचन्द ने पत्र लिखना समाप्त किया, रात के दो बज चुके थे। उसने पत्र को मोड़कर अपने सिरहाने, तकिए के नीचे, रख दिया। अब उसका आखिरी समय आ गया था। उसने दुनिया में अपना कर्तव्य पूरा कर लिया था ; अब उसके लिए कुछ करने को बाकी नहीं था। उसने संतोष की साँस ली। वह एक रस्सी की तलाश में कमरे से बाहर निकला जिससे वह फाँसी लगायेगा। रास्ते में वह उस कमरे से गुजरा जिसमें मंदाकिनी सोती थी। वह एक क्षण के लिए दरवाजे के पास ठिठक गया। अन्दर सब शान्त था। उसके होंठों पर अमर शहीद की मुस्कान फैल गई। उसने एक दार्शनिक की भाँति सिर हिलाया, फिर आगे बढ़ गया। अपने कमरे में

लौटकर उसने अत्यन्त शान्तिपूर्वक छत में लगी लोहे की पटरी में रस्सी बाँधी और फंदा बनाया। अब बस एक क्षण की देर थी।

उसने कमरे में आखिरी बार दृष्टि डाली। उन चिर-परिचित वस्तुओं के प्रति उसके अन्दर मोह पैदा होने लगा। कोने में रखा टीन का बक्सा, जिसमें उसके कपड़े और पैसे रहते थे, खूँटी में टँगा छाता, खटिया जिस पर तोशक के ऊपर रंगीन चादर बिछी थी, दीवाल में टँगे सिने-तारिकाओं के चित्रवाले चार कैलेण्डर—सभी उसे अत्यन्त प्रिय लगे। उसने अपना दिल कड़ा किया। नहीं, अब वह देर नहीं करेगा। देर करने से उसका निर्णय ढीला पड़ जायेगा। उसने मेज पर चढ़ अपनी गर्दन फंदे में डाल दी। क्या वह मेज का सहारा छोड़ दे? एक क्षण बाद वह इस दुनिया में नहीं रहेगा ; सभी प्यारी वस्तुएँ यहाँ पर ही रही जायेंगी और वह इनसे कहीं दूर चला जायेगा। वह मृत्यु के डर से काँप गया। उसने फंदे को गर्दन से निकाल दिया और मेज से नीचे उतर गया।

उसके ललाट पर पसीने की बूँदें छिटक आई थीं। उसने रूमाल से पसीना पोंछा और एक किताब उठाकर हवा करने लगा। "तो क्या वह मर ही जाय? क्या उसका मरना इतना जरूरी है?" उसके विचारों ने पलटा खाया। "लेकिन उसने स्वयं कोई अपराध नहीं किया। वह दूसरों के अपराध के कारण क्यों आत्म-हत्या करे?" उसी क्षण उसे अपने अपमान की, आत्म-हत्या के बाद होने वाली ख्याति की और सिरहाने पड़े पत्र की याद आई, और वह उछल कर मेज पर चढ़ गया। लेकिन इस बार फंदे को हाथ से पकड़ते ही उसकी समूची देह काँपने लगी। उसे जोर की प्यास मालूम पड़ी। मरने से पहले वह अपनी प्यास क्यों न बुझा ले? फाँसी पर चढ़ने वाले अपराधी की भी आखिरी इच्छा पूरी की जाती है। वह अपराधी न होते हुए भी फाँसी पर चढ़ने जा रहा है। उसकी इच्छा क्यों न पूरी हो?

वह मेज से उतर पड़ा।

पानी पी लेने के बाद वह अपने बिछावन पर बैठ गया और विचार-मग्न हो गया। मैं किस कारण मरूँ? यह कहाँ का न्याय है? क्या अपमान के कारण? अपमान है क्या चीज? यह सिर्फ भ्रम है। क्या हमारे दार्शनिकों ने नहीं कहा है कि इस संसार में सब कुछ माया है। जब संसार ही मिथ्या है तो अपमान कहाँ रहा? कष्ट? मुझे किस बात का कष्ट है? सिद्धार्थ अपनी पत्नी और पुत्र को त्याग कर बुद्धदेव हो गये। मैं अपनी पत्नी और पुत्र के साथ रहते हुए भी जल में कमल की तरह अलग हूँ। क्या मेरा त्याग सिद्धार्थ के त्याग से कम महान है? कदापि नहीं।' वह कुछ देर तक विचारों में डूबा रहा, फिर उसे नींद आ गई।

दूसरे दिन नौ बजे उसकी नींद खुली। रात की बातें उसे एक सपने के समान लगीं। वह अपनी मूर्खता पर हँस पड़ा। उसने छत में लगी लोहे की पटरी से रस्सी खोली और सिरहाने से पत्र को निकालकर फाड़ दिया। वह प्रफुल्ल मन एक फिल्मी गीत

गाता हुआ कमरे से बाहर निकला। उसने मंदाकिनी को 'गुड मॉर्निंग'' किया, टीपू का चुम्बन लिया, और भीम बहादुर की पीठ ठोंकी। उसने जल्दी से प्रातः कर्म से निवृत्त हो ऑफिस की कोट पहनी और काम पर जाने के लिए तैयार हो गया।

जब वह दरवाजे पर आया तो मंदाकिनी ने टीपू से कहा, ''बेटा, पप्पा को टा–टा कहो।'' टीपू ने हाथ उठाकर कहा, ''टा–टा'' कहा, और गोपीचन्द ने घूमकर देखा। टीपू के पीछे मंदाकिनी थी, और उसके पीछे भीम बहादुर खड़ा मुस्कुरा रहा था। गोपीचन्द ने प्रसन्नता से हाथ हिलाकर ''टा–टा'' कहा। फिर उसने अपनी पुरानी साइकिल उठाई, और एक फिल्मी गीत गाता हुआ ऑफिस की तरफ चल पड़ा।

प्रवंचना

दिसम्बर महीने का पहला सप्ताह था। शाम के आठ बजे थे। हवा में ठंडक आ चुकी थी और रात में अधिक देर तक खुले आसमान के नीचे ठहरना खतरे से खाली नहीं था। पार्क करीब-क़रीब जनशून्य हो चुका था। उसमें उस समय सिर्फ तीन व्यक्ति थे। एक नव-दम्पत्ति थी—शायद वे प्रेमी-प्रेमिका थे—जो फूलों के एक कुंज के पास एक बेंच पर थी ; और एक अकेला व्यक्ति था, जो उनके अस्तित्व से अनभिज्ञ, उनसे एक फर्लांग की दूरी पर एक बेंच पर बैठा था। नव-दम्पत्ति एक दूसरे से सटे हुए न जाने किस विषय पर बातें करने में संलग्न थे। वस्तुतः युवती ही वातों का सिलसिला जारी रखे हुए थी। युवक उसके प्रश्न का उत्तर देकर चुप हो जाता था, लेकिन वह बोलती चली जाती थी। वह कभी-कभी हँस पड़ती थी, और तब युवक उसकी हँसी में साथ देता था। उनसे कुछ दूरी पर जो व्यक्ति अकेला बैठा था, वह गुलाब के फूलों की एक झाड़ी के पीछे था, जहाँ पार्क में आये अन्य लोग उसे आसानी से नहीं देख सकते थे। वह पार्क में उतर आये हल्के अंधेरे में एक नवयुवक की तरह दिखता था, यद्यपि वह पैंतीस पार कर चुका था। वह अपनी जगह पर शांत बैठा एकटक आगे की ओर देख रहा था। लेकिन उसकी आँखें सामने की वस्तुओं को नहीं देख रही थीं, बल्कि कहीं दूर देख रही थीं। उसने अपने सिर को एक झटका देकर अप्रिय विचारों से मुक्त होने की कोशिश की, और एक फिल्मी गीत गुनगुनाने लगा। लेकिन उसका प्रयत्न अपने उद्देश्य में सफल नहीं हुआ। तब वह अपना ध्यान किसी दूसरी तरफ करने के लिए टहलने लगा। उसे पार्क में अन्य दो व्यक्तियों की उपस्थिति का ज्ञान नहीं था। उसने इधर-उधर देखा, फिर एक फिल्मी गीत कुछ ऊँची आवाज में गाने लगा। चलते-चलते उसने अपने केश में, जो बिखर गये थे, कंघी की, फिर एक स्थान पर रुका, तब कमर पर हाथ रखकर ताण्डव-नृत्य करने लगा। लेकिन इससे भी उसे अपने अप्रिय विचारों से मुक्ति नहीं मिली, और तब वह टहलने लगा। उसने एक स्थान पर रुककर तीन बार थूका। फिर आगे बढ़ा। इसके बाद उसने एक सिगरेट जलायी, और तेज गति से इधर-उधर टहलने लगा।

उसके विचित्र व्यवहार से पार्क में दूसरी तरफ बैठे दम्पत्ति का ध्यान उसकी तरफ आकृष्ट हुआ। युवक उसे गौर से देखने लगा। लेकिन युवती अपने आपको रोक नहीं सकी और ठठाकर हँस पड़ी।

युवती की हँसी सुनकर उस व्यक्ति को अपनी गलती का एहसास हुआ और वह ठिठककर खड़ा हो गया। उसने चारों तरफ नजर दौड़ायी, लेकन वह उस दम्पत्ति को नहीं देख सका। वह पार्क के प्रवेश-द्वार की तरफ मुड़ गया। लेकिन उसे ध्यान आया कि हँसी एक औरत की थी। उसने सोचा–'इस समय यहाँ कौन हो सकता है? जान लेने में क्या हर्ज है?' उसकी जिज्ञासा ने लज्जा पर विजय पाई, और उसने उस तरफ कदम मोड़े जहाँ से हँसी की आवाज आयी थी।

वह धीमी चाल से चलता हुआ उस दम्पत्ति के पास गया। वे अब भी अपनी जगह पर बैठे थे, लेकिन आशंका से सतर्क थे। उस व्यक्ति ने उनकी तरफ एक क्षण तक देखा, फिर हँस पड़ा, शायद अपनी झेंप छिपाने के लिए।

युवक ने उसे पहचान लिया और आश्चर्य से पूछा, "कौन? सुबोध बाबू हैं क्या? धत्तेरे की। आपको मैं पहचान नहीं सका। क्षमा करेंगे। आइए, बैठिए।"

फिर अपनी पत्नी की ओर संकेत करते हुए बोला, "यह मेरी पत्नी है, आरती!" उसने आरती से कहा, "आरती, आप हैं डॉक्टर सुबोध कुमार। आप यहाँ के सरकारी अस्पताल में सीनियर डॉक्टर हैं। इनकी परफेक्शन के आगे नहीं टिक पाने के कारण ही मैं यहाँ से भाग खड़ा हुआ।"

इतना कहकर वह हँस पड़ा। सुबोध कुमार की छाती में शूल पड़ गया, लेकिन उसने हँसी में साथ दिया। आरती की शादी एक महीना पहले हुई थी। उसका पति गगन बिहारी उसी अस्पताल में डॉक्टर था, जिसमें वह स्वयं भी था, लेकिन शादी के पहले उसने अपना तबादला एक दूसरे शहर में करा लिया था। उस समय वह किसी व्यक्तिगत काम से भरतपुर आया हुआ था, लेकिन वह सुबोध कुमार के यहाँ ठहरने के बदले एक होटल में रुक गया था।

आरती ने मुस्कराते हुए सुबोध कुमार को प्रणाम किया। सुबोध कुमार ने सिर हिलाकर उसके अभिवादन को स्वीकार किया और गगन बिहारी से बोला, "भाई, यह क्या सनक है, नव-विवाहिता पत्नी को साथ लेकर इस ठंडक में यहाँ क्यों बैठे हो?"

गगन बिहारी ने जवाब दिया, "बात यह है कि हम बहुत दिनों से टहलने के लिए नहीं निकले थे। आज समय मिला तो सोचा–क्यों नहीं इसका लाभ उठावें?" फिर उसने पत्नी से कहा, "आरती, तुम ही पूछो कि ये तुम्हारी शादी में क्यों नहीं आए। अंत तक हाँ-हाँ करते रहे। फिर भी नहीं आए।"

आरती ने मुस्कराते हुए सुबोध कुमार की ओर देखा। उसकी मुस्कान में एक ऐसा व्यंग्य था जिसे अनदेखी करने के लिए उसकी तरफ से नजर हटाते हुए सुबोध कुमार बोला, "गगन, तुम्हारी शादी में आने की मेरी योजना अवश्य थी, लेकिन एक

ऐसा सीरियस केस आ गया कि मैं उसे छोड़ अन्यत्र नहीं जा सका। मेरा लक ही खराब है, अन्यथा ऐसा क्यों होता कि मैं जो चाहता हूँ, वह कभी नहीं हो पाता।''

उसने एक बनावटी हँसी हँस दी।

गगन बिहारी सहानुभूति के स्वर में बोला, ''सुबोध बाबू, आप व्यर्थ निराशावादी हो रहे हैं। आदमी के करने से कुछ नहीं होता, वही होता है जो मंजूरे खुदा होता है। लेकिन आदमी को कोशिश जारी रखनी चाहिए।''

सुबोध कुमार ने कहा, ''तुम ठीक कह रहे हो। क्या तुमने कभी सोचा होगा कि सुबोध कुमार अकेले में नृत्य किया करते हैं? या मैंने कभी चाहा होगा कि मेरे नृत्य को कोई दूसरा देखे और मुझे पागल समझे?''

वह फिर एक बनावटी हँसी हँस पड़ा। गगन बिहारी और आरती ने हँसी में उसका साथ दिया।

उनकी हँसी जब रुकी तो गगन बिहारी बोला, ''सुबोध बाबू, इसमें लज्जित होने की कोई बात नहीं। अकेले में हर आदमी कुछ ऐसे काम करता है जिन्हें वह दूसरों से छिपाना चाहेगा। क्या इस समय पार्क में आने का कोई विशेष प्रयोजन था?''

सुबोध कुमार ने जवाब दिया, ''बैठे-बैठे मन ऊब गया। सोचा, कुछ देर पार्क में टहल-घूम लूँ। मन बहल जाएगा।''

इसके बाद कुछ देर तक इधर-उधर की बातें हुईं। फिर सुबोध कुमार बोला, ''चलो, सिनेमा चलोगे?''

गगन बिहारी के कुछ कहने के पहले ही आरती बोली, ''नहीं, अब सिनेमा क्या जाएँगे। अब लौटना ठीक होगा। इसके अलावा, अभी हमने खाना भी नहीं खाया है। आपका क्या प्रोग्राम है? क्या आप सिनेमा जाएँगे?''

सुबोध कुमार सकुचा गया। उसने जवाब दिया, ''नहीं, नहीं। वैसे ही पूछ दिया। सोचा तुम लोग रोमांटिक मूड में हो, शायद सिनेमा चलना पसंद करोगे।''

फिर वह गगन बिहारी से बोला, ''गगन, तुम लोगों के एकांत में विघ्न डालना ठीक नहीं। मुझे एक मित्र से मिलना भी है। अब चलता हूँ।''

सुबोध कुमार के चले जाने पर आरती पति के पास खिसक आई। उसने पति के गले में हाथ डालकर उसके होंठों को जोर से चूम लिया। उसके हृदय में उसके लिए प्रेम का प्रबल प्रवाह उमड़ आया था। वह उसकी गोद में खो जाने का प्रयास करती हुई बोली, ''यह आदमी कितना सुंदर और स्वस्थ है! इसके संबंध में तुमने जो कहा, क्या वह सच है?''

गगन बिहारी ने उसकी कमर में बाँह डालते हुए कहा, ''हाँ, रानी! बिल्कुल सच है। क्या तुम समझती हो कि मैंने झूठ कहा था? यह आदमी एक असाधारण डॉक्टर है, और इसके स्पर्श से ही अधिकांश रोगी चंगे हो जाते हैं? लेकिन वह अपना रोग नहीं पहचान सका, और उसने ऐसी गलती कर दी जिससे इसकी जिंदगी एक

व्यथाभरी कहानी बन गई है। तुम जानती हो कि वह गलती क्या है? यह गलती है इसकी शादी। शायद कोई दूसरी औरत होती तो निभा लेती। लेकिन इसकी पत्नी औरत नहीं, झाम-वोट की इंजिन है।''

आरती ने हँसकर पूछा, ''झाम-बोट क्या होता है?''

गगन बिहारी ने जवाब दिया, ''झाम-बोट नहीं मालूम तुम्हें? झाम-बोट पुराने जमाने की स्टीमर थी, जिसकी इंजिन में गोयठा, लकड़ी और कोयला तीनों जलते थे। सुबोध कुमार की पत्नी एक सेठजी की रखैल की बेटी है। उसे शादी से पहले ही हर तरह के अनुभव थे। शादी के बाद जब उसे पति से असंतोष हुआ तो उसने प्रवेश-शुल्क रद्द कर दिया और उनका घर एक सराय बन गया। ग्यारह वर्ष हुए उनकी शादी के, और इन वर्षों में उनका घर घर नहीं रहा है। लेकिन शायद मौका मिलने पर सभी औरतें वैसे ही हो जाती हैं।''

आरती ने नाराज होकर होंठ बिचकाते हुए कहा, ''पुरुष देवता होते हैं, है न? मैं कहती हूँ परिवार की सारी कलह की जड़ में पुरुष ही होते हैं।''

गगन बिहारी ने मुस्कराते हुए कहा, ''रानी, तुम्हारा मुँह अमृत के प्याले के समान है, लेकिन कभी-कभी यह जहर उगलता है। लेकिन यह जहर भी मेरे लिए अमृत है।''

आरती कुछ कहना चाहती थी, लेकिन गगन बिहारी ने चुम्बन से उसका मुँह बन्द कर दिया।

सुबोध कुमार ने बहाना किया था कि वह सिनेमा देखने नहीं, बल्कि अपने किसी मित्र से मिलने जा रहा है। जाड़े की रात में घंटों अकेले घूमने के बाद फिर सिनेमा देखने का प्रोग्राम। लेकिन वह वस्तुतः सिनेमा ही जा रहा था, क्योंकि उसे मन बहलाने का कोई दूसरा साधन नहीं दीख रहा था। सिनेमा जाने के प्रोग्राम के पीछे एक और कारण था। उसने दुनिया से विदा लेने का निश्चय कर लिया था, लेकिन जाने से पहले इसे नजर भर देख लेना चाहता था। लेकिन वह पार्क से निकलकर सीधा सिनेमा नहीं गया। पार्क सड़क के किनारे थी, और सड़क सुनसान हो चुकी थी। वह कुछ दूर चलकर एक पेड़ के नीचे खड़ा हो गया और शहर की ओर देखने लगा। बिजली की बत्तियाँ धरती पर उतर आये तारों की तरह लगती थीं। बत्तियों का प्रकाश छोटे-छोटे वृत्त बनाकर उनमें केन्द्रित हो चुका था, लगता था शून्य में अंगारे रखे हुए हैं। शहर का कोलाहल सुनाई नहीं पड़ता था, लेकिन उसके अन्दर की जिन्दगी का आभास अनुमान से भी लग सकता था। बिना चाँद की रात थी, और मेघरहित आसमान में तारे पूरी उन्मुक्तता के साथ बिहँस रहे थे। सुबोध कुमार को लगा कि वे उसी की ओर एकटक देख रहे हैं और व्यंग्य से आँखें मटका रहे हैं। पार्क के फूल भी

उसकी तरफ देखकर मुस्करा रहे थे। रात के अँधेरे में वह उनके चेहरे नहीं देख सकता था, लेकिन उनके हिलते हुए सिर, उनकी आपस में फुसफुसाहट, क्या वे पर्याप्त नहीं थे? उसने दोनों हाथों से अपना चेहरा ढँक लिया और रोने की कोशिश की। लेकिन आँसू ने आँखों से बाहर आने से इनकार कर दिया। उसका सिर भारी हो गया था, और दम घुट रहा था। उसे लगा कि कोई छाया उसकी तरफ बढ़ती आ रही है। उसने दो कदम पीछे हट आँखें मलकर देखा। नहीं, कुछ तो नहीं है। इसने सिगरेट जलाई और आगे बढ़ा।

शाम गहरी काली हो गई थी। सड़क पर एक-दो रिक्शे कभी-कभी गुजर जाते थे, कभी-कभी मोटर गाड़ियाँ भी आँखों को चकाचौंध करती हुई सामने से पार हो जाती थीं। लेकिन पैदल चलनेवाले लोग नहीं थे। उसने खाँसकर गला साफ किया, और एक फिल्मी गीत गाने की कोशिश की ताकि उसका सिर हल्का हो जाए। लेकिन दो-तीन कड़ियों के बाद वह चुप हो गया। गीत उसके विषाद को और बढ़ा रहा था। वह दुनिया में अपने आखिरी क्षण शांतिपूर्वक बिताना चाहता था। अप्रिय विचारों से मुक्ति सिनेमा घर के भीड़-भाड़ में ही संभव थी। लेकिन सिनेमा जाने के पहले मूड़ बदलने के लिए कुछ करना आवश्यक था। इसके लिए वह एक होटल में गया और एक पैग का ऑर्डर दिया। उसे शराब की आदत नहीं थी और थोड़ी-सी ही पीने में नशा हो जाता था। उसने सोचा था कि आज भी वैसा ही होगा, और वह कुछ ही क्षणों में अपने अतीत और वर्तमान को विस्मृत कर देगा। लेकिन वह पैग पर पैग पीता गया, और उसके मस्तिष्क का बोझ हल्का नहीं हुआ।

होटल से निकलने के बाद उसने सोचा कि किसी वेश्या के कोठे पर जाए और दो-तीन घंटे वहाँ पर ही बिताये। बदनामी? जिंदगी के आखिरी क्षणों में उसे बदनामी का क्या भय? उसने एक रिक्शावाले को आवाज दी। रिक्शावाले ने पूछा, ''कहाँ चलना होगा, सरकार?'' सुबोध ने कहना चाहा कि वेश्या के यहाँ चलना है। लेकिन उसकी जबान लड़खड़ा गई। वह संस्कारजन्य मर्यादा के बंधन पर विजय नहीं पा सका। आखिर वह सिनेमा गया, यद्यपि शो आधा खत्म हो चुका था, और बॉक्स की सीट की टिकट लेकर बैठ गया।

चित्र-पट पर एक प्रेम कहानी दिखाई जा रही थी। प्रेमिका एक विधवा युवती थी जिसने एक युवक पादरी से प्रेम किया था। वह गर्भवती हो गई और व्यभिचारिणी का लाल अक्षर, जिसको उसने स्वयं मखमली कपड़े पर निपुणता से कशीदाकर बनाया था, उसके गले में हमेशा के लिए डाल दिया था। हजारों लोगों की घृणा और तिरस्कार से भरी आँखें उस पर गड़ी थीं। उसी पादरी ने कहा, ''औरत, ईश्वर के लिए उस पापी का नाम बता दे जो तुम्हारे पाप-कर्म का साझीदार है, ताकि उसके गले में भी यह सलाखों की तरह जलता हुआ लाल अक्षर उसकी मौत तक के लिए पड़ जाए, ताकि सारी दुनिया उस पर थूके, और घृणा से भरी नजरें उसकी मानसिक शांति को जलाकर भस्म कर

डालें।" पतिता ने पादरी की ओर असीम प्रेम और दया से भरी नजरों से देखा, और दूसरे क्षण अपनी आँखें नीची कर लीं। सुबोध कुमार कुछ देर के लिए चित्र में खो गया। वह अपनी कुर्सी पर आगे झुका पूरी तन्यमता से चित्र को देख रहा था। लगता था कि वह कहानी को हमेशा के लिए अपने हृदय में समेट लेना चाहता है। कुछ ही देर में उसके होंठ काँपने लगे और उसकी आँखों में आँसू भर आए। उसने पीछे खिसक कर कुर्सी के माथे पर अपना सिर टिका दिया और अपनी आँखें बंद कर लीं। वह जिन विकट स्मृतियों से बचना चाहता था, वे प्रचंड तूफान के वेग से उसके सामने आ खड़ी हुईं। जिंदगी की कहानी के पन्ने उसकी आँखों के सामने उलटने लगे। उसके सामने वह सुंदर युवक आ खड़ा हुआ जिसकी भविष्य से बड़ी-बड़ी आशाएँ थीं और जिसके लिए कुछ भी असंभव नहीं था। वह डॉक्टर बन गया और फिर उसकी शादी उस लड़की से हुई जिससे वह करना चाहता था। शादी के समय के दृश्य उसके सामने उभरे, जब सब कुछ परियों के लोक की तरह सुंदर था और न सिर्फ वर्तमान बल्कि भविष्य भी इन्द्रधनुष के सात रंगों में रंगा था।

उसने अपनी आँखें भींच लीं और हाथों से चेहरे को ढँक लिया। शादी के बाद क्या हुआ, उसे वह अपने स्मृति-पट से मिटा देना चाहता था। पिछले दस वर्षों की कहानी को अपने जीवन के इतिहास से फाड़कर फेंक देना चाहता था। उसने अपनी पत्नी के उस भोले चेहरे को याद करने की कोशिश की जो शादी के समय थी। लेकिन उसकी हर कोशिश के बाद भी उस भोले चेहरे की धुंधली रेखाओं के नीचे से एक दूसरा चेहरा झाँकने लगता—भरा, गोल मुखड़ा, मोटे-मोटे लाल होंठ और हमेशा भूखी रहने वाली तेज आँखें। फिर उन परिवर्तनों की तस्वीरें उसके सामने उभरीं, जिन्होंने उसके जीवन में सब कुछ बदल दिया। शादी के दो वर्ष बीतने पर भी उसकी कोई संतान नहीं हुई, और तेजी से उसका घर एक सराय में बदल गया। उसके अपने मित्रों से यह सिलसिला शुरू हुआ। उसके बाद कोई नियंत्रण नहीं रह गया। उसके घर पर उससे भेंट करने के लिए आने वाले लोगों की भीड़ लगी रहती थी। कहने को तो वे उससे डॉक्टरी सलाह लेने आते थे, लेकिन उनका वास्तविक उद्‌देश्य उससे छिपा नहीं था। वह अपने ही घर में एक अतिथि मात्र था। सबकी उँगलियाँ उस पर उठती थीं, सभी उसके पीछे में उस पर हँसते थे।

उसने अपने चेहरे से हाथ हटा लिये और फिल्म को बीच में छोड़कर बाहर आ गया। सिनेमा घर से सटे एक रेस्तराँ में बैठकर उसने एक कप चाय माँगी, और धीरे-धीरे पीने लगा। फिर उसने जेब से एक पुड़िया निकाली, और उसमें रखे पाउडर को चाय में डालकर चम्मच से मिलाने लगा, मानो वह कोई दवा हो, जिसे चाय के साथ पीना हो। यह शक्तिशाली विष था, जिसे वह अपने दवाखाने से लेता आया था।

कुछ मिनटों के बाद वह प्याले को होंठों तक ले गया, फिर लालसाभरी दृष्टि से चारों तरफ देखने लगा।

रोमांस

जब मोना की शादी गबदूभाई घी वाले के लड़के नाटूभाई घी वाले से तय हुई तो उसके हृदय में एक बवंडर उठ खड़ा हुआ। इस शादी का विरोध करने की हिम्मत उसमें नहीं थी, क्योंकि गबदूभाई की गणना भरतपुर के सबसे धनी व्यापारियों में होती थी, और ऐसे घर की बहू बनने से इनकार कोई पागल औरत ही कर सकती थी। उनके यहाँ सुदूर-स्थित नगरों से खाद्य तेल और वनस्पति घी की टीनें ट्रकों में भरकर आती थीं, और पूरे जिले में उनकी सप्लाई होती थी। गोला लेन में उनकी कोठी थी, जिससे लगा हुआ एक बड़ा गोदाम था। मोना ने सुना था कि गोदाम में न सिर्फ बाहर से लाया गया खाद्य तेल और वनस्पति घी रखा जाता था, बल्कि वहाँ कतिपय रासायनिक क्रियाओं की मदद से नया खाद्य तेल और वनस्पति घी बनाया भी जाता था। इस व्यापार से गबदूभाई को लाखों की कमाई होती थी। इस शादी से मोना को दुःख था तो अपने होने वाले पति नाटूभाई के कारण था। उसने कभी कल्पना भी नहीं की थी, कि वह आदमी, जिस पर नजर पड़ते ही वह विद्रूप से मुँह मोड़ लेती थी, एक दिन उसका पति होगा।

मोना भरतपुर की तथागत लेन की प्रसिद्ध दुकान 'सुखूभाई मिष्ठान भंडार' के मालिक सुखूभाई कचौड़ीमल की एकलौती संतान थी। 'सुखूभाई मिष्ठान भंडार' की कचौड़ियाँ इतनी प्रसिद्ध थीं कि दुकान में खानेवालों की भीड़ लगी रहती थी, और तथागत लेन में जो कोई भी किसी काम से आता, उनका स्वाद लिए बिना नहीं लौटता। बहुत लोग ऐसे भी थे जो 'सुखूभाई मिष्ठान भंडार' की कचौड़ियाँ खाने के लिए ही तथागत लेन में आते थे। 'सुखूभाई मिष्ठान भंडार' में अनेक तरह की स्वादिष्ट मिठाइयाँ भी बिकती थीं, लेकिन जो मिठाई सबसे मशहूर थी, वह थी रसमलाई। लोग इसकी तारीफ करते नहीं अघाते थे। दुकान एक हॉलनुमा कमरे में थी जिसमें एक तरफ दीवारों में कंक्रीट की पटरियाँ लगाकर मेज का काम लिया जाता था, और लोग दीवार की तरफ चेहरे कर पटरियों पर परसी कचौड़ियों और मिठाइयों को बड़े चाव से खाते थे। इसके अलावा मेजें भी थीं, जिनके चारों तरफ कुर्सियाँ बिछी थीं। जिन ग्राहकों को पटरियों पर स्थान नहीं मिलता, वे उन मेजों पर खाते।

दुकान से सटे सुखूभाई का दुमंजिला मकान था—वस्तुतः दुकान इस मकान का ही एक भाग थी—जिसमें सुखूभाई अपनी पत्नी लाखो देवी, पुत्री मोना और नौकर गोपी के साथ रहते थे। सुखूभाई को दुकान से अच्छी आमदनी थी, और यदि वे चाहते तो दो साल की कमाई से मकान को तीन-मंजिला करवा सकते थे। लेकिन परिवार में लोग गिनती के थे, और मकान में आधा दर्जन से ऊपर कमरे थे, अतएव उन्होंने बचत का सारा रुपया बैंक में ही रखना उचित समझा। बैंक में उनके लाखों रुपये जमा थे, लेकिन उन्होंने कभी पैसे का गर्व नहीं किया। वे दुकान के नौकरों में से किसी से कम नहीं खटते थे और स्वयं सुबह से रात तक वहाँ बैठे रहते थे।

नाटूभाई इस दुकान में पिछले पाँच वर्षों से प्रतिदिन कचौड़ी और रसमलाई खाने आता था। वह सुबह आठ बजे आ जाता और दो घंटों तक एक मेज पर बैठा रहता जब तक मोना सीढ़ी से उतरकर, जो दुकान के अंदर से ही मकान के ऊपरी तल्ले पर जाती थी, स्कूल नहीं चली जाती। जब नाटूभाई ने उसे पहले दिन देखा था, वह पन्द्रह वर्ष की थी। लेकिन उसका शरीर गदराया हुआ था, आँखों में मुस्कान थी, और चाल में शोखी थी, और नाटूभाई को ऐसा लगा कि कुछ मिनटों के लिए उसके कलेजे की धड़कन रूक गई। मोना ने एक नज़र उस पर डाली, फिर अपनी आँखें दूसरी तरफ फेरकर आगे बढ़ गई। वस्तुतः उसे भी एक आघात लगा क्योंकि उसने आज तक ऐसा कुरूप और विकर्षक व्यक्ति नहीं देखा था। नाटूभाई एक मोटे भालू की तरह था—वही रूप, वही रंग, वैसा ही आगे की तरफ निकला हुआ थूथना, और वैसे ही छोटी-छोटी गोल आँखें, और मोना को एक क्षण के लिए भ्रम हुआ कि एक भालू ही कुर्सी पर बैठा आँखें फाड़े उसकी तरफ एकटक देख रहा है। उस दिन के बाद से वह जब भी स्कूल जाने के लिए सीढ़ियों से उतरने लगती, दिल को कड़ा करती और कोशिश करती कि उस तरफ नहीं ताके जिस तरफ मेजें लगी थीं। लेकिन लाख कोशिश करने पर भी उसकी दृष्टि उस तरफ चली जाती, और वह पाती कि वह आदमी कुर्सी पर बैठा हुआ उसकी तरफ इस तरह ताक रहा है मानो वह भी कचौड़ी है, जिसे खा जाने के लिए लालायित हो। मोना की देह सिहर जाती, और रोयें खड़े हो जाते, मानो उसकी देह बनौले सूअर से रगड़ खा गई हो। वह तेजी से दुकान से बाहर हो जाती, और सड़क पर कुछ दूर निकल जाने के बाद पीछे मुड़कर देखती कि वह उसका पीछा तो नहीं कर रहा है। उसे यह जानकर राहत होती कि वह उसका पीछा नहीं कर रहा है। वह होटल से निकला ही नहीं है, जैसे उसे देखकर सुध-बुध खो बैठा हो। कुछ दिनों में वह होटल में उसकी उपस्थिति की इस तरह अभ्यस्त हो गई कि यदि किसी दिन उसे वहाँ नहीं पाती तो उसे निराशा होती। लेकिन पाँच वर्षों के बाद भी वह उसके प्रति वितृष्णा पर विजय नहीं पा सकी और उस पर नज़र पड़ते ही अपना चेहरा दूसरी तरफ फेर तेजी से आगे बढ़ जाती।

लेकिन जब नाटूभाई की शादी का प्रस्ताव आया तो वह उसका विरोध नहीं कर सकी। वह जानती थी कि माता-पिता की अकेली संतान होने के कारण वह उनके लिए घर की रोशनी थी और उसके पिता उसकी शादी जल्द नहीं कराना चाहते थे। वे चाहते थे कि वह बी.ए., एम.ए. पास करे और कोई अच्छी सरकारी नौकरी करे जिससे उसका नाम हो। सरकारी नौकरी मिलने के बाद उसकी शादी किसी सरकारी अफसर से हो जाती, और सिर्फ तथागत लेन में ही नहीं, बल्कि पूरे मुहल्ले में लोग उनसे ईर्ष्या करते, और जब लोग सुखूभाई मिष्ठान भंडार में कचौड़ी और रसमलाई खाने आते, तो गद्‌दी पर बैठे सुखूभाई की तरफ इशारा कर एक दूसरे से कहते, इनकी बेटी सरकारी अफसर है। लेकिन जब वह तीन बार मैट्रिक में फेल कर गई, और उसकी उम्र बीस वर्ष हो गई, और उसकी देह सुखूभाई मिष्ठान भंडार की खस्ता कचौरियों की तरह फैल गई, तो सुखूभाई को उसके संबंध में अपनी योजना बदलने पर विवश होना पड़ा। उन्होंने तय किया कि किसी संपन्न परिवार का कोई ऐसा लड़का मिल जाए जो किसी दूर के शहर का रहने वाला नहीं हो तो वे धूमधाम से उसकी शादी कर उसके प्रति कर्तव्य का निर्वाह करेंगे । उनके मन की बात ईश्वर ने सुन ली, और एक पखवारे के अंदर ही गबदूभाई घी वाले के यहाँ से नाटूभाई की शादी का प्रस्ताव आ गया। लाखो देवी ने जब सुना तो प्रसन्नता से उनका चेहरा रक्तिम हो गया, और उनकी छोटी गोल आँखें मांस-पिंडों में समाकर सफेद-काले बटनों की तरफ चमकने लगीं। जब मोना ने सुना तो उसने गहरी साँस छोड़ी, जैसे उसके सिर से एक बड़ा भार उतर गया हो। लेकिन इसके साथ ही उसके हृदय में खलबली मच गई, उसे लगा कि यदि उसने समय रहते क़दम नहीं उठाया तो वह एक ऐसी कीमती वस्तु खो देगी जिसका पश्चाताप उसे हमेशा रहेगा।

बीस वर्ष की होने पर भी उसने प्रेम नहीं किया था, और अब जब उसकी शादी होनेवाली थी, प्रेम की लालसा ने उसे भाँग के नशे की तरह धर दबाया। उसने लैला-मजनूँ, सिरी-फरहाद और जहाँगीर-नूरजहाँ की कहानियाँ पढ़ी थीं; और उसे ऐसा लगने लगा कि प्रेम के बिना उसका जीवन बेमानी हो जाएगा। नाटूभाई से प्रेम करने की बात यह सोच भी नहीं सकती थी—यद्यपि उससे शादी के विचार से उसने समझौता कर लिया, क्योंकि नाटूभाई के परिवार जैसे संपन्न परिवार में शादी होना एक सौभाग्य की बात थी, और पिछले पाँच वर्षों से उसके प्रति नाटूभाई की लगन से यह स्पष्ट था कि वह एक सुयोग्य पति साबित होगा। उसने बहुत सोचा कि उसके प्रेम का उचित पात्र कौन हो सकता है। उसका मुहल्ले के किसी लड़के से अच्छा परिचय नहीं था, और उनमें से जिस किसी को वह जानती थी, उनमें से किसी से प्रेम करने की बात वह सोच नहीं पाती थी। उसका ध्यान बार-बार उस व्यक्ति की तरफ जाता

था, जो पिछले दस वर्षों से परिवार का सबसे बड़ा सहायक था, यद्यपि नाम के लिए नौकर था। गोपी सुखूभाई के परिवार की सेवा इस लगन से करता था और उसके सुख-दुःख के साथ इस ईमानदारी से जुड़ा रहा था, जैसे वह परिवार का एक सदस्य हो। वह सुखूभाई के लिए नौकर से अधिक मैनेजर था, और समय बीतने के साथ-साथ अधिक महत्त्वपूर्ण होता गया था। प्रारंभ से ही मोना उसके सुंदर चेहरे और बलशाली, स्वस्थ शरीर से ही नहीं, बल्कि विनम्र व्यवहार और कार्यकुशलता से भी प्रभावित थी, और उससे मेल-जोल बढ़ाना चाहती थी। लेकिन जब उसने उसके प्रति अपनी माँ लाखो देवी के आकर्षण को लक्ष्य किया और जब उसने देखा कि साल बीतते-बीतते उसने उसे अपना प्रेमी बना लिया है, तो उससे उसका मन निराश हो गया, यद्यपि विरक्ति के धागे इतने कमजोर थे कि गोपी की तरफ से आया आमंत्रण का एक हल्का झोंका भी उन्हें ध्वस्त कर सकता था। लेकिन इन दस वर्षों में उसकी तरफ से कोई आमंत्रण नहीं आया और उनके बीच की दूरी समाप्त नहीं हो पाई।

मोना के मन में विवशता और असंतोष की एक गाँठ पड़ गई थी, जो एक युग से उसे कष्ट दे रही थी। उसे अपनी माँ की निर्लज्जता पर क्रोध आता था और पिता की मौन सहमति से पूरी देह में चुनचुनी पैदा हो जाती थी, जैसे चमड़े के नीचे ज़हरीले कीड़े रेंग रहे हों। इस कारण वह प्रबल इच्छा के बावजूद अपने और गोपी के बीच की दूरी को समाप्त करने में असमर्थ रही थी। उसके पिता सुखूभाई सुबह सात बजते-बजते दुकान में चले जाते और वहाँ पर रात के दस बजे तक रहते। मोना सुबह में दस बजे स्कूल चली जाती, और शाम को चार बजे के बाद घर लौटती। लाखो देवी मोना के स्कूल जाने के कुछ देर पहले सोकर उठती, और गोपी को किसी न किसी काम से अपने कमरे में घंटों उलझाए रखती। मोना जब स्कूल से लौटती तो सहमे क़दमों से ऊपर जाती, क्योंकि उसे आशंका रहती कि वह अपनी माँ को किसी लज्जाजनक स्थिति में पाएगी, और ऐसी किसी स्थिति की कल्पना से ही उसका मन भारी हो जाता।

प्रारंभ के कुछ दिनों तक वह माँ के गोपी के साथ संबंधों के बारे में भ्रम में रही और उसने अधिक से अधिक दिनों तक इस भ्रम को बनाए रखने की कोशिश की। लेकिन एक दिन जब वह स्कूल से लौटी तो उसने लाखो देवी को अपने कमरे में रो-रो कर किसी से कुछ कहते सुना। उसे तत्क्षण अनुमान हो गया कि वह व्यक्ति कौन है, क्योंकि उसने आते समय अपने पिता को गद्दी पर बैठे देखा था। लेकिन अनुमान गलत भी हो सकता था। इस कारण उसने पैर दबाए जाकर माँ के कमरे में झाँका, और तुरंत पीछे हट गई। वह गोपी ही था। वह लाखो देवी के पलंग से उठने की कोशिश कर रहा था, और लाखो देवी उसे बाँहों में जकड़े हुए, मनाने की कोशिश कर रही थी।

वह कह रही थी, "मुझे माफ कर दो। मुझसे गलती हो गई। मैं तुम्हें जो रुपए देती हूँ, उन्हें उस चुड़ैल को दो या जिसे चाहे उसे दो। मैं कुछ नहीं कहूँगी। लेकिन इस घर की नौकरी मत छोड़ो। मुझे छोड़कर कहीं मत जाओ।"

गोपी अब तक कुछ शांत हो गया था। उसने कहा, "मैंने आपको बार-बार कहा कि पैसों का हिसाब करना छोड़िए। आप जो पैसा देती हैं, अपनी मर्जी से देती हैं। मैं आपसे माँगने नहीं जाता। मैं उन पैसों को अपनी मर्जी से खर्च करूँगा। यदि यह आपको मंजूर नहीं तो मेरा इस घर से चले जाना ही बेहतर है।"

लाखो देवी ने समझाने के स्वर में कहा, "गोपी, मैं कुछ कहती हूँ, तो तुम नाराज हो जाते हो। लेकिन इतना जान लो कि मैं जो कहती हूँ तुम्हारी भलाई के लिए कहती हूँ। मैं जो पैसे तुम्हें देती हूँ, उन्हें बैंक में जमा करते तो हजारों रुपये हो गए होते लेकिन तुम हो कि उस कोठे की चुडैल को दे आते हो। उसमें न जाने क्या है जो मुझमें नहीं है।"

गोपी बोला, "उसका नाम चुड़ैल नहीं, नसीमा बेगम है। वह गाती है तो पत्थर का कलेजा भी मोम हो जाता है। वह उन औरतों की तरह नहीं है जो खाकर मोटी होती जाती है और अपने आपको सबसे ऊँचा समझती हैं। हर औरत नसीमा बेगम नहीं हो सकती।"

लाखो देवी बोली, "मैंने कब अपने को किसी से ऊँचा समझा, ऐं? मैंने हमेशा अपने को तुम्हारे पैरों की धूल समझा। इस बात को जान लो, हाँ। मैंने तुम्हारे हजारों रुपए दिए। लेकिन मुझे क्या मिला? मैं एक लड़के के लिए तरसती रह गई जो सम्पत्ति का वारिस बनता। अब तक मेरी साध पूरी नहीं हुई।"

गोपी ने कहा, "सेठानी, हर बात वैसी ही नहीं होती जैसा आदमी सोचता है। किसी भी काम में देर सबेर होती ही है। आदमी को हार नहीं माननी चाहिए।"

लाखो देवी बोली, "मैंने हार नहीं मानी है। लेकिन मुझे उस चुड़ैल के कारण डर लगता है जो तुम्हारा ख़ून चूस रही है।"

गोपी सांत्वना के स्वर में बोला, "सेठानी, नसीमा बेगम के बारे में आपका ख्याल बिल्कुल गलत है। वह कोठे पर जरूर रहती है लेकिन इंद्र की सभा की परी है। घंटाघर लेन के किसी कोठे की कोई औरत उसकी जूती के बराबर नहीं है। मैं सिर्फ उसका गाना सुनने उसके कोठे पर जाता हूँ, बस।"

लाखो देवी ने विगलित स्वर में कहा, "मेरे प्यारे, मैं हाथ जोड़ती हूँ, तुम उसके कोठे पर न जाया करो, तुम सिर्फ मेरे होकर रहो। इसके लिए तुम जो माँगोगे, वह मैं दूँगी।"

गोपी ने दृढ़ आवाज़ में जवाब दिया, "नहीं सेठानी, यह नहीं होगा। मैं यह घर छोड़ सकता हूँ। लेकिन नसीमा बेगम के यहाँ जाना नहीं छोड़ सकता।"

मोना को डर हुआ कि गोपी अपने आपको छुड़ाकर कमरे के बाहर आ जाएगा

और उसे देख लेगा। इस कारण उसने अपने कमरे में जाकर अंदर से किवाड़ उठंगा दिए।

वह दो मिनटों तक बिल्कुल विचार-शून्य अवस्था में खड़ी रही। फिर उसे ऐसा लगा कि यदि वह अधिक देर तक खड़ी रही तो गिर जाएगी, अतएव वह पलंग पर लेट गई। उसकी देह जैसे अपनी नहीं रह गई थी, और उस पर नियंत्रण के लिए किसी की मदद की जरूरत थी। वह पसीने से तर हो गई, मानो अंदर जलती आग से बननेवाली भाप पानी की बूँदों में बदल रही हो। उसका गला सूख रहा था और उसे तीखी प्यास महसूस हो रही थी। लेकिन वह देर तक चुपचाप पड़ी रही, और अपने अंदर उठनेवाली ज्वालाओं को शांत करने की कोशिश करती रही। वह इन ज्वालाओं में एक पुरुष के चित्र को उभरते और मिटते देख सकती थी, लेकिन उसने उसके चेहरे को देखने की कोशिश नहीं की, यद्यपि वह जानती थी कि वह उसे पहचानती है और यह भी कि उसकी बाँहों में समर्पण के बाद ही उसके अंदर उठनेवाली ज्वालाएँ शांत होंगी।

यह घटना जब घटी थी, वह पंद्रह साल की थी। तब से उस पुरुष की बाँहों में अपने को समर्पित करने की लालसा उसके अणु-अणु में समाई हुई थी और उसके अस्तित्व का एक प्रमुख अंग बन गई थी। यद्यपि यह सिर्फ एक लालसा थी, लेकिन उसका नशा इतना शक्तिशाली था कि वह यथार्थ से भी अधिक जीवंत बन गई थी। देखते-देखते पाँच वर्ष बीत गए, और लालसा की आग अविराम धू-धूकर जलती रही।

जब नाटूमल से विवाह का प्रस्ताव आया तो उसके अंदर जलनेवाली लालसा की आग तेज हो गई, और उसे ऐसी खुशी हुई जैसे घुप्प अँधेरे में आगे का रास्ता पा लेने से होती है। उसे विश्वास हो गया कि भाग्य उसका साथ दे रहा है, और उसकी इच्छा पूरी होगी। उसे गोपी का न तो उसकी माँ से संबंध बुरा लगा और न नसीमा बेगम से। उसे पिछले पाँच वर्षों में नसीमा बेगम से उसके लगाव के अधिकाधिक प्रमाण मिलते गए थे, और इससे उसकी आशा क्षीण होने के बदले अधिक बलवती होती गई थी, और आज उसे ऐसा लगा कि ईश्वर ने सब कुछ उसके भविष्य को ध्यान में रखकर ही किया था।

सुखूभाई के घर में मंगनी के समय एक भव्य जलसा हुआ, जिसमें तथागत लेन, गोला लेन और अन्य गलियों के दुकानदार लोग आए, और मिठाइयाँ, शुभकामनाएँ आदि का आदान-प्रदान हुआ। मोना कीमती गहनों और कपड़ों के भार से इतना दबी थी कि वह अपना चेहरा कभी-कभी ही ऊपर उठाती थी, लेकिन लाखो देवी खुशी के आधिक्य से दस वर्ष कम की हो गई थी, और नौकरों को विशेष रूप से

गोपी को, ऊँची आवाज़ में आदेश दे रही थी। मोना ने गोपी को, माँ के आदेश के पालन के हेतु, बार-बार इधर-उधर आते-जाते देखा, लेकिन प्रबल इच्छा के बावजूद उसने एक बार भी उसके चेहरे पर दृष्टिपात नहीं किया। जब नाटूमल ने उसे अँगूठी पहनाई, तब भी उसने अपनी इच्छा को दबाए रखा और गोपी के चेहरे पर दृष्टि नहीं उठाई। लेकिन मँगनी की अँगूठी देखकर उसके मस्तिष्क में एक आह्लादकारी विचार उठा और उसके चेहरे पर खुशी की लाली दौड़ गई।

दो दिनों बाद उसने माँ से कहा, "माँ, तथागत नगर देखने की बड़ी इच्छा हो रही है। सुनती हूँ वहाँ ऊनी कपड़े का बाज़ार लगा है। पता नहीं मेरी शादी के बाद लोग घर से निकलने दें या नहीं। चलो, घूम आएं।" लाखो देवी कुछ अस्वस्थ थी और बिछावन पर पड़ी थी। मोना को मालूम था कि वह कहीं जाने की स्थिति में नहीं है। लाखो देवी कुछ सोचकर बोली, "गोपी के साथ चली जाओ। कचहरी के पास टेम्पो मिलेगा। उसी से जाना। बस से मत जाना। तथागत नगर से मेरे लिए एक फुल स्वेटर लेती आना। जरूर। लाल रंग का।"

लाखो देवी ने सिरहाने से निकालकर सौ-सौ के दो नोट मोना को दिए, फिर लेट रही। फिर कुछ सोचकर उसने ऊँची आवाज़ दे गोपी को बुलाया और कहा, "गोपी, बेबी के साथ तथागत नगर चले जाओ। मेरे लिए एक लाल स्वेटर लाना है। अपने लिए एक मफ्लर खरीद लेना। मैंने बेबी को पैसे दे दिए हैं।"

शरद का प्रथम चरण था और तथागत नगर में सैलानियों की बड़ी भीड़ थी। इस भीड़ में नए सम्बन्ध स्थापित करने के लिए पहल करना एक कठिन काम था। बाँस की खपचियों से बनी छोटी-छोटी दुकानों की तीन लम्बी कतारें थी, जिनमें ऊनी वस्त्र बिक रहे थे, लेकिन वहाँ खरीदारों का ऐसा रेला-पेला था कि ऐसी दो बातें करना असम्भव था जिनके लिए एकान्त की आवश्यकता थी। मोना ने माँ के लिए एक स्वेटर, गोपी के लिए एक मफ्लर और अपने लिए एक चादर खरीदी। फिर गोपी से बोली, इस तरह मुस्कुराते हुए जैसे एक नौकर को आदेश नहीं दे रही हो, बल्कि एक प्रेमी से प्रार्थना कर रही हो, "गोपी, चलो पद्म सरोवर के किनारे थोड़ी देर बैठें। शायद हमें भी तथागत के ज्ञान से दो-चार ग्राम ज्ञान मिल जाए।"

फिर वह हँस पड़ी। गोपी उसकी मनोदशा से संक्रमित हो रहा था। उसने जवाब दिया, "चलिए, बेबी। इस समय आपको ज्ञान की खास जरूरत है।"

उन्होंने प्रेमियों की तरह अगल-बगल में चलते हुए तथागत के मन्दिर के अहाते में प्रवेश किया, फिर पद्म सरोवर के किनारे बैठ गए। शाम उतरने लगी थी, और वहाँ दो-चार भिक्षुओं के सिवा अन्य कोई नहीं था। मोना को ऐसा लगा कि उसने अपनी सारी जिम्मेदारियाँ और चिन्ताएँ पीछे छोड़ दी हैं। वह एक ऐसी ज़िन्दगी में प्रवेश कर रही है, जहाँ सब कुछ उसके मनोनुकूल है, और उसकी बगल में जो आदमी बैठा है, वह उसके घर का नौकर नहीं, बल्कि उसके भविष्य की रोशनी है।

उसने मुस्कुराते हुए गोपी की तरफ देखा। गोपी ने इस आमन्त्रण को स्वीकार करते हुए समीप खिसककर उसकी कमर में बाँह डाल दी। मोना ने उसके दाहिने हाथ को अपने हाथों में लिया, और मँगनी की अँगूठी अपनी उँगली से निकालकर उसकी उँगली में पहना दी।

गोपी ने पूछा, ''बेबी, इस अँगूठी को लोग मेरी उँगली में देखेंगे तो क्या कहेंगे?''

मोना ने आँख मारते हुए कहा, ''यह सिर्फ तुम्हारे लिए है, लोगों को दिखाने के लिए नहीं।''

गोपी ने अँगूठी को निकालकर अपनी जेब में रख लिया, और मोना को अपनी बाँहों में खींच लिया। मोना जानती थी कि अँगूठी उसी रात नसीमा बेगम के पास पहुँच जाएगी। लेकिन इसकी उसे परवाह नहीं थी। उसका हृदय आह्लादित था; आखिर उसने वह रास्ता पा लिया था जिसके लिए वह वर्षों से अशान्त थी।

आदर्श दम्पत्ति

विषय प्रवेश

"कौन कहता है कि कम उम्र में विवाह कर देने से लड़के बिगड़ जाते हैं और उनके जीवन की प्रगति रूक जाती है? कौन कहता है कि विद्यार्थी जीवन में लड़कों का विवाह कर देने से वे स्त्री-मुख हो जाते हैं और विद्या के प्रति उनका अनुराग कम हो जाता है? मैं एक बार नहीं, सौ बार नहीं, हजार बार नहीं, लाख बार डंके की चोट पर कह सकता हूँ कि यह एक भ्रामक धारणा है, और समाज के स्वस्थ विकास के लिए इसका निराकरण होना ही चाहिए। पुरुष के जीवन में नारी का स्थान कितना महत्त्वपूर्ण है, इसका ज्ञान किसी को नहीं है तो वह मुझसे सीखे। नारी एक प्रेरणा है, एक आदर्श है, एक समर्थ शक्ति है। यदि नारी की प्रेरणा नहीं होती तो क्या गोस्वामी तुलसीदास जैसा महान कवि विश्व को उपलब्ध होता? इस बात से कौन अनभिज्ञ है कि सूरदास की महानता के पीछे नारी ही थी? नहीं, मैं तो इससे भी आगे जाने के लिए तैयार हूँ। विश्व के प्रत्येक महापुरुष की महानता के पीछे मैं नारी की छाया देखता हूँ। नारी एक महाशक्ति है। वह सृष्टि की हर उपलब्धि का मूल—स्रोत है।"

ये शब्द हैं पण्डित लोटन पाठक के जिनकी महान उपलब्धियों के पीछे उनकी साध्वी भार्या गुनवंती देवी की छाया है। यदि गुनवंती देवी उनकी प्रेरणा नहीं बनी होतीं तो आज पाठकजी कहाँ के होते? अधिक से अधिक यही कर पाते कि अपने पूर्वजों की पुरोहिती का पेशा अपनाते, और घर-घर घूमकर शादी कराते फिरते या सत्यनारायण की कथा बाँचते। साल में एक बार पन्द्रह दिनों के लिए विंध्याचल जाते, और वहाँ से लौटने पर दरवाजे-दरवाजे रेउड़ी का प्रसाद और लाल धग्गी बाँटते। यही न, या और कुछ? और आज देखिये वे क्या हैं! आज वे कुछ भी नहीं तो साहब हैं—मास्टर साहब! उन्हें पंडितजी कहलाने से घृणा है। आज उन्हें पंडितजी कहने का साहस कौन कर सकता है? अव्वल तो मास्टर साहब कहिए, या नहीं तो पाठकजी। डेढ़ सौ रुपए माहवार तनख्वाह पाते हैं। छह घण्टे ड्यूटी की और बाकी अठारह

घण्टे बेफिक्री की ज़िन्दगी। न किसी से कुछ लेना, न किसी को कुछ देना। क्या आप जानते हैं इतना सब कैसे सम्भव हुआ? नहीं?

पाठकजी के होंठों पर संतोष और खुशी की मुस्कुराहट नाच जाती है। उनकी मछली-जैसी गोल और पलकहीन आँखें कोटरों के अन्दर समा जाती हैं। चौड़े ललाट की रेखाएँ सिकुड़ती हैं, गंजे सिर के बचे-खुचे बाल हिलते हैं, और वे 'हो! हो!' करके साइलेंसर रहित मोटर-साइकिल की इंजन जैसी आवाज़ में हँस पड़ते हैं। उनकी महान सफलता के पीछे एक रहस्य है, एक ऐसा रहस्य जिसे वे परिचित-अपरिचित हर व्यक्ति के सामने उद्‌घाटित किए बिना नहीं रहते। उनका कहना है कि इससे दो लाभ हैं। प्रथम, उन्हें कब्ज की शिकायत हमेशा रहती है, और जब वे इस रहस्य का उद्‌घाटन प्रतिदिन एक बार कर देते हैं तब उनकी पीड़ा कुछ कम हो जाती है। द्वितीय, वे मानव-कल्याण में अक्षुण्ण विश्वास रखते हैं और उस महान सत्य के परिचय के लाभ से मानव-समाज को वंचित नहीं रखना चाहते।

व्यक्तित्व का विकास

जब लोटन पाठक का विवाह हुआ, वे गाँव के हाई स्कूल में दसवीं कक्षा में पढ़ते थे। उनके घर के रसोईघर में चूहे दण्ड पेलते थे, लेकिन विवाह एक सम्पन्न परिवार में हो गया। लड़की सयानी हो चुकी थी, और लड़का होनहार था—दसवीं कक्षा में पढ़ता था, और किसी भी कक्षा में एक बार से अधिक फेल नहीं हुआ था। लक्ष्मी की दृष्टि कुछ समय के लिए वक्र हुई तो क्या हुआ?

विवाह के पहले ही गुनवंती देवी ने एक पढ़े—लिखे और होनहार पति की चर्चा सुनी। उन्होंने एक रोमांटिक भविष्य के सपने देखे थे। पिता ने उन्हें गाँव के स्कूल में पाँचवीं कक्षा तक पढ़ाया भी था। घर की किताबों में लैला-मजनू आदि की जो प्रेम कहानियाँ थीं, उन्होंने शादी के पहले एक बार फिर उनका पाठ किया, अपने बक्सों में नया रंग लगवाया और अपने कपड़े-लत्ते सजाए। लेकिन ससुराल में उन्होंने पाया कि कमरे आसमान झाँकते हैं, और लंगोटधारी पतिदेव किताबों की अपेक्षा मुग्दर और सोंटे में अधिक प्रेम करते हैं। गुनवंती देवी का खून खौल उठा। रात को उन्होंने पाठकजी का स्वागत लज्जाभरी मुस्कान और नखराभरे समर्पण के बदले अभ्यास की हुई धराऊँ गालियों और अपशब्दों से किया। पाठकजी की नई बनियान पसीने से तर हो गई, और ललाट का चौड़ा लाल टीका बहकर नाक पर आ गया। उस रात को उनकी आँखें तुलसीदास की आँखों की तरह खुल गईं। उन्होंने खून-पसीना एक कर परिश्रम किया, और प्रथम प्रयास में ही दसवीं कक्षा तृतीय श्रेणी में पास हो गए।

लोटन पाठक के माता-पिता का ख्याल था कि उनके सुपुत्र ने पर्याप्त विद्याध्ययन कर लिया, और अब उसे कोई नौकरी करनी चाहिए। पाठकजी की इच्छा भी कोई

नौकरी कर लेने की थी। लेकिन गुनवंती देवी ने एक न सुना। उनके पिता ने अपने होनहार दामाद की आगे की पढ़ाई का खर्च प्रतिमाह पचास रुपए देना स्वीकार किया, और तब पाठकजी ने कॉलेज में नाम लिखाया।

व्यक्तित्व के विशेष गुण

लोटन पाठक ने पहली बार शहर तभी देखा जब वे काशीधाम में कॉलेज में नाम लिखाने गए। वे घर से मोटिया का कुर्ता, उसी कपड़े की धोती और चमरौंधा जूता ले गए थे। उन्होंने केशरिया रंग की अपनी पगड़ी भी, जिसका रंग पुराना पड़ जाने के कारण कुछ धूमिल हो गया था, फिर से रंगवा ली थी। बिछावन के नाम पर एक पुराना कम्बल था। लेकिन जब उन्होंने कॉलेज में बिल्कुल अलग रंग-ढंग देखा तो उनका मन मलिन हो गया और उनके मुँह का स्वाद खट्टा हो गया। उनके कोमल हृदय पर कॉलेज के अन्य विद्यार्थियों की फ़ैशनपरस्ती तीखी छुरी प्रमाणित हुई।

उनके मानसिक कष्ट के अन्य भी कई कारण थे। सबसे बड़ा कारण था पचास रुपए मासिक अनुदान जिसकी चारदीवारी के अन्दर उनकी औसत से अधिक महती उदर-क्षुधा की तृप्ति के साथ-साथ विलासेच्छा की पूर्ति की गुँजाइश नहीं थी। अतएव, बहुत विचारने के बाद, वे इस निष्कर्ष पर पहुँचे कि तड़क-भड़क और विलास की वस्तुएँ माया हैं, और उनसे अलग रहकर ही मानव बिना किसी अवरोध के अपने लक्ष्य तक पहुँच सकता है।

लोटन पाठक दृढ़ निश्चय के व्यक्ति थे, और जिस काम को करने का फ़ैसला एक बार कर लेते थे, उसे बिना किए नहीं छोड़ते थे। उन्होंने रुद्राक्ष की बड़े दानोवाली माला, कुश की चटाई, और नई हनुमान-चालीसा खरीदी; चन्दन की मोटी लकड़ी और सिल को, जिन्हें वे घर से ही लेते आए थे, अपने काठ के सन्दूक से निकाला, और शीशम की लकड़ी की खड़ाऊँ खरीदी। उसके बाद वे पूरी तन्मयता के साथ विद्यार्थियों के लिए आदर्श बनने के पवित्र कार्य में जुट गए।

काशीधाम में वे एक छात्रावास में रहते थे। वे प्रातःकाल अन्य विद्यार्थियों से डेढ़ घण्टे पहले उठ जाते और अपनी शीशम की खड़ाऊँ धारण कर होस्टल के बरामदे में टहलते हुए सागर-गर्जन की तरह गम्भीर आवाज़ में हनुमान-चालीसा का पाठ करने लगते। आधा घण्टा के इस पाठ से छात्रावास के सभी विद्यार्थियों की नींद भाग खड़ी होती। हनुमान-चालीसा के पाठ के बाद लोटन पाठक स्नान—ध्यान से निवृत्त होते, और लाल लंगोट धारण एक सौ डण्ड और ढाई सौ बैठकें पेलते। इस कार्य के सम्पादन के लिए उन्होंने अपने कमरे के सामने बरामदे में चार ईंटे और एक टोकरी लाल मिट्टी रख छोड़ी थी। जब वे कसरत करने लगते, छात्रावास के अधिकांश छात्र वहाँ खड़े होकर उनके अंग-विन्यास को देखते, और मुग्ध होकर मुक्त कण्ठ से उनके शरीर की गठन की प्रशंसा करते। "वाह! वाह! जरा पट्ठे की

गर्दन तो देखिए और भुजाएँ! हमारा लोटन पाठक हनुमानजी का पक्का चेला है!" इस प्रशंसा से पाठक जी की छाती फूलकर चौगुनी हो जाती। उस समय वे साँस ऊपर खींचकर रोक लेते, जिससे उनके चेहरे पर खून दौड़ जाता और आँखें लाल हो जातीं। उनके सहपाठी विद्यार्थी एक दूसरे को खोदते हुए उनकी तरफ इशारा कर कहते, "देखो! वह देखो! तुम लोटन पाठक को हनुमानजी का शिष्य कहते हो? भाई वे स्वयं हनुमानजी हैं! वाह,वाह! अति उत्तम!"

लोटन पाठक का एक नाम उनके सहपाठियों ने हनुमानजी रख दिया। इस आदरपूर्ण व्यवहार से पाठकजी को धीरे-धीरे विश्वास होता गया कि उनके आदर्शमय जीवन का उचित प्रभाव उनके चंचल-चित्त सहपाठियों पर पड़ रहा है।

लोटन पाठक गले में हमेशा रुद्राक्ष की माला डाले रहते थे, और कक्षा में अक्सर हाँ खड़ाऊँ पहने ही चले जाते थे। वे कन्धे पर लाल रंग का गमछा रखते, और बैठने के पहले बेंच और डेस्क को खूब फूँकते, तत्पश्चात् उन्हें गमछे से झाड़कर साफ करते। प्राध्यापकों के भाषण में यदि कोई रसपूर्ण प्रसंग आ जाता तो वे झट से लाल गमछा अपनी नाक पर रख लेते। परिणाम यह हुआ था कि सभी प्राध्यापक उनसे परिचित हो गए थे, और वे उन्हें उनके सहपाठियों के दिए गए नाम से ही सम्बोधित करते।

लोटन पाठक छात्रावास के मेस में ही भोजन करते थे, क्योंकि वहाँ भोजन की कीमत निश्चित थी, लेकिन खुराक की मात्रा निश्चित नहीं थी। काशीधाम में आते समय उनके पूज्य पिता ने उनसे कहा था—"बेटा, शहर में ठगों की जमात रहती है। काशीधाम के ठग सुदेश भर में प्रसिद्ध हैं। उनसे सावधान रहना। नाम इसी में है कि ठगकर लौटो, ठगाकर लौटे तो अपने बाप के बेटे क्या?" मेस में भोजन करते समय लोटन पाठक इन बातों का स्मरण रखते थे, और दो परोस भात खा लेने के बाद डेढ़ दर्जन रोटियाँ खाते थे। परिणाम यह होता था कि भोजन के बाद उनके लिए पीढ़े पर से उठना मुश्किल हो जाता। वे किसी तरह अपने कमरे में पहुँचते और पड़रू की तरह डकारना शुरू करते। इस मात्रा में भोजन का परिणाम यह हुआ था कि उनका शरीर लोढ़े के आकार का हो गया था, और उनके सहपाठी उन्हें प्रेम से लोढ़ा पाठक भी कहते थे।

लक्ष्य की प्राप्ति

कॉलेज में नौ वर्षों तक त्याग और तपस्या के उपरान्त पाठकजी ने हिन्दी में एम.ए. की डिग्री पाई। डिग्री तीसरे दर्जे की थी, लेकिन वे अपने नाम के आगे एम.ए. लगाने के लिए पूर्ण रूप से अधिकृत थे, और क्या यह कम गौरव की बात थी?

उनकी इस महान सफलता के पीछे उनका महान सिद्धान्त और महान अध्यवसाय था, और सबके पीछे एक सती-साध्वी नारी थी। एम.ए. पास करने में वे तीन बार

लुढ़के, लेकिन इससे हतोत्साह नहीं हुए, बल्कि दुगुने लगन के साथ काम में लग गए। उनका प्रिय सिद्धान्त जो अपनी तार्किक प्रौढ़ता के लिए अकाट्य था, यह था—ठेस लगने से बुद्धि बढ़ती है; अतएव बार-बार ठेस लगना ही श्रेयस्कर है। पाठकजी के अनुसार दो वस्तुओं ने हमेशा उनका साथ दिया, पहली उनकी पत्नी और दूसरी उनकी तकदीर। एम.ए. पास करने के बाद तकदीर ने तुरन्त उनका साथ दिया, और उन्हें कालीपुर में सवा सौ रुपए की मास्टरी मिल गई। जब वे कालीपुर के लिए प्रस्थान करने लगे तो उनकी धर्मपत्नी गुनवंती देवी ने उनकी अनुपस्थिति में देहात के घर में रहना अस्वीकार कर दिया, और उनके साथ कालीपुर गईं।

कालीपुर में रहने का लोटन पाठक का यह पहला अवसर था, और समस्या के हर पहलू पर विचार करने के उपरान्त वे इस निष्कर्ष पर पहुँचे कि जब तक कोई अच्छा मकान नहीं मिल जाता, किसी धर्मशाले में रहना ठीक होगा। लेकिन कोई भी धर्मशाला उन्हें आठ-दस दिनों से अधिक ठहरने देने के लिए तैयार नहीं था। अतएव आठ दिनों के बाद वे गुनवंती देवी के साथ एक होटल में चले गए। होटल में आनन्द बहुत था लेकिन खर्च इतना अधिक था कि एक महीना में स्कूल से मिले वेतन के साथ-साथ घर से लाए ढाई सौ रुपए भी खर्च हो गए। इसका दुःख पाठकजी की अपेक्षा गुनवंती देवी को अधिक हुआ, और उन्होंने पाठकजी को सुबह-शाम मकान की तलाश में भेजना शुरू किया।

पाठकजी की तकदीर ने फिर उनका साथ दिया, और उन्हें मकान मिल गया। यह मकान बाज़ार के कोलाहल से दूर एक गन्दी गली में था, और कम से कम एक सौ वर्ष पुराना था। लेकिन यह दो मंजिला था। ऊपर के दो कमरों में दो शरणार्थी परिवार रहते थे, और नीचे के एक कमरे में दो युवक शरणार्थी रहते थे। युवक शरणार्थियों में से एक ठेले पर लादकर माल बेचता था, और दूसरा रात में कहीं ड्राइवरी करता था। नीचे का जो कमरा खाली था, उसी में पाठकजी और गुनवंती देवी आ गए।

मकान सुविधाजनक तो अवश्य था, लेकिन युवक शरणार्थियों के कारण पाठकजी को हिचकिचाहट थी। क्या यह उचित था कि वे अपनी पत्नी को दो युवक शरणार्थियों के पार्श्व में छोड़कर स्वयं दिनभर बाहर रहते? लेकिन जब गुनवंती देवी ने अपने सतीत्व की प्रचण्ड अग्नि में उनके सन्देह रूपी तिनके को डाल दिया, तो फिर उसकी राख ही पाठक जी के मन में बच गई।

शादी के ग्यारह वर्ष के उपरान्त भी गुनवंती देवी को कोई संतान नहीं थी। इससे वे अत्यंत चिन्तित रहती थीं। नए मकान में जाने के बाद उन्होंने अपने आप को समझाया—'अभी, या कभी नहीं!' पाठकजी दिन-भर स्कूल में आजीविका के लिए कठिन परिश्रम करते, उनकी धर्मपत्नी नए घर में संतान-प्राप्ति के लिए उनसे कम श्रम नहीं करती। पाठकजी शाम को थके—मांदे घर लौटते, और गुनवंती देवी मधुर

मुस्कान से उनका स्वागत करती। उस समय पाठकजी की दृष्टि अनायास शरणार्थी युवकों के कमरे की तरफ मुड़ जाती जो उनके कमरे के ठीक सामने खुलता था। उस समय वे ताश खेलते होते या ऐसे ही किसी दूसरे काम में इतना व्यस्त होते कि उन्हें पाठकजी के आने की कोई ख़बर नहीं होती। सब कुछ अत्यंत सामान्य था, और पाठक जी के सन्देह का कोई कारण नहीं था। लेकिन उनका मन अशान्त रहता था। वे हनुमान-चालीसा का पाठ नियमित रूप से करते, लेकिन उस समय भी उनका मन अशांत रहता था। प्राणायाम करते समय जब वे अपना श्वास ब्रह्माण्ड पर आरोपित कर अर्द्ध-निमीलित नेत्रों से अपनी नासिका का मध्य भाग देखने लगते, तब उनके मस्तिष्क में तेज-मण्डित अस्पष्ट ब्रह्म मूर्ति के स्थान पर घनी दाढ़ीवाले दो जाने–पहचाने व्यक्तियों की विद्रूपपूर्ण हँसी हँसती हुई दो छायाएँ आ खड़ी होतीं। वे अकचकाकर खड़े हो जाते, और इस बात की कोशिश करते कि उन छायाओं को नहीं पहचानें। मानसिक क्लेश और चिन्ता के कारण उनकी कनपटी के बाल तेजी से सफेद होते जा रहे थे। अब उन्हें घर की याद बहुत सताने लगी। उन्होंने अपने सम्बन्धियों को लिखा कि उनके लिए अपने ही जिले में नौकरी की तलाश करें क्योंकि कालीपुर उनके मानसिक और शारीरिक स्वास्थ्य के उपयुक्त नहीं है। उनके भाग्य ने फिर उनका साथ दिया, और उन्हें भरतपुर में मास्टरी मिल गई। तनख्वाह सिर्फ सौ रुपए थी, लेकिन यह उन्हें स्वीकार्य था क्योंकि उन्हें घनी दाढ़ीवाले दो चेहरों की विद्रूपपूर्ण मुस्कान से मुक्ति का मार्ग खोलता था। उन्होंने अपनी पत्नी को सूचित किए बिना कालीपुर के स्कूल की नौकरी छोड़ दी। गुनवंती देवी आगबबूला हो गयीं और भारी मन से पाठकजी के साथ भरतपुर गईं।

भरतपुर में पाठकजी को जो मकान मिला, उसमें उनके सिवा सिर्फ एक और किराएदार था। वह पुलिस का जमादार था जो साल में तीन महीनों तक अपनी पत्नी को साथ रखता था और नौ महीने उसे अपने देहात के घर भेज देता था। जब उसकी पत्नी भरतपुर में होती तो थाने का एक सिपाही उसके पहरे पर रहता था। पाठकजी को यह मकान पसन्द आ गया; किराया नाजायज नहीं था, और सुरक्षा के लिए उसका एक स्तम्भ वर्तमान था। जिस समय वे उस मकान में गए, जमादार की पत्नी भी मौजूद थी, और पन्द्रह दिनों के अन्दर दोनों परिवारों में निकट सम्बन्ध स्थापित हो गया। जमादार की पत्नी गुनवंती देवी के साथ घण्टों बैठती और तरह-तरह की बातें होतीं। कभी-कभी लोटन पाठक भी बातचीत में भाग लेते। उनका कवि-हृदय आनन्द-विभोर हो उठता–यही तो जीवन है।

पन्द्रह दिनों के बाद जमादार की पत्नी देहात के घर चली गई, लेकिन दोनों परिवारों के मधुर सम्बन्ध वैसे ही बने रहे। वस्तुतः जमादार का अपने डेरे से प्रेम बढ़ गया, और थाने का अधिक काम वहाँ पर ही निबटाने लगा। पाठकजी दिन भर स्कूल में पढ़ाने के बाद शाम को घर लौटते तो गुनवंती देवी मोहक मुस्कान

के साथ उनका स्वागत करतीं। उस समय पाठकजी की दृष्टि अनायास ही जमादार के कमरे की तरफ दौड़ जाती, जिसमें वह मेज पर झुका और कागजों में डूबा नजर आता। सन्देह का कोई कारण नहीं था। लेकिन कोई कीड़ा उनके मन में उत्पात मचाये हुए था, और उनके केश तेजी से सफेद होते जा रहे थे।

उपसंहार

लोटन पाठक की ज़िन्दगी में अब किसी चीज का अभाव नहीं था, सिर्फ मानसिक शान्ति नहीं थी। उन्होंने इस बात पर गम्भीरता से विचार किया, और अन्त में इस निष्कर्ष पर पहुंचे कि उन्हें रोमांस की आवश्यकता है। उन्होंने इस बात का जिक्र रात में अपनी पत्नी से किया। गुनवंती देवी बोली, ''इस उम्र में रोमांस? क्या तुम पागल हो गए हो? क्या मैं तुमसे पूरा प्रेम नहीं करती?''

लोटन पाठक ने खँखारकर गला साफ किया, और गम्भीर आवाज़ में बोले, ''देखो गोंटी, (उन्होंने नए फ़ैशन के अनुसार पत्नी के नाम का विदेशीकरण कर दिया था) मेरा यह मतलब नहीं कि तुम मुझसे पूरा प्रेम नहीं करती। तुम मेरी धर्मपत्नी हो और तुम पूरा प्रेम नहीं करोगी तो कौन करेगा? तुम्हारे प्रेम पर मेरा अधिकार है। रोमांस से मेरा मतलब पूर्णतः भिन्न प्रकार के प्रेम से है। हम आधुनिक युग में रहते हैं, और हमें इस युग के नियमों और आदर्शों पर चलना चाहिए, अन्यथा हमारे जीवन से प्रगति मरुभूमि में जल की भाँति विलुप्त हो जाएगी। इस युग में पति-पत्नी के बीच रोमांस का अस्तित्व नहीं है। मैंने इस समस्या का भी समाधान ढूँढ़ लिया है। यहाँ भी भाग्य ने हमारा साथ दिया है। हमारे यहाँ जो दाई काम करती है, वह मुझे हर तरह से योग्य लगती है। वह सवा रुपए माहवार पर मुझसे रोमांस करने के लिए तैयार है। इस पर तुम गम्भीरता से विचार करो। आशा ही नहीं, बल्कि पूर्ण विश्वास है कि तुम मेरे प्रस्ताव से सहमत होगी।''

गुनवंती देवी बोली, ''खैर, ऐसा है तो ठीक है। तुम्हारे सुख के लिए मैं क्या नहीं कर सकती? लेकिन अपनी नजरों के सामने किसी दूसरी औरत से रोमांस करते मुझसे नहीं देखा जाएगा। इस कारण मेरी एक शर्त है। तुम जब रोमांस करना चाहो, मुझे जमादार साहब के यहाँ पहुँचा दो। जब तुम्हारा रोमांस पूरा हो जाए, मुझे बुला लिया करो।''

पाठकजी गद्गद् हो गए। उन्होंने उछलकर पत्नी को गले से लगा लिया। क्या उनकी पत्नी और उनकी तकदीर ने हमेशा साथ नहीं दिया?

आज पाठकजी खुश हैं। यदि कोई जीवन में सुख का रहस्य जानना चाहता है तो इस दम्पत्ति से सीखे।

अपील

आपसे मेरी प्रार्थना है कि आप मेरी पत्नी का पता लगाने में मेरा सहयोग करें। मेरी प्रार्थना पुरुष वर्ग और नारी वर्ग दोनों से है क्योंकि मैं चाहता हूँ कि विवाह की पवित्रता बनी रहे। विवाह की पवित्रता बनी रहने से संतानें वर्णसंकर नहीं होंगी, और समाज उस उथल-पुथल से बच जाएगा जो वर्णसंकर लोगों के कारण होती है। वर्णसंकर संतान से इहलोक और परलोक दोनों बिगड़ जाते हैं। इसी कारण महाभारत में बार-बार कहा गया है कि समाज का यह कर्त्तव्य है कि वह ऐसी व्यवस्था करे कि वर्णसंकर संतान की उत्पत्ति से बचा जा सके। इसके लिए पुरुष और नारी दोनों को समान रूप से प्रयत्नशील रहना चाहिए। क्या हमारे विचारकों ने नहीं कहा है कि पुरुष और नारी समाज के रथ के दो पहिए हैं और यदि उनमें से एक भी निष्क्रिय हो जाए तो रथ की गति रूक जाती है?

मैं तो कहूँगा कि समाज के हर वर्ग को वर्णसंकर संतान पैदा होने देने से बचने के लिए समान रूप से प्रयत्नशील रहना चाहिए। आज जितने भी कलह हैं उनके पीछे वर्णसंकर लोग किसी न किसी रूप में अवश्य हैं। वे स्वयं इन कलहों के दुष्परिणाम के शिकार होने से बचते हैं, लेकिन दूसरों को कलह की आग में ढकेलकर उनकी दुर्गति का आनन्द लेते हैं। वर्णसंकर लोग व्यक्ति और समाज दोनों के दुश्मन हैं, अतएव यह हर किसी का परम धर्म है कि वह इन प्रयत्नों में साथ दे जो वर्गसंकर संतान की उत्पत्ति से बचने के लिए किए जाते हैं।

मेरी पत्नी सविता झाँवर, जिससे मेरा विवाह पाँच वष पहले हुआ, अपने नौकर कलाम उर्फ राजू के साथ कहीं भाग गई है। कलाम उर्फ राजू से उसका साथ तब से है जब वह पन्द्रह साल की थी। यह मेरी शादी के आठ वर्ष पहले की बात है। राजू उससे दो वर्ष छोटा था। वह मेरे ससुर नाथूमल गिलानी के बंगले के अहाते की सफाई के लिए बहाल हुआ था। मेरे ससुर कपड़े के नामी व्यापारी हैं और उनका रोजगार कुसुमांचल के आधे दर्जन शहरों में फैला हुआ है। मेरी पत्नी, जो राजू की वहाली के समय स्कूल में पढ़ती थी, अक्सर अहाते में किसी पेड़ के नीचे बैठकर अध्ययन करती थी। मेरे ससुर की कोठी में दस कमरे हैं, और मेरी पत्नी अपनी

पसन्द के किसी कमरे में बैठकर किताबें पढ़ सकती थी; लेकिन उसका मन किताबों पर तभी टिकता था जब वह बगीचे में किसी पेड़ के नीचे बैठती थी। मुझे दाल में कुछ काला मालूम पड़ता है, लेकिन मैं उस सम्बन्ध में आगे कुछ कहना नहीं चाहूँगा। मैं एक शान्तिप्रिय व्यक्ति हूँ, और किसी भी बात को तब तक अपने मन में ही रखता हूँ जब तक उसकी प्रामाणिकता अकाट्य नहीं होती। बगीचे में पेड़ के नीचे बैठकर मेरी पत्नी की कलाम उर्फ राजू से मिलना होना ही थी, और आग और ईंधन के मेल होने पर धुआँ को निकलने से कौन रोक सकता है? लेकिन मेरी पत्नी ने जो किया वह कोई बेवकूफ औरत ही कर सकती है। कलाम उर्फ राजू से परिचय होने के साल भर के अन्दर ही वह घरवालों को सूचित किए बिना कुसुमपुर चली गई और उसके साथ महीने भर तक होटलों में रही। जब मन भर गया तो उसने अपने पिता को फोन किया कि बीमार पड़ गई हूँ, और तब उसके पिता कुसुमपुर जाकर उसे ले आए। जब पास-पड़ोस के लोगों ने पूछा तो कह दिया कि वह मौसी के घर थी।

मुझे इस बात की जानकारी शादी के बाद हुई अन्यथा शादी करने के पहले मैं बहुत सोचता। यह सही है कि मेरे ससुर की दो करोड़ से ऊपर की सम्पत्ति है और उन्होंने मुझे आशा से अधिक दिया; मुझे शादी में जो दान-दहेज मिला उतना अन्य किसी लड़की से शादी होने पर नहीं मिलता। मेरे ससुर के सहयोग से मेरा अपना व्यापार भी इस तरह चमका कि मैं जिले के सबसे बड़े लोहा व्यापारियों में से एक हो गया। लेकिन मैं विश्वास के साथ कह सकता हूँ कि यदि मुझे कलाम उर्फ राजू से पत्नी की मित्रता की जानकारी शादी से पहले होती तो शादी के बारे में बीस बार सोचता। आखिर इज़्ज़त भी कोई चीज है। मैं वैसा काम करने से मीलों दूर रहता हूँ जो मेरे सिद्धान्तों के अनुकूल नहीं हो।

शादी के दूसरे दिन जब मैं दूल्हा बना अपने ससुर की कोठी के एक कमरे में सजे-सजाए पलंग पर बैठा हुआ था तो मेरे साले की पत्नी मुझसे सटकर बैठती हुई बोली, "जमाईजी, अब आप को गंगा-स्नान का मौका मिल गया। आपके पहले भी दर्जनों लोग गंगा-स्नान कर पुण्य कमा चुके हैं। अब आप भी कमाएँगे। लेकिन आप दूसरों को स्नान करने से रोकिएगा मत। ऐसा करने से पाप लगेगा और आपकी दिक्कत बढ़ जाएगी।"

मैं समझ गया कि मेरे साले की पत्नी जरूर कोई गूढ़ बात कह रही है; लेकिन बहुत सोचने पर भी जब मैं उसका मतलब समझ नहीं सका तो मैंने मुस्कराकर कहा, "गंगा सबके लिए है। उसमें स्नान करने से कोई किसी को क्यों रोकेगा?"

मेरे साले की पत्नी जोर-जोर से हँसने लगी। बोली, "जमाईजी, आप को ऐसी गंगा मिली है कि यदि आप किसी को रोकिएगा तो वह स्वयं स्नान करने की इच्छा करने वाले के दरवाजे पर चली जाएगी।"

मेरा मन आशंकाग्रस्त हो गया। मैंने पूछा, "भाभीजी, क्या आपका इशारा अपनी ननद की तरफ है?"

उसने हँसते हुए कहा, "जमाईजी, मेरा इशारा किसी की तरफ नहीं। मैं तो सिर्फ ज्ञान की बातें कह रही हूँ।"

मैं समझ गया कि वह साफ-साफ कुछ नहीं कहेगी; सिर्फ इधर-उधर की बातें करके मुझे चिन्ता में डाल देगी। इस कारण मैं चुप लगा गया। मैंने सोचा—"क्या सच्चाई छिपी रह सकती है? आज या कल वह सामने आ जाएगी। अपने आप को चिन्ता के सागर में व्यर्थ ही ढकेलने से क्या लाभ? क्या ज़िन्दगी में चिन्ताओं की कमी है? यदि किसी समस्या को आना होगा तो वह खुद ही आ जाएगी। क्या वह मना करने से मानेगी?"

मैं प्रारम्भ से ही इस सिद्धान्त पर चला हूँ कि आदमी को सबसे कम प्रतिरोध की नीति अपनानी चाहिए। जब मैं स्कूल में था तभी से महात्मा बुद्धदेव के बताए गए मध्यम मार्ग से प्रभावित रहा हूँ। उन्होंने कैसी अच्छी बात कही है—"वीणा के तार को इतना न खींचो कि वे टूट जाएँ, और उन्हें इतना ढीला न करो कि आवाज़ ही नहीं निकले।" जब मैं कॉलेज में गया तब महात्मा बुद्धदेव की इस शिक्षा का अधिक गहराई से अध्ययन किया, और तय किया कि मैं इसी मार्ग पर चलूँगा। चाहे कहीं से कितना भी प्रलोभन क्यों नहीं मिले, मैं इसका परित्याग नहीं करूँगा। इस कारण जब मैंने बी.ए. पास किया तो नौकरी के फेर में इधर-उधर नहीं घूमा; मैंने अपना खानदानी धन्धा अपनाया और लोहे की एजेन्सी ले ली। मैंने किसी से झगड़ा नहीं करने की कसम खा ली थी; इस कारण कुछ ले-देकर रंगदारों को भी खुश रखा और सरकारी मुलाजिमों को भी। यहाँ तक कि भिखारियों को खुश करने के लिए मैंने दान देने का दिन तय कर दिया—मंगलवार—जब मैं पाँच-पाँच पैसे के एक सौ एक सिक्के रख लेता और पहले आए भिखारियों में से हरेक को एक सिक्का देता। एक सौ एक सिक्के बाँटने के बाद मैं अपनी मुट्ठी बन्द कर लेता, और जो सिक्के पाने में पिछड़ जाते उन्हें खाली हाथ लौटना पड़ता। हर क्षेत्र में सतर्कता का परिणाम यह हुआ कि मेरा कारोबार मेल ट्रेन की चाल से बढ़ने लगा, और चार साल के अन्दर ही मेरे पास बड़े भाई से दुगुनी सम्पत्ति हो गई। पढ़ाई छोड़ने के बाद जब मैंने कारोबार में लगने की इच्छा प्रकट की थी तो मेरे भाई ने मुझे अलग कर दिया था; वे नहीं चाहते थे कि मैं आमदनी और खर्च का ब्योरा जानूँ और पैसे की हेराफेरी को रोकूँ। लेकिन मध्यम मार्ग के सिद्धान्त ने मेरी मदद की, और यद्यपि मैं कुछ लोगों की आँखों का काँटा बन गया था, देवी लक्ष्मी ने मेरी तरफ से मुँह नहीं मोड़ा।

जब नाथूमल गिलानी अपनी बड़ी बेटी सविता की शादी का प्रस्ताव लेकर आए तो मैंने उसे देवी लक्ष्मी की कृपा का ही प्रसाद समझा। मैंने अपने दिल से

कहा, "प्यारे, धड़कना बन्द करो और शान्ति से देखते जाओ कि आगे क्या होता है। क्या हमारे शास्त्रों में नहीं लिखा है कि स्त्री के चरित्र को और पुरुष के भाग्य को देवता नहीं जानते? देवी लक्ष्मी भी एक लक्ष्मी हैं, इस कारण कहना कठिन है कि वे आगे क्या करेंगी। लेकिन वे इस समय तुम पर खुश हैं; तुम उनकी खुशी का लाभ उठाओ और मालामाल हो जाओ। मैं पुरुष हूँ, मेरे भाग्य को उड़ान भरना ही चाहिए।"

जब नाथूमलजी ने मेरे भाई साहब से मेरी शादी का प्रस्ताव किया तो उन्होंने इस तरह मुँह बिचकाया मानो गन्दगी से भरी नाली देख ली हो। मेरा दिल ऐंठ गया, लेकिन मैं कुछ नहीं बोला, क्योंकि मैं जानता था कि भाई साहब के विरुद्ध कुछ कहने से बात बिगड़ जाएगी। तब नाथूमलजी ने मुझसे कहा; "बेटा, मैं अपनी बड़ी सविता की शादी का प्रस्ताव लेकर आया हूँ। लड़की हजार में एक है। उसके साथ तिलक दहेज इतना मिलेगा कि किसी को कोई शिकायत नहीं रहेगी।"

मैंने सिर झुकाकर कहा, "आप लोग जो चाहेंगे वही होगा। मैं आप लोगों से बाहर थोड़े हूँ? मैं जानता हूँ कि आप लोग जो करेंगे, मेरी भलाई के लिए करेंगे।"

मैं नाथूमलजी के समान लक्ष्मी के प्रिय व्यक्ति से रिश्तेदारी का सौभाग्य हाथ से कैसे जाने दे सकता था? लेकिन मैं जानता था कि मध्यम मार्ग ही हर अवस्था में सर्वोत्तम है; अधिक उतावला होना भी उतना ही बुरा है जितना अधिक अन्यमनस्क होना। मध्यम मार्ग ने मेरी मदद की, और मेरी शादी नाथूमलजी की पुत्री से तय हो गई।

नाथमूलजी ने ठीक ही कहा था। मेरी पत्नी के साथ इतने पैसे, जेवर और सामान मिले जितना मिलने की बात मैं सपने में भी नहीं सोच सकता था। मेरे ससुरजी ने अपनी पुत्री के साथ उसके विश्वासी नौकर को भी भेज दिया जो वर्षों से उसके साथ था। यह नौकर कलाम उर्फ राजू है। जब कलाम उर्फ राजू मेरी पत्नी के साथ आया तो मुझे खटका लगा; न जाने क्यों अपने साले की पत्नी की बात दिमाग में आ गई, और मन में तरह-तरह के विचार चक्कर काटने लगे। लेकिन मैंने मन को समझाया, "प्यारे, घबराने से काम नहीं चलेगा। जल्दीबाजी में कोई क़दम नहीं उठाना चाहिए। क्या पण्डितों ने नहीं कहा है—जल्दीबाजी का काम शैतान का? पहले किसी बात का पुख्ता सबूत मिल जाए तब कोई रास्ता खोजो। दुनिया में ऐसे लोग कितने हैं जो दूसरों की खुशी से खुश होते हैं?"

मैंने अपने मन को समझाया जरूर, लेकिन उसने समझने से इन्कार कर दिया। मैं घर पर तो रात को ही रह सकता था, दिन भर या तो दुकान पर रहता था या किसी सरकारी ऑफिस में चक्कर लगाता था। मेरे बड़े भाई का परिवार मकान के अपने हिस्से में रहता था, और उसे मेरे हित-अहित की कोई चिन्ता नहीं थी। मेरा नौकर राम भरोसे इतना होशियार था नहीं कि उस पर भरोसा किया जा सके। फिर,

उससे अपने मन की बात बताना खतरे से खाली नहीं था; न जाने वह क्या सोचे और मेरी कमजोरी का लाभ उठाने के लिए कौन-सा गुल खिलाए। मैं कलाम उर्फ राजू को अपने घर से निकाल अपने ससुर के घर भेज सकता था; लेकिन इससे उनका मन दुःखता, और मैं इसके लिए तैयार नहीं था। इस कारण मैंने मध्यम मार्ग अपनाया, और उसे दिन में अपने साथ रखने लगा।

लेकिन एक महीना भी नहीं बीता होगा कि एक सुबह जब मैं उठा तो पाया कि मेरी पत्नी और कलाम उर्फ राजू घर पर नहीं हैं। मैं घबरा गया, लेकिन मैंने अपने मन को समझाया, "प्यारे, धीरज खोने से काम नहीं चलेगा। मनुष्य को चाहिए कि वह अपने चरम उद्देश्य को सदा ध्यान में रखे और उसी के मुताबिक काम करे।"

मैं अपनी ससुराल गया और ससुरजी से एकान्त में सारी बात कही। मेरी बात सुनकर उन्हें घबड़ा जाना चाहिए था, लेकिन उनकी आँखों में मुस्कराहट की रेखाएँ उभर आईं। बोले, "बेटा, घबड़ाने की कोई बात नहीं। मेरी बेटी सविता अपनी मौसी से बहुत प्यार करती है। उसकी मौसी विधवा है और कुसुमपुर में किसी आश्रम में रहती है। मेरी बेटी सविता हर दो-तीन महीने में कलाम उर्फ राजू के साथ दो-चार हफ्तों के लिए अपनी मौसी के पास चली जाती है। सविता में पन्द्रह साल की उम्र से ही सात्विक वृत्ति जग गई है। साधु-सन्तों के बीच कुछ दिन बिताने से उसकी चोला को शान्ति मिलती है।"

मेरे ससुरजी की आवाज़ हमेशा की तरह गम्भीर थी, लेकिन उनकी आँखों की मुस्कान ने मेरी आशंका को बढ़ा दिया। थोड़ी देर के बाद जब मेरी मुलाकात मेरे साले की पत्नी से हुई तो मैंने सहज रहने की कोशिश करते हुए उससे पूछा, "भाभीजी, मेरी पत्नी की मौसी कुसुमपुर में किस आश्रम में रहती है?"

मेरे साले की पत्नी की आँखें खुशी से फैल गईं। वह उसी तरह दो-तीन मिनटों तक मेरी तरफ ताकती रही, फिर जोर-जोर से हँसती हुई बोली, "तो स्नान करनेवाले के दरवाजे पर गंगा पहुँच ही गई। जमाईजी, गंगा को किस-किस आश्रम में खोजिएगा? उसे जिस आश्रम का दरवाजा खुला मिलेगा, उसी में डेरा डाल देगी। पिछले दस सालों में न जाने कितने आश्रम देख चुकी। वह हर तीन महीने में किसी न किसी आश्रम में दस-पन्द्रह दिन बिताती है। कलाम उर्फ राजू बहुत काम का गाइड है।"

मेरी समझ में नहीं आया कि ससुरजी की बात में विश्वास करूँ या साले की पत्नी की बात में। मेरा मन खीझकर कुछ बुदबुदाने लगा। मैंने समझाया, "प्यारे, घबड़ाने से आदमी मध्यम मार्ग को छोड़कर अतिवादी हो जाता है। यह एक खतरनाक स्थिति है, और इससे आदमी को बचना चाहिए। यह सही है कि वर्णसंकर संतान समाज के लिए खतरनाक है; लेकिन धुआँ होने पर ही पानी डालना चाहिए, नहीं तो सभी मति–भ्रम समझ कर हँसेंगे।"

मैं घर लौट गया, और अड़ोस-पड़ोस में कह दिया कि मेरी पत्नी अपनी मौसी के पास कुसुमपुर गई है। लोगों ने मेरी बात पर विश्वास किया या नहीं, यह मैं निश्चित रूप से नहीं कह सकता, लेकिन कभी-कभी मुझे लगता था कि कुछ लोग मेरी तरफ देखकर रहस्यमय ढंग से मुस्करा देते हैं। लेकिन मैंने उनकी मुस्कराहट की अनदेखी की, क्योंकि मुझे मालूम था कि मेरे उत्तेजित होने से उन्हें अधिक खुशी होगी, और मैं कोई ऐसा काम नहीं करना चाहता था जिससे मेरे कारण लोगों की खुशी बढ़े।

जब पन्द्रह दिनों के बाद, मेरी पत्नी और कलाम उर्फ राजू लौटकर आए तो मैंने उनसे कुछ नहीं कहा, क्योंकि मैं बात बढ़ाना नहीं चाहता था। दूसरा कारण यह भी था कि मेरा ख्याल था कि मेरी उदारता रंग लाएगी, और वे आगे ऐसा कोई काम नहीं करेंगे जिससे मेरी आत्मा को चोट पहुँचे। क्या किसी महात्मा ने नहीं कहा है कि क्षमा बहादुरों का आभूषण है?

लेकिन मैंने बात को बिगड़ने से रोकने के लिए दूसरी तरकीब निकाली। मैंने विधर्मी होने की बात कहकर कलाम उर्फ राजू को नौकरी से निकाल दिया, और घर के काम देखने के लिए एक अधेड़ आदमी को बहाल कर दिया। यह आदमी, जिसका नाम रमई राम था, मेरे परिवार से मेरे पिताजी के समय से जुड़ा था, और उससे किसी तरह के खतरे की आशंका नहीं थी। मेरी पत्नी ने मेरा विरोध नहीं किया, लेकिन पन्द्रह दिन बीतते-बीतते उसकी तबीयत खराब हो गई, और मुझे उसे रमई राम के साथ उसके पिता के घर भेजना पड़ा।

लौटकर रमई राम ने कहा, ''मालिक, मैंने कलाम उर्फ राजू को आप के ससुरजी के यहाँ देखा। लगता है कि उसे वहाँ पर फिर नौकरी मिल गई है।''

मेरे अन्दर आग लग गई, लेकिन मैंने अपने–आप को शान्त रखते हुए कहा, ''मेरे ससुरजी का कारोबार बड़ा है। उन्हें अपने स्टाफ में हर तरह के लोगों की जरूरत होती है।''

रमई राम दो मिनटों तक एकटक मेरी तरफ ताकता रहा, मानो कुछ कहना चाहता हो, लेकिन मेरी भंगिमा देखकर चुप रहा। उसने जो सूचना दी थी, उससे मुझे चोट पहुँची थी, और मैं सच्चाई जानने के लिए तीसरे दिन ससुराल पहुँच गया। मेरी पत्नी वहाँ नहीं थी, और न कलाम उर्फ राजू ही कहीं दिखाई पड़ा। लेकिन मैंने किसी से कुछ नहीं पूछा, क्योंकि मैं उपहास का पात्र नहीं बनना चाहता था। मैंने अपने मन को समझाया–''धीरज से काम लो। क्या सच्चाई छिप सकती है?''

मैं जब ससुराल जाता हूँ, मेरे बड़े साले की पत्नी ही मुझे खाना खिलाती है, जैसे उसे मुझसे विशेष प्रेम हो। खाने की मेज पर मेरी बगल की कुर्सी पर बैठती हुई बोली, ''जमाईजी, जिसके घर में गंगा बहती हो, उसे घबराना नहीं चाहिए। गंगा

सबकी है, किसी के घर में बहने से वह उसकी नहीं हो जाती, और न किसी दूसरे के नहाने से उसमें पाप समाता है।''

मैंने अत्यंत सरल भाव से कहा, ''हाँ, यह सच है।''

वह खिलखिलाकर हँस पड़ी। बोली, ''तब कोई बात नहीं। शान्ति से घर बैठिए। वह दस-पन्द्रह दिनों में लौट आएगी। एक बात और। उसके सेवक को उसके साथ ही रहने दीजिए। बात फैलने से आपका ही नुकसान होगा।''

मैंने कुछ नहीं कहा, क्योंकि मैं जानता हूँ कि आदमी को सबकी बात सुननी चाहिए, लेकिन करना वही चाहिए जो उसका विवेक कहे। यदि कोई कहे कि कौआ आप के कान लेकर उड़ गया, तो पहले देखना चाहिए कि कान है, या गायब है। घर लौटने पर मैंने अपने साले की पत्नी की बातों पर विचार किया और इस नतीजे पर पहुँचा कि उसका परामर्श मानने योग्य है। किसी बात को बिगड़ जाने के पहले ही सँभाल लेने में बुद्धिमानी है। मैं जब इस बार अपनी पत्नी को घर लाया तो कलाम उर्फ राजू को भी लेता आया। दस-पन्द्रह दिनों के बाद जब मेरी पत्नी अपनी मौसी से मिलने के लिए कलाम उर्फ राजू के साथ कुसुमपुर जाने लगी तो मैंने चुप रहना ही अच्छा समझा। मेरी पत्नी हर तीन महीने के बाद अपनी मौसी से मिलने कलाम उर्फ राजू के साथ कुसुमपुर जाती और दस-पन्द्रह दिनों के बाद वापस आ जाती। मुझे वर्णसंकर संतान का पिता होने का भय लगा रहता था, और यह अच्छा ही हुआ कि विवाह के पाँच वर्षों के बाद भी मेरी पत्नी ने गर्भ धारण नहीं किया। मैं इस अवधि में मध्यम मार्ग पर चलता रहा और कोई ऐसा क़दम नहीं उठाया जिससे भविष्य में काँटा बिछने की सम्भावना हो।

लेकिन इस बार मेरा धैर्य जवाब दे रहा है, और मैं ऐसा क़दम उठाने के लिए विवश हूँ जो मुझे भी अटपटा लग रहा है। मेरी पत्नी हर बार पन्द्रह दिन बीतते–बीतते अपनी मौसी के यहाँ से लौट आती थी। लेकिन इस बार तीन महीने हो गए, और न उसने और न कलाम उर्फ राजू ने ही कोई सूचना दी। वह अपने साथ एक लाख रुपए और उतने ही के जेवर ले गई है। इस बात का पता मुझे तब चला जब उनके जाने के दस दिनों के बाद मैंने जाँच-पड़ताल की। मेरी बेचैनी बहुत बढ़ गई है। दो लाख के नुकसान के साथ-साथ वर्णसंकर संतान का पिता होने की आशंका भी बढ़ गई है। आपसे मेरी अपील है कि यदि आपको मेरी पत्नी या कलाम उर्फ राजू का पता चले तो मुझे या निकट के पुलिस स्टेशन को तुरन्त सूचित करें। सूचना देनेवाले को यथोचित पुरस्कार दिया जाएगा।

गीली मिट्टी

सुभाष आज अपनी क्लीनिक में अन्य दिनों से एक घण्टा पहले, आठ बजे ही, आ गया था, और पुरानी बातों की याद में डूबा लगातार सिगरेट पी रहा था। पिछली शाम को उसे सूचना मिली थी कि अनुराधा अपनी ससुराल से आ गई है—जगन्नाथ सिन्हा का नौकर मिठाई लेकर आया था—और तब से वह बिल्कुल अशान्त रहा था। रात में उसकी पत्नी ने एक बार टोका भी था, "आप सो नहीं रहे हैं! क्या बात है?" उसने पेट में दर्द होने का बहाना कर पत्नी को टाल दिया था। सुबह में उसने अपने दोनों बेटे मंटू और बंटू को, जो क्रमशः सात और पाँच वर्ष के थे, अन्य दिनों की तरह जगाकर नाश्ता नहीं कराया था और शीघ्र ही क्लीनिक के लिए रवाना हो गया था, जैसे उसे घर से दूर जाने की जल्दी हो। उस समय जब क्लीनिक में कम से कम घण्टे भर तक उसकी शान्ति के भंग होने की सम्भावना नहीं थी—उसका कम्पाउण्डर अजैबीलाल नौ बजे के पहले क्लीनिक नहीं आता था—वह पिछले बारह महीनों की घटनाओं में एक बार फिर जी रहा था। उसे लग रहा था—सब कुछ कल ही तो हुआ है। लेकिन इन घटनाओं की छाया इतनी घनी थी कि उनके नीचे पड़कर उसके जीवन में सब कुछ बदल गया था।

साल भर पहले उसकी मुलाकात अनुराधा से हुई थी। उसने उसे क्लीनिक में एक प्रौढ़ सज्जन के साथ प्रवेश करते देखा, और उन्हें एक तरफ बैठने के लिए कह उस मरीज की जाँच में लग गया जो वहाँ पहले से बैठा था। उस रोगी की जाँच के बाद वह इन लोगों की तरफ उन्मुख हुआ।

प्रौढ़ सज्जन बोले, "मेरा नाम जगन्नाथ सिन्हा है। मैं यहाँ जिला अदालत में वकील हूँ। यह मेरी बेटी अनुराधा है। इसी को दिखाने आया हूँ।"

सुभाष बोला, "बड़ी खुशी हुई आप लोगों के आने से। क्या रोग है इन्हें?"

"यही तो दिखाने आया हूँ। कहती है सिर में दर्द रहता है और चक्कर आता है। जब तक पढ़ती थी, ठीक और स्वस्थ थी। सालभर पहले काशीधाम से एम. ए. किया इसने, और तब से घर पर है। यहाँ का हवा-पानी इसे माफिक नहीं लग रहा। कुछ न कुछ हुआ ही रहता है।"

युवती ने अपने पिता से मुस्कुराते हुए कहा, "पिताजी, आप व्यर्थ चिन्तित होते हैं। सिर-दर्द भी कोई रोग है क्या? मुझे कुछ हुआ ही नहीं। आप निरर्थक डॉक्टर लोगों के चक्कर में पड़ते हैं।"

उसने हँसकर सुभाष की ओर देखा, जैसे वह बताना चाहती हो कि उसने डॉक्टर लोगों के सम्बन्ध में जो कहा था, वह एक मजाक था। सुभाष ने उसे ध्यान से देखा—साँवला रंग और भरी हुई देहवाली बाईस-तेईस वर्ष की युवती थी वह, जिसका किंचित लम्बा चेहरा उसके लम्बे कद से, जिसकी तरफ उसका ध्यान शुरू में गया था, मेल खाता था। लेकिन उस समय उसने उसकी तरफ एक साधारण रोगी से अधिक ध्यान नहीं दिया, और उसके चेहरे और आँखों के रंग को देखकर तुरन्त अनुमान लगा लिया कि उसे रक्ताल्पता की बीमारी है।

पिता ने कहा, "बेटी, यदि मैं तुम्हारे लिए चिन्ता न करूँ तो किसके लिए करूँ? क्या मेरी कोई और भी संतान हैं? डॉक्टर साहब, पिछले दो महीनों से इसका खाना आधा रह गया है। जब देखो मन मारे बैठी रहती है। पूछने पर कहती है—कुछ नहीं, सिर्फ सिर—दर्द है। आज मैं जबर्दस्ती इसे दिखाने लाया हूँ।"

सुभाष ने उन्हें आश्वासन दिया कि उनकी पुत्री शीघ्र अच्छी हो जाएगी। उसने दवा लिख दी।

जब वे जाने लगे तो बोले, "डॉक्टर साहब, आप रहते किस मुहल्ले में हैं?"

"जी, रमोला बाग में। नम्बर बी इक्कीस।"

"नम्बर बी इक्कीस? तब तो आप मेरे पड़ोसी हैं। मैं आप से दाईं वाली सड़क पर रहता हूँ। पीले रंग की चहारदीवारी वाला मकान, अशोकाश्रम। आप मेरे यहाँ किसी दिन आइए। जरूर—आइए।"

उसने उस समय वकील साहब के आमन्त्रण पर ध्यान नहीं दिया और न अनुराधा के बारे में ही दुबारा सोचा। लेकिन अपराह्न में जब वह अपने घर लौटने लगा तो अनायास ही अनुराधा का चेहरा उसके मानस-चक्षुओं के सामने उभर आया। वह रास्ते भर उसी के बारे में सोचता रहा, और जब वकील साहब के मकान से गुजरा तो दो-तीन मिनट रुककर उसे ध्यान से देखा। मकान की जेलनुमा चारदीवारी थी, और लोहे के फाटक पर लोहे के अक्षरों में ही लिखा था—अशोकाश्रम। ऊँची चारदीवारी से घिरे बड़े अहाते में एक दर्जन से ऊपर अशोक वृक्ष थे, और अहाते के बीचोबीच एकमंजिला मकान था जो लता—पाश के बोझ से दबा था।

उसने सोचा—"यह मकान है या जेल?"

मकान उसके रास्ते में पड़ता था, और वह प्रतिदिन क्लीनिक आते-जाते उससे चार बार गुजरता था। हर बार उसकी आँखें उस तरफ उठ जाती थीं, और किसी प्रबल आकर्षण के कारण क़दम धीमा हो जाते थे। उसने अनुराधा को आठ दिनों की दवा लिखी थी। उस काल के बाद उसे स्वयं ही परीक्षण के लिए क्लीनिक में आना था। लेकिन इस पीले रंग से रंगी जेलनुमा चारदीवारी का गुरुत्वाकर्षण प्रबलतर

होता जा रहा था और उस स्थिति से बचने के लिए उसने क्लीनिक जाने का एक अन्य रास्ता अपनाया जो कम से कम ड्योढ़ा लम्बा था। दो दिन और बीते। अगले दिन रविवार था। उस दिन वह सिर्फ शाम को दो घण्टे क्लीनिक में बैठता था, पूर्वाह्न वह अपने साथियों के साथ बिताता था जो अभी भी सरकारी अस्पताल में थे। उसने स्वयं दो वर्ष पहले सरकारी नौकरी छोड़ दी थी, जब उसके बहुत प्रयत्न करने पर भी तबादले का आज्ञा-पत्र आ गया था। नौकरी के दिनों में ही उसकी प्रैक्टिस अच्छी हो गई थी, और उसे नौकरी छोड़ देने का पश्चाताप नहीं हुआ। उस समय के उसके अंतरंगों में से दो ही डॉक्टर अस्पताल में बच गए थे, रघुराज माथुर और मेनका दास। उसकी अधिकांश शामें मेनका के यहाँ बीतती थीं, जिसने तीस वर्ष की होने पर भी अभी शादी नहीं की थी। रविवार की सुबह को वह कभी-कभी रघुराज माथुर के यहाँ चाय पीने जाता था, और कभी-कभी रघुराज माथुर उसके यहाँ आ जाता था।

रविवार आया और सुबह में, स्नानादि के बाद, वह रघुराज माथुर के यहाँ चाय पीने के लिए निकला। लेकिन उसके क़दम उसे बलपूर्वक पीले रंग की जेलनुमा चहारदीवारी वाले मकान की तरफ ले गए। वकील साहब और उनकी पत्नी ने प्रेमपूर्वक उसका स्वागत किया। चाय स्वयं अनुराधा ले आई।

उसने कोई व्रत किया था। उसने सफेद साड़ी पहनी थी, और स्नान के बाद केश नहीं बाँधे थे। उसके आते ही सुभाष के हृदय की धड़कन रूक-सी गई। अनुराधा ने उसे हाथ जोड़कर प्रणाम किया और मुस्कराती हुई बोली, ''यहाँ आने में कोई दिक्कत नहीं हुई न?''

सुभाष को कोई अधिक उपयुक्त जवाब नहीं सूझा और उसने कहा, ''नहीं, कोई दिक्कत नहीं हुई।''

अनुराधा ने मुस्कराते हुए ही पूछा, ''तो फिर आगे भी आते रहेंगे न?''

सुभाष का चेहरा लाल हो गया। उसके लिए इस तरह की प्रतिक्रिया एक नई बात थी। वह अनुराधा के प्रश्न का जवाब दिए बिना ही चाय पीता रहा तो जगन्नाथ सिन्हा बोले, ''बात यह है, डॉक्टर साहब, कि अनुराधा को आपकी दवा से बहुत लाभ हो रहा है। दवा खाने के दूसरे दिन से ही इसे सिर दर्द नहीं हुआ। आजकल यह आपकी तारीफ की इमारतें बनाने से नहीं थकती।''

सुभाष बोला, ''इन्हें मेरी दवा से लाभ हुआ, इससे मुझे खुशी है। लेकिन मेरा ख्याल है कि दवा से अधिक गुणकारी विश्वास होता है।''

अनुराधा ने कहा, ''डॉक्टर साहब, विश्वास के लिए कोई आधार होना चाहिए। आदमी हर किसी पर विश्वास कहाँ कर लेता है?''

सुभाष ने चाय के प्याले से आँखें उठाकर ध्यान से अनुराधा को देखा। उसके होंठों पर मुस्कान अवश्य थी, लेकिन उसकी आँखें गम्भीर थीं। सुभाष को लगा कि वह अचानक अपनी ही दृष्टि में कुछ ऊपर उठ गया।

दो–तीन दिनों के बाद अनुराधा उसकी क्लीनिक में गई। वह अकेली थी।

सुभाष क्लीनिक में पहले से आए दो रोगियों को जल्दी-जल्दी देखकर उसकी तरफ उन्मुख हुआ।

"आप पहले से बहुत अच्छा दिख रही हैं। सिर का दर्द कैसा है।"

"अब मुझे कोई तकलीफ नहीं। आ गई क्योंकि रोगी डॉक्टर की बात मानने के लिए बाध्य है।"

सुभाष ने जाँच करने के बाद कहा, "अभी आपको कम से कम दो महीनों तक हर हफ्ते आना होगा।"

अनुराधा ने उसके हाथ पर अपना हाथ रखकर धीमी और स्थिर आवाज़ में कहा, "आप जब तक कहें, आती रहूँगी। लेकिन कहीं आप ही न ऊब जाएँ।"

अनुराधा का हाथ अभी भी उसके हाथ पर था। वह एक क्षण के लिए ठिठका, लेकिन दूसरे क्षण उसे चूम लिया। उस समय उसे लगा कि उसे सुबकने की आवाज़ सुनाई पड़ी, जो अनुराधा के गले से निकली थी। लेकिन न जाने क्यों उसकी आँखों की तरफ देखने का उसे साहस नहीं हुआ।

सुभाष को प्यास मालूम हुई। जाड़े के दिन थे और वह भरपेट नाश्ता करके आया था। उसे प्यास लगने का कोई कारण नजर नहीं आ रहा था। लेकिन जब से उसने सुना था कि अनुराधा ससुराल से आ गई है, उसके अन्दर एक तूफान उठने लगा था, और उसका व्यवहार अपनी स्वाभाविकता खो बैठा था। वह पानी का गिलास लिए हुए क्लीनिक के दरवाजे पर खड़ा हो गया। पीली धूप फैली हुई थी, और एक फर्लांग दूर चौराहे पर खड़े पीपल की पत्तियों पर सोने की कलई चढ़ गई थी। सामने की दुकान के बाहरी बरामदे में रात बिताने वाली अन्धी भिखारिन चीथड़ों में लिपटी हुई, बासी रोटियाँ खा रही थी और एक कुत्ता, उससे दो फीट की दूरी पर बैठा, रोटी पर दृष्टि गड़ाए हुए पूँछ हिला रहा था। सुभाष मुड़ा और आकर अपनी कुर्सी पर बैठ गया। फिर दूसरे ही क्षण वह उठा और क्लीनिक के अन्दर के कमरे में चला गया, जहाँ वह रोगियों की जाँच किया करता था।

इसी कुर्सी पर अनुराधा बैठी हुई थी, जब उसने उसका चुम्बन लिया था। उसने उसका हाथ चूम लिया था, और वह उसकी तरफ झुक गई थी। उसने उसके चेहरे को अपनी तलहत्थियों से दबाए हुए ऊपर उठाया, और होंठ उसके होंठों पर रख दिए। वह न तो कुछ बोली और न अलग हटने की कोशिश की–पूर्ण समर्पिता सी आँखें मूँदे रही। सुभाष ने अपने होंठों को उसके होंठों से अलग किया और एक बार फिर उसकी तरफ देखा। अनुराधा की पलकें झुकी हुई थीं, लेकिन आँखों से निकलकर आँसुओं की दो बूँदे कपोलों से नीचे लुढ़क गई थीं।

सुभाष ने पूछा, "क्या हुआ अनु? क्या मैंने कोई गलती की?"

अनुराधा ने आँसुओं में ही मुस्कराते हुए कहा, "हूँ।"

उसने पूछा, "मैंने कौन-सी गलती की, प्रिय?"

अनुराधा ने उसी तरह मुस्कुराते हुए कहा, "बताऊँगी नहीं।" फिर उसने दूसरे ही क्षण उसके गले में बाँहें डाल दीं और कहा, "मेरे प्रिय, तुमने यही गलती की कि मुझे जीवित कर दिया, एक मुर्दे में जान डाल दी। समझे? यही तुम्हारी गलती है।"

उसने आँचल के छोर से आँसू पोंछे, फिर जाती हुई बोली, "देर हो रही है। बाहर लोग न जाने क्या सोचेंगे। आप मेरे घर आइए। आइएगा न?"

शाम को मेनका के यहाँ जाना तय था। रोगियों को देखने के समय भी वह शाम के लिए रंगीन योजनाएँ बनाता रहा था। मेनका जितनी सुन्दर और व्यवहार-कुशल थी, बिस्तर की कला में भी उतनी ही प्रवीण थी। उसके साथ बीतने वाली घड़ियाँ सुभाष की एकरस ज़िन्दगी में एक सुखद विविधता ला देती थीं। लेकिन जब उसने क्लीनिक बन्द की तो महसूस किया कि उसके मस्तिष्क पर एक दूसरे ही तरह का नशा छाया हुआ है, और वह मेनका के यहाँ नहीं जा सकेगा।

उसने जब चार दिनों तक मेनका की कोई खोज-ख़बर नहीं ली तो वह स्वयं क्लीनिक में आई। वह उसे जाँच के कमरे में घसीट ले गई, और उस पर सिर से पैर तक दो बार नजर दौड़ाकर बोली, "रंग-ढंग बदले लग रहे हैं। क्या बात है? क्या कोई नया खिलौना हाथ लग गया है?"

सुभाष ने हँसकर कहा, "मुझे तो ऐसा लगा कि तुम मुझे पिटोगी। लेकिन लगता है, बच गया। तुम विश्वास नहीं करोगी, मीनू। लेकिन बात यह है कि इधर कुछ दिनों से मेरी तबीयत खराब रह रही है। इसी कारण तुम्हारे दर्शन के लिए नहीं आ सका।"

मेनका ने दाहिने हाथ की तर्जनी से उसकी छाती को ठोंकते हुए कहा, "क्या यहाँ दर्द भी हो रहा है?"

सुभाष उसके गाल पर हाथ फेरते हुए बोला, "नहीं! वहाँ दर्द क्यों होगा जब दर्द की दवा सामने मौजूद है?"

मेनका ने कहा, "महाशयजी, मुझे मालूम है कि आपको अपने मर्ज की एक दूसरी दवा भी मिल गई है। लेकिन नई दवा से फायदा नहीं हो तो संकोच मत कीजिएगा। मेरे दरवाजे हमेशा आपके लिए खुले हैं।

सुभाष ने प्रतिवाद किया, "मीनू, यह तुम्हारा भ्रम है। मेरे लिए तुम ही सब कुछ हो।"

मेनका बोली, "भ्रम ही सही। मेरी तरफ से कोई शिकायत नहीं। आओ, हाथ मिला लें। मैं दोस्त की तरह अलग हो रही हूँ। जब जरूरत हो, याद करना।"

मेनका ने एक कृत्रिम मुस्कराहट के साथ अपना हाथ उसकी तरफ करके चूम लिया था और स्थिर क़दमों से क्लीनिक से चली गई थी। वह उसके पीछे-पीछे क्लीनिक

के दरवाजे तक गया था, लेकिन उसने गाड़ी में बैठते समय या गाड़ी स्टार्ट कर जाते समय, उसकी तरफ मुड़कर देखा भी नहीं था। ऐसे साथी के अलग होने से उसे दुःख होना चाहिए था, लेकिन उसे मुक्ति के हल्केपन का बोध हुआ था। एक हल्की-सी कसक जरूर हुई थी, लेकिन यह मेनका की निराशा की कल्पना से हुई थी। वह साल भर में एक बार भी उससे मिलने नहीं गया, यद्यपि कभी-कभी, राह चलते, दोनों की मुलाकात हो जाती थी, और वे मुस्कराकर और हाथ उठाकर, एक दूसरे का अभिवादन कर लेते थे।

सुभाष मुस्करा पड़ा। कैसा बचकानापन था वह! जैसे कोई गुलाब के फूल की तस्वीर सूँघे और सोचे कि वह गुलाब का फूल सूँघ रहा है। वह स्वयं गुलाब के फूल की तस्वीर और गुलाब के फूल में अन्तर तभी जान पाया जब यह फूल उसकी अपनी ज़िन्दगी में खिल गया। वह उसके रूप और गन्ध के नशे में एक पूर्णतः भिन्न ज़िन्दगी जी रहा था। इस उपलब्धि के समक्ष पहले से अर्जित सारी कमाई महत्त्वहीन लग रही थी।

अनुराधा के प्रेम को उसने उस अर्थ में कभी नहीं पाया जिस अर्थ में उसने मेनका के प्रेम को पाया था। उनके परिचय के चार महीने हो चुके थे, और वह हर तीसरे या चौथे दिन शाम को, क्लीनिक बन्द करने के बाद, जेलनुमा चारदीवारी वाले मकान में जाता था। अब वह चारदीवारी जेल–सी नहीं लगती थी। जगन्नाथ सिन्हा और उनकी पत्नी इस बात के लिए उसके अनुगृहित थे कि उसने उनकी अकेली संतान को रोगमुक्त कर दिया था, और वे उसे परिवार के एक सदस्य की आत्मीयता देने लगे थे। अनुराधा उसके साथ देर तक बैठी रहती, ड्राइंगरूम में या लॉन में; या दो एकड़ में फैले बगीचे में वे घूमते रहते, शाम के झुटपूटे में या रात के अन्धेरे में; और किसी को उसमें कोई अस्वाभाविक बात नहीं दिखाई पड़ती।

कुछ दिन पहले ही एक घटना सुभाष की आँखों के सामने इस स्पष्टता से चिह्नित हो गई, जैसे कल ही घटी हो। रात के दस बजे रहे होंगे। वकील साहब और उनकी पत्नी कहीं बाहर गए हुए थे, माली हफ्ते भर की छुट्टी में था और रसोइया चौके में व्यस्त था। सुभाष ने अनुराधा को खींचकर गोद में लिटा लिया, और वह सहज भाव से सिमट आई। वह एक हाथ से उसके सिर को सहलाने लगा, और दूसरा हाथ उसके चेहरे पर फेरने लगा, मानो वह उसके चेहरे की हर रेखा को स्पर्श के माध्यम से अपने हृदय में अंकित कर लेना चाहता हो। धीरे-धीरे उसके अन्दर एक लालसा उठने लगी जिसमें उसके संकोच और हिचक जलकर राख हो गए। उसका एक हाथ अनुराधा के वक्षस्थल से होता हुआ कमर तक गया और वहाँ स्थिर हो गया।

अनुराधा ने उसके हाथ को अलग किया और उठ बैठी। बोली, "नहीं प्रिय, यह नहीं। मेरा हृदय तुम्हारा है, लेकिन मेरा शरीर मेरे होने वाले पति का है। जो दूसरे का है, मैं उसे तुम्हें देकर अपनी नजर में गिर जाऊँगी। मेरा हृदय मेरा है,

और इसे मैंने हमेशा के लिए तुम्हें दे दिया है। तुम मेरे हृदय के स्वामी हो और मैं तुम्हारी दासी हूँ। मैं इस प्रेम को शारीरिक सम्पर्क के स्तर तक लाकर कलुषित नहीं करना चाहती।''

जब वह मौन रहा तो उसने कहा, ''प्रिय, क्या तुम्हें विश्वास नहीं कि मैं तुम्हारी हूँ? क्या तुम समझते हो कि हमारे प्रेम की पूर्णता के लिए इस एक मुहर का लगाना आवश्यक है? तो ठीक है, मैं तैयार हूँ।''

सुभाष ने उसे बाँहों में भरकर चूम लिया। फिर बहुत देर तक उसके सिर को चूमता रहा। उस समय उसे ऐसा लगा कि वह न सिर्फ एक गन्दे नाले में गिरने से बच गया है, बल्कि उसने साधारण मानवी कमजोरियों से ऊपर उड़ने में सक्षम पंख प्राप्त कर लिए हैं।

सुबह के नौ बजने जा रहे थे। पर्दे के उस पार, जहाँ दो कतारों में लगी बेंचों पर रोगी बैठते थे, दो औरतें आकर बैठ गई थीं। उनमें से एक की गोद में एक बच्चा था जो लगातार रो रहा था, और दोनों औरतें, बच्चे के रोने पर बिना ध्यान दिए, लगातार बातें कर रही थीं। कम्पाउण्डर आता ही होगा। वह कुर्सी पर बैठ गया, और मेज पर रखी डॉक्टरी पत्रिकाओं में से एक को उलटने-पलटने लगा। फिर उसने जेब से सिगरेट का पैकेट निकाला और एक सिगरेट निकालकर तम्बाकू ठीक करने के लिए उसे दो मिनटों तक मेज पर ठोंकता रहा, फिर सुलगाकर धुएँ के लम्बे-लम्बे छल्ले छोड़ने लगा।

बाहर एक रिक्शा रूका। उसने उस पर विशेष ध्यान नहीं दिया। सोचा—कोई रोगी होगा। कंपाउंडर आता ही होगा। वह सबको नम्बरवार भेजेगा। रिक्शे से कोई युवती उतरी और रोगियों के बैठने के स्थान में जाने के बदले उसकी तरफ आने लगी। उसने उसके चेहरे पर दृष्टि उठाई। वह अनुराधा थी।

उसके हाथ से सिगरेट गिर गई। उसने कुर्सी को एक तरफ किया और कुछ अनिश्चित-सा, उसकी तरफ बढ़ गया। अनुराधा ने विना एक शब्द बोले, उसका हाथ पकड़ा और उसे क्लीनिक के अंदरवाले कमरे में ले गई। वह उससे लिपट गई, और अपनी होंठ उनके होंठों पर रख दिए।

दो मिनटों के बाद वह उसे खींचकर उस बेंच पर ले गई जिस पर वह रोगियों की परीक्षा करता था। वह उस पर उसे बलपूर्वक बैठाती हुई उसके पार्श्व में बैठ गई, और एक आमंत्रणपूर्ण मुस्कान के साथ उसकी तरफ देखने लगी। सुभाष ने देखा—वह कुछ दुबली हो गई है और गहरे मेकअप के बावजूद उसके चेहरे का पीलापन नहीं छिप रहा है, लेकिन उसकी आँखों में जो चमक थी उसने पहले वहाँ नहीं देखी थी। यह वही रोशनी थी जिसे उसने मेनका की आँखों में अक्सर देखा था। वह इसके अर्थ से परिचित था, लेकिन वह विश्वास करना नहीं चाहता था कि उसने सही समझा है। इस कारण वह चुप रहा।

अनुराधा ने पूछा, "तुम चुप क्यों हो? क्या मुझे देखकर तुम्हें खुशी नहीं हुई।"

सुभाष ने उसके सिर पर हाथ फेरते हुए कहा, "तुम्हें देखकर मैं बहुत खुश हुआ, अनु! तुम्हें ही याद कर मैं जीता रहा हूं। तुम खुश हो न?"

"मैं बहुत खुश हूँ। लेकिन तुम्हारी याद सताती रही।"

"अभी कुछ दिन रहोगी न?"

अनुराधा ने उसकी तरफ अर्थभरी दृष्टि से देखते हुए धीमी आवाज़ में कहा, "यह तुम्हारे ऊपर निर्भर करता है।"

सुभाष को लगा कि कोई उसकी गर्दन पर बैठकर उसके पंखों को काटने की कोशिश कर रहा है। लेकिन वह इतनी जल्दी हार मानने के लिए तैयार नहीं था। उसने हँसकर कहा, "अनु, मैं डॉक्टर हूँ। रोगी की मदद करना मेरा कर्तव्य है। क्या तुम्हारा पुराना रोग तुम्हें फिर से कष्ट दे रहा है?"

अनुराधा उससे सट गई और धीमी आवाज़ में बोली, "नहीं, अब मैं पुराने रोग से हमेशा के लिए मुक्त हो गई हूँ। इसी से तुम्हारे पास आई हूँ, आज शाम को आना। डैडी और मम्मी को सिनेमा भेज दूँगी। मैं अपने कमरे में तुम्हारा इंतजार करूँगी। आओगे न?"

सुभाष के पंख कट गए और वह कीचड़ में गिर गया। पंख कटते समय उसे बहुत कष्ट हुआ और धरती पर गिरते समय उसे लगा कि उसका दम घुट रहा है। लेकिन जब उसके पैरों ने धरती को स्पर्श किया तो उसे ऐसी सुखानुभूति हुई जिससे, उसे लगा, वह एक युग से वंचित था। वह कमर तक कीचड़ में डूबा हुआ था, लेकिन उसका मानसिक तनाव दूर हो गया था, और वह उन्मुक्त हँसी हँस सकता था। उसने अनुराधा को अपनी गोद में खींच लिया और उसकी छातियों को सहलाता हुआ बोला, "जरूर आऊँगा प्रिये। ठीक नौ बजे।"

तीन-चार मिनटों के बाद जब वह क्लीनिक से चली गई, उसने मेनका को फोन किया। उसने कहा, "मीनू, क्या आज शाम को मैं तुम्हारे यहाँ आ सकता हूँ?"

मेनका बोली, "क्यों नहीं राजा? जरूर आओ। क्या नए खिलौने से मन भर गया?"

वह हँसने लगा। बोला, "हाँ, वही समझो।"

"क्यों, क्या. बात हुई?"

"मीनू, मैंने उसे सोने का समझा था। लेकिन वह मिट्‌टी का निकला, गंदे चीथड़ों से भरा हुआ।"

मेनका ने कहा, "मेरे प्यारे, कहीं खिलौना भी सोने का होता है? सोने की मूर्ति होती है जो मंदिर में रहती है। वह खेलने के लिए नहीं होती, पूजा के लिए होती है। प्यारे। कब आ रहे हो?"

"नौ बजे।"

शंख-नाद

पिछले दो वर्ष कुमुद शर्मा के लिए सौभाग्य और सुख के रहे थे और कोई कारण नहीं था कि आग के वर्ष भी वैसे ही न हों। वस्तुतः वह जन्म से ही भाग्य की प्रियपात्र रही थी—हो भी क्यों नहीं, क्या उसकी जन्म-कुंडली के मध्य में वृहस्पति नहीं थे? और उसके पिता रामधन शर्मा, जो स्वयं भी एक जानकार ज्योतिषी थे, नक्षत्रों और ग्रहों की गणना करने के बाद इस निष्कर्ष पर पहुँचे थे कि उसे न सिर्फ पारिवारिक सुख मिलेगा, बल्कि सामाजिक प्रतिष्ठा भी मिलेगी, और उसे कभी भी किसी वस्तु की कमी नहीं होगी। वह अपने माता-पिता की अकेली संतान थी, और उसके पिता ने जो एक सरकारी हाई स्कूल में शिक्षक थे, उसके पालन-पोषण में या पढ़ाई-लिखाई में कोई कमी नहीं आने दी थी। उसने प्रथम श्रेणी में बी.ए. पास किया, और उसके तुरंत बाद प्रतियोगिता के आधार पर, उसका नामांकन कुसुमपुर के सरकारी ट्रेनिंग कॉलेज में हो गया, जहाँ से पास करने पर किसी सरकारी माध्यमिक विद्यालय में शिक्षिका की नौकरी की गारंटी थी। भगवान ने उसे रूप देने में कोई कोताही नहीं की थी, जिस कारण कुमुद शर्मा की शादी नाम-मात्र के तिलक और दहेज पर, सुदामा शर्मा नाम के एक युवक से हो गई जो कुसुमपुर के एक सरकारी कॉलेज में व्याख्याता था।

कुमुद शर्मा पति के साथ कुछ दिनों तक किराये के मकान में रही जो पद्मावती के तट की ओर जानेवाली एक गली में था, और रोमांटिक उपन्यासों की नायिकाओं की तरह प्रेम की सरिता में क्रीड़ा-मग्न रही। लेकिन जब उसे ऐसा लगने लगा कि वह अपनी पढ़ाई से नाता तोड़कर भारी गलती कर रही है, तो वह फिर ट्रेनिंग कॉलेज के छात्रावास में चली गई। वहाँ वह न सिर्फ पढ़ाई में आगे रही, बल्कि कुछ ही दिनों में एक प्रभावशाली वक्ता बन गई, और जब छात्र-संघ का चुनाव हुआ तो सभापति चुन ली गई। उसके भाषण इतने प्रभावशाली होते थे, कि सुननेवाले मंत्र-मुग्ध हो जाते थे, और उसके तर्क इतने अकाट्य होते थे कि किसी को उसके विपरीत कुछ कहने का साहस नहीं होता था। उसकी वक्तृत्वशक्ति से प्रभावित होकर कुछ राजनीतिक दल उसे अपनी सभाओं में बोलने का आमंत्रण देते थे, और इन सभाओं

में उसका भाषण सुननेवालों को विश्वास हो जाता था कि वह एक दिन देश की राजनीति में महत्त्वपूर्ण स्थान प्राप्त करेगी।

कुमुद शर्मा के बी.एड. पास करने के छह महीने के अंदर ही कुछ सरकारी माध्यमिक स्कूलों में शिक्षकों की नियुक्ति के लिए विज्ञापन हुआ, और उसे विश्वास हो गया कि उसके नक्षत्र उसके सौभाग्य की झोली को भरने के लिए कृत-संकल्प हैं। आवेदन का फार्म मुफ्त था। जब वह भर्ती-ऑफिस में गई तो किरानी बाबू बोले, "फार्म छपने गया है। दस दिनों के बाद आइए, मिल जाएगा।"

कुमुद शर्मा ने कहा, "दस दिनों के बाद आने पर आवेदन करने का समय बीत जाएगा। तब फार्म लेकर क्या होगा?"

किरानी बाबू बोले, "रोज-रोज आकर पता लगाते रहिये। दफ्तर में आते ही आपको मिल जाएगा।"

कुमुद शर्मा घर लौट गई। वह दो दिनों के बाद फिर भर्ती ऑफिस में गई। किरानी बाबू ने कहा, "अभी फार्म छपकर नहीं आया है।" कुमुद शर्मा को ताव आ गया। उसने कहा, "यह अन्याय है। यह नारी-समाज के प्रति अन्याय है। मैं यह नहीं होने दूँगी। मैंने दो पुरुषों को फार्म ले जाते हुए अपनी आँखों से देखा है।"

किरानी बाबू ने शांत आवाज़ में कहा, "हो सकता है कि वे ले गए हों। इतना बड़ा ऑफिस है, किसी कोने में दो फार्म पड़े होंगे। जब छपकर आएँगे तो बाकी लोगों को मिल जाएँगे।"

कुमुद शर्मा चिल्लाई, "नहीं, यह नहीं हो सकता। यदि फार्म ऑफिस के किसी कोने में पड़ा मिलता है तो उसे मुझे भी दिया जाना चाहिए। मैं दो दिन पहले भी यहाँ आ चुकी हूँ। आप ऑफिस के कोने में खोजिए, और मुझे एक फार्म दीजिए।"

वहाँ दस-बीस लोगों की भीड़ जमा हो गई। इससे कुमुद शर्मा उत्साहित हुई और उसने अपना भाषण जारी रखा, "प्यारे भाइयो, आज जनता का राज है। जनता के राज में इस तरह का अत्याचार नहीं सह सकते। आज सभी बराबर हैं, और सबके साथ समान न्याय होना चाहिए। क्या हमारे संविधान में यह नहीं लिखा है कि देश में सभी नागरिकों के अधिकार समान हैं और उनमें भेद-भाव करना एक अपराध है? जो व्यक्ति भेद-भाव करता है वह संविधान के विरुद्ध कार्य करता है, और उसे इसका दण्ड मिलना चाहिए। मैं इस ऑफिस के सामने धरना पर बैठती हूँ, और तब तक नहीं उठूँगी जब तक मुझे न्याय नहीं मिलेगा।"

भर्ती ऑफिस के अहाते में एक पीपल का पेड़ था। कुमुद शर्मा ने उसके नीचे अखबार बिछा दिया और धरने पर बैठ गई। कुछ मिनटों के बाद भीड़ छँट गई, और वह वहाँ अकेली रह गई। उसने देखा कि नए-नए लोग आवेदन फार्म के लिए खिड़की पर जाते हैं और किरानी बाबू को मुट्ठी में बन्द कर कुछ देते हैं। किरानी बाबू अपने हाथ खिड़की से नीचे कर उस वस्तु को ध्यान से देखते हैं, फिर आवेदन

का फार्म उस व्यक्ति के हाथ में पकड़ा देते हैं। कुमुद शर्मा आगबबूला हो गई और उसने गेट पर खड़े सिपाही से शिकायत की। सिपाही ने उसे समझाते हुए कहा, ''देखो, देवीजी। पाँच हजार प्रति माह की नौकरी का सवाल है, वह भी ज़िन्दगी भर के लिए। आवेदन फार्म के लिए एक हजार रुपए जायज से भी कम हैं। सारे पैसे किरानी बाबू के पेट में थोड़े जाते हैं?''

कुमुद शर्मा ने गर्म होते हुए कहा, ''यह घूसखोरी है। यह अनैतिक है। मैं इसका विरोध करूँगी।''

सिपाही हँसकर बोला, ''आपकी जो मर्जी। लेकिन इस बात की गाँठ बाँध लीजिए कि आप आवेदन भी नहीं कर सकेंगी, नौकरी पाने की बात तो दूर रहे।''

कुमुद शर्मा समझ नहीं पाई कि वह क्या करे। वह गुस्से से तमतमाती हुई घर लौट गई।

सुदामा शर्मा ने कहा, ''प्यारी कुमुद, आवेदन तो करना ही है। नहीं करने से नौकरी कैसे मिलेगी? कल मैं भर्ती ऑफिस में जाकर देखता हूँ कि क्या हो सकता है।''

दूसरे दिन उसने सौ-सौ के दस नोट एक लिफाफे में रखे, और भर्ती ऑफिस गया। उसने गेट पर खड़े सिपाही को दस रुपए का नोट दिया, और रुपयों का लिफाफा उसे सौंपते हुए बोला, ''मेरी पत्नी को शिक्षक की नौकरी के लिए आवेदन का फार्म चाहिए।''

सिपाही ने पूछा, ''वही तो नहीं जो कल यहाँ धरना पर बैठी थीं?''

सुदामा शर्मा ने जवाब दिया, ''हो सकता है। कल कुछ हंगामा हुआ जरूर था।''

सिपाही ने कहा, ''आप यहाँ पर ही रुकिए। मैं आवेदन का फार्म ले आता हूँ।''

सुदामा शर्मा ने फार्म लिया और हल्के मन से घर लौटा। पत्नी की नौकरी के रास्ते से एक और बाधा दूर हो गई थी। बस दो क़दम और चलना था। उसके बाद परिवार की आमदनी दुगुनी हो जाएगी और ज़िन्दगी आराम से कटेगी।

आवेदन फार्म जमा हो गया और नियुक्ति के लिए इन्टरव्यू की प्रतीक्षा होने लगी। इस बीच कुमुद शर्मा के दो बच्चे हो गए, और घर का खर्च इतना बढ़ गया कि उन्हें पहला मकान छोड़ देना पड़ा। उन्होंने जो नया मकान लिया वह एक ऐसी गली में था जिसमें सालों भर पानी लगा रहता था, और मच्छरों की सेनाएँ सिर्फ मकान के कमरों में ही नहीं बल्कि गली में भी चौबीसों घण्टे युद्ध के लिए सन्नद्ध रहती थीं। कुमुद शर्मा ने पति के साथ घूम कर चार अच्छे मकान पसन्द किए और निश्चय किया कि नौकरी लगते ही वह उनमें से किसी में चली जाएगी।

लेकिन तीन वर्षों तक कोई इंटरव्यू नहीं हुआ। हर छह महीने पर अखबारों में शिक्षकों की रिक्तियों के विज्ञापन निकलते, आवेदन के लिए फार्म बिकते और आवेदन किए जाते, लेकिन इन्टरव्यू नहीं होते। जब कुछ आवेदकों ने सरकार की इस नीति के विरुद्ध उच्च न्यायालय में अपील की, तब इन्टरव्यू लेने की तैयारी शुरू हुई।

सुदामा शर्मा नियमित रूप से शिक्षक चयन समिति के कार्यालय में जाता रहा—कुमुद शर्मा ने वहाँ जाना छोड़ दिया था क्योंकि वहाँ की कटूक्तियों को सहन करने की क्षमता उसमें नहीं थी। जब सुदामा शर्मा साक्षात्कार के लिए निश्चित तिथि के पन्द्रह दिन पहले कार्यालय पहुँचा तो उसे वहाँ एक सूट-बूट धारी व्यक्ति मिला जिसने उसे कार्यालय के बाहर ले जाकर पूछा, "क्या आप शिक्षक की नियुक्ति के सिलसिले में आए हैं?"

सुदामा शर्मा ने जवाब दिया, "हाँ, लेकिन मैं अपनी नियुक्ति के सिलसिले में नहीं, बल्कि अपनी पत्नी की नियुक्ति के सिलसिले में आया हूँ। मैं यहाँ के सरकारी कॉलेज में व्याख्याता हूँ। मेरा नाम सुदामा शर्मा है।"

अपरिचित व्यक्ति ने कहा, "मेरा नाम जुदागी गोप है। मैं चयन-समिति के चेयरमैन साहब का भांजा हूँ। मुझे चयन समिति की तरफ से कमीशन वसूलने का काम मिला है। एक बहाली का कमीशन पचास हजार है।"

सुदामा शर्मा ने कहा, "पचास हजार! इतने रुपए कहाँ से आएँगे?"

जुदागी गोप बोला, "सुदामा शर्मा, आप पढ़े-लिखे आदमी हैं। आपको क्या समझाना? जैसा काम, वैसा दाम। बहाली होने पर पाँच हजार प्रति माह मिलेंगे। ज़िन्दगी भर की नौकरी है, साल दो साल की नहीं। यही सोच लेना है कि दस माह के पैसे नहीं मिले।"

सुदामा शर्मा ने जवाब दिया, "दो दिन सोचने के लिए समय दीजिए।"

जुदागी गोप बोला, "सोचने के लिए दो दिन नहीं, चार दिन लीजिए। मैं यहाँ रोज आता हूँ।"

जब सुदामा शर्मा ने पत्नी से जुदागी गोप की माँग की चर्चा की तो वह रंज होती हुई बोली, "अंधेर है क्या? हम किसी को एक पैसा भी नहीं देंगे। मेरी बहाली मेरी योग्यता के बल पर होगी। मैं घूस देकर बहाल होना नहीं चाहती।"

सुदामा शर्मा फिर शिक्षक चयन समिति के कार्यालय में पैरवी करने के लिए नहीं गया। उसे डर लगता था कि यदि वह वहाँ गया तो जुदागी गोप उसे पकड़ लेगा और रुपयों के लिए उसके कपड़े-लत्ते भी छीन लेगा। उसका भी, कुमुद शर्मा की तरह ही विश्वास था कि पत्नी की नियुक्ति उसकी योग्यता के आधार पर ही हो जाएगी और उसे रुपए खर्च करने नहीं पड़ेंगे। कौन जाने ये दलाल रुपए लेकर कहाँ भाग जाएँ? उसके पास पचास हजार रुपए थे भी नहीं कि पत्नी की नियुक्ति

के लिए घूस दे सके। चयन समिति का सभापति विकट गोप भयंकर घूसखोर था, और सुदामा शर्मा को डर था कि यदि उसने घूस के पैसे जुदागी गोप को नहीं देने के अपने निर्णय की सूचना विकट गोप को दी तो उसका हर सम्भव तरीके से नुकसान करने की कोशिश करेगा। यदि वह जुदागी गोप की नजरों से दूर रहे तो सम्भव है कि वह उसकी अनिष्टकारी योजनाओं का शिकार होने से बच जाए।

नियुक्ति के साक्षात्कार के लिए बुलावा गया, और कुमुद शर्मा ने सारे प्रश्नों के उत्तर अत्यंत संतोषप्रद ढंग से दिए। पचास नियुक्तियाँ होनी थीं और पाँच सौ अभ्यर्थियों को बुलाया गया था। कुमुद शर्मा के बराबर शैक्षणिक उपलब्धियों वाले अभ्यर्थी गिनती के थे, इस कारण उसे अपनी नियुक्ति में कोई सन्देह नहीं था।

लेकिन जब चयनित व्यक्तियों की लिस्ट निकली तो उसका नाम कहीं नहीं था। वस्तुतः जो व्यक्ति चुने गए थे उनमें अधिकांश चयन समिति के सदस्यों के रिश्तेदार थे, या पिछड़ी जातियों के ऐसे लोग थे जिन्होंने नियुक्ति के लिए देय पूरे पैसे चुकाए थे। शैक्षणिक योग्यता या कार्य में अपेक्षित कुशलता का कोई विचार नहीं किया गया था।

दस दिनों तक इस निर्णय के विरुद्ध कोई आवाज़ नहीं उठी, मानो अन्याय के शिकार व्यक्ति इस आघात से अपनी चेतना खो चुके हो। फिर दस–बीस ऐसे अभ्यर्थी जिनके साथ अन्याय हुआ था, पूछताछ के लिए चयन समिति के दफ्तर में गए। उन्होंने आपस में परामर्श किया और तय किया कि प्रान्त के शिक्षा मंत्री से मिलकर इस अन्याय के विरुद्ध आवाज़ उठाएँगे। राज्य का शिक्षा मंत्री बेतालू गोप था जो मन्त्री होने के पहले उठाईगिरी का काम करता था, और अब फर्जी डिग्रियां बेचने के धन्धे में लगा था। शिक्षा में, और शिक्षा विभाग के कामों में, उसकी अभिरुचि दस्तखत करने तक सीमित थी और विभाग के सारे निर्णय अफसर लेते थे। इस कारण चयन समिति के अन्याय के शिकार अभ्यर्थियों को विश्वास था कि उसकी बात सुनी जाएगी और उन्हें न्याय मिलेगा।

बेतालू गोप दो एकड़ के अहातेवाले एक आलीशान बंगले में रहता था, जिसके बाहरी फाटक पर एक दर्जन बन्दूकधारी सिपाही चौबीसों घण्टे पहरा करते थे, और अहाते के अन्दर दो दर्जन बन्दूकधारी सिपाही तम्बुओं में रहते थे। बेतालू गोप ने उन्हें निर्देशित कर दिया था कि वे उससे मिलने के लिए आने वाले डेलिगेशन का उचित स्वागत के लिए तैयार रहें। अन्याय के शिकार अभ्यर्थियों का जो डेलिगेशन बेतालू गोप से मिलने गया, उसमें दस पुरुष और बीस महिलाएँ थीं; अभ्यर्थियों का ऐसा विश्वास था कि महिलाओं की संख्या अधिक रहने से उनकी बातों पर अधिक गम्भीरता से विचार किया जाएगा। इस कारण महिलाएँ आगे थीं और पुरुष उनके पीछे चल रहे थे। कुमुद शर्मा पहली पंक्ति में थी। जब वे अहाते के अन्दर आ गए तो फाटक में ताला लगा दिया गया। इससे डेलिगेशन में शामिल कुछ लोग डर गए,

लेकिन उन्होंने अपने आपको सांत्वना दी—हम सभ्य समाज में रहते हैं। कोई अंधेर नहीं कि जिसके मन में जो आवे, करे।

डेलिगेशन बेतालू गोप की कोठी के समीप गया और शिक्षा मंत्री के बाहर आने की या अन्दर से निमन्त्रण आने की, प्रतीक्षा करने लगा। दो मिनट भी नहीं बीते होंगे कि कोठी के पीछे से दस-बारह जवान मोटी-मोटी लाठियाँ लिए निकले और बिना कुछ कहे-सुने डेलिगेशन के लोगों पर लाठियाँ बरसाने लगे। इस बीच बन्दूकधारी सिपाहियों ने डेलिगेशन को तीन तरफ से घेर लिया था। घिरे लोगों ने भागने की कोशिश की, लेकिन सिपाहियों ने बन्दूक के कुन्दों से उन पर वार करना शुरू किया। लाठियों और बन्दूक के कुन्दों का प्रहार तब तक जारी जब तक डेलिगेशन का एक-एक सदस्य लहू-लुहान होकर धराशायी नहीं हो गया।

कुछ मिनटों के बाद पुलिस की जीपें बंगले के एक कोने से निकलीं, और घायलों को अस्पताल पहुँचा आईं। अस्पताल में बताया गया कि वे एक बस के यात्री थे जो एक दुर्घटना में घायल हो गए थे।

कुमुद शर्मा कुसुमपुर के सरकारी अस्पताल में दस दिनों तक रही, फिर उसके पिता और पति उसे देवल के एक अस्पताल में ले गए। अस्पताल में दो महीनों तक रहने के बाद वह स्वस्थ हो गई और पति के घर आई। लेकिन वह समझने और बोलने की शक्ति खो चुकी थी और उसके चेहरे पर एक स्थायी मुस्कान उभर गई थी।

स्वप्न-दंश

इस्पात-नगरी जमशेदनगर के दयानन्द माध्यमिक विद्यालय की ख्याति दूर-दूर तक है। वहाँ सह-शिक्षा है, लेकिन अनुशासन इतना अच्छा है कि लड़के और लड़कियाँ अलग-अलग झुण्डों में चलते हैं, और कभी एक दूसरे पर छींटाकशी नहीं करते। वहाँ लड़कों के लिए स्कूल ड्रेस सफेद कमीज, लाल टाई और नीली पैन्ट है, और लड़कियों के लिए सफेद कमीज, लाल टाई और नीली स्कर्ट है। वहाँ चौथे वर्ग से दसवें वर्ग तक की शिक्षा की व्यवस्था है और केन्द्रीय शिक्षा बोर्ड के पाठ्यक्रम के अनुसार पढ़ाई होती है। इस बात का पूरा ख्याल रखा जाता है कि परीक्षाफल अच्छा हो, जिस कारण विद्यालय में प्रवेश के लिए भीड़ रहती है। यहाँ किसी भी वर्ग में विद्यार्थियों की संख्या सौ से अधिक नहीं रखी जाती, यद्यपि शिक्षण-शुल्क और अन्य शुल्कों में हर वर्ष अभिवृद्धि होती है।

इस विद्यालय की लोकप्रियता का एक कारण यह भी है कि यह एक अत्यंत रमणीक स्थान पर स्थित है। इसके पार्श्व में चार मील लम्बी और दो मील चौड़ी एक झील है जिसमें सालों भर साफ पानी रहता है। दो एकड़ के अहाते में बने विद्यालय भवन और छात्रावास भवन में झील की तरफ से आने वाली ठण्डी हवा गर्मी के दिनों में भी जमशेदनगर की फेफड़ों को गलानेवाली उष्मा को दूर रखती है। विद्यालय के छात्र और छात्राएँ विद्यालय की चमचमाती बसों से घर लौटने के पहले झील के किनारे दस-बीस मिनटों तक मटरगस्ती करने का, और आपस में परिचय बढ़ाने का, मोह संवरण नहीं कर पाते।

कुछ वर्ष पहले तक यह विद्यालय प्रभुदयाल गोयल और राम प्रसाद चौरसिया के, जो उसकी प्रबन्धकारिणी समिति के सभापति और मंत्री थे, और जो रद्दी लोहा के बड़े व्यापारी थे, व्यावसायिक साम्राज्य का एक अंग था, और व्यापार के नियमों से परिचालित होता था। इसकी आय और व्यय पर समिति के सभापति और मंत्री का पूरा नियन्त्रण था, और इस बात का ध्यान रखा जाता था कि इससे होने वाली आय इसके व्यय से कम से कम दुगुनी हो। छात्रों के नामांकन में किंचित् ढील देकर

ऐसे व्यक्तियों को अनुगृहीत भी किया जा सकता था जिनसे प्रभुदयाल गोयल और राम प्रसाद चौरसिया को व्यापार में सहायता मिलती थी, और यह साधारण बात नहीं थी; इस कारण दोनों की स्कूल की व्यवस्था पर कड़ी नजर रहती थी और उन्हें जहाँ कोई दोष दिखाई पड़ता था, उसके निराकरण के लिए वे तत्काल क़दम उठाते थे। विद्यालय का कोई भी कर्मचारी–शिक्षक से चपरासी तक–स्थायी आधार पर नियुक्त नहीं होता था, और प्रबन्धकारिणी समिति उन्हें, बिना पूर्व सूचना के कार्य–विरमित कर सकती थी। इस कारण विद्यालय के कर्मचारी अपने काम में ढिलाई करने का साहस नहीं करते थे।

विद्यालय के सुप्रबन्ध में उसकी प्राचार्या दिव्या राना का योगदान कम प्रशंसनीय नहीं था। वह पाँच वर्षों से अपने पद पर थीं, और इन वर्षों में उसने विद्यालय में अनुशासन की ऐसी अन्तर्धारा बहायी थी जिससे उसका कण-कण अनुप्राणित था।

दिव्या राना विद्यालय के सचिव राम प्रसाद चौरसिया की सबसे बड़ी संतान थी। बचपन से ही पूजा-पाठ में उसकी अभिरुचि थी, और जब वह पाँच वर्ष की थी और उसका नाम कौशल्या कुमारी था–उसने मैट्रिक की परीक्षा के पहले अपना नाम बदलकर दिव्या राना रख लिया था–सुबह में ही स्नानादि से निवृत्त हो दो घण्टों तक आँखें बन्द कर ध्यान करती थी। उस समय उसे टोकने का, या उसके ध्यान में खलल पहुँचाने का, साहस किसी को नहीं होता था, क्योंकि उसकी माँ और उसके पिता ने, एक–दो बार टोकने पर पाया था कि वह कुछ देर तक उन्हें पहचान नहीं पाती, और उसका व्यवहार कुछ विचित्र होता। दो घण्टे का ध्यान पूरा हो जाने पर वह उठती तो उसकी आँखें किंचित् रक्तवर्णा रहतीं लेकिन उसके व्यवहार में सहजता रहती। राम प्रसाद चौरसिया स्वयं भी धार्मिक प्रवृत्ति के व्यक्ति थे, और प्रतिदिन घण्टा दो घण्टा पूजा-पाठ में लगाते थे। लेकिन पूजा-पाठ के समय भी उनका ध्यान अपने व्यवसाय में रहता था, और पिछले दिन के काम का लेखा-जोखा और उस दिन और आगे के दिनों के लिए कार्यक्रम का रेखांकन उसी समय होता था। उनकी पत्नी रामझरोखा देवी भी लक्ष्मी की मूर्ति के सामने बैठकर प्रतिदिन आधा घण्टा तक घण्टी बजाती थीं, लेकिन उस समय वे दाई को लगातार घर के विभिन्न कामों के सम्बन्ध में आदेश देती रहती थीं। राम प्रसाद चौरसिया के दोनों पुत्र, लखन प्रसाद चौरसिया और भरत प्रसाद चौरसिया की, जो अपनी बहन से क्रमशः एक वर्ष और दो वर्ष छोटे थे, पूजा-पाठ में अभिरुचि प्रसाद–ग्रहण तक ही थी। लेकिन दिव्या राना की चारित्रिक विचित्रता से परिवार में उसका प्रभाव कम होने के बदले बढ़ गया था। इस कारण जब उसने, मैट्रिक पास करने के बाद, शादी कर घर बसाने के बदले कॉलेज में पढ़ने की इच्छा जाहिर की तो राम प्रसाद चौरसिया और रामझरोखा देवी में से किसी ने उसका विरोध नहीं किया, और उसका नाम जमशेदनगर के सरकारी कॉलेज में लिखा दिया गया। कॉलेज में पढ़ते समय भी पूजा-पाठ और ध्यान के

प्रति उसका झुकाव कम नहीं हुआ, और जब उसने एम.ए. पास करने के बाद शादी करने से इन्कार कर दिया तो किसी को आश्चर्य नहीं हुआ। दिव्या राना दयानन्द माध्यमिक विद्यालय में शिक्षिका हो गई, और विद्यालय के कामों में इस तरह रम गई, मानो छात्र-छात्राओं की आदर्श शिक्षा और विद्यालय का उचित प्रबन्धन ही उसके जीवन का एकमात्र लक्ष्य हो। लेकिन पूजा-पाठ और ध्यान के प्रति उसका झुकाव कम नहीं हुआ। विद्यालय के दैनिक कार्यक्रम में प्रार्थना और ध्यान का महत्त्वपूर्ण स्थान हो गया। पाँच वर्षों तक उससे शिक्षिका का काम लेने के बाद कार्यकारिणी समिति ने उसे विद्यालय की प्रधानाध्यापिका बना दिया, दयानन्द विद्यालय हर अर्थ में विद्या–मंदिर में बदल गया।

दिव्या राना तीस वर्ष की उम्र में दयानन्द विद्यालय की प्राचार्या बनी थी, और पाँच वर्ष बीतते–बीतते विद्यालय सुव्यवस्था और अनुशासन की प्रतिमूर्ति बन गया। स्कूल के न सिर्फ कर्मचारी अनुशासित थे; बल्कि छात्र–छात्राएँ भी उतनी ही अनुशासित थीं, क्योंकि छोटी से छोटी गलती के लिए भारी आर्थिक दण्ड होता था, और उसका समय पर भुगतान नहीं करने पर उन्हें स्कूल से निकाल दिया जाता था। स्कूल भवन के सामने एक ऊँचे मंच पर स्वामी दयानंद की संगमरमर की एक भव्य मूर्ति की स्थापना की गई जिसके गले में गेंदे के ताजे फूलों की माला प्रतिदिन पहनायी जाती थी। स्कूल के अहाते के एक कोने में पचास कमरों का एक छात्रावास बनकर तैयार हो गया जिसके हर कमरे में चार छात्रों के रहने की व्यवस्था की। छात्रावास के पार्श्व में उसके अधीक्षक के लिए दो कमरों का सादा लेकिन सुविधा-सम्पन्न फ्लैट बनकर तैयार हो गया। इन भवनों के निर्माण का सारा खर्च छात्रों के अभिभावकों से वसूला गया था, लेकिन इसका विरोध किसी ने नहीं किया था क्योंकि वे अपने बच्चों को दयानन्द विद्यालय की शिक्षा और अनुशासन से वंचित होने देना नहीं चाहते थे। पिछले पाँच वर्षों में विद्यालय का शिक्षण-शुल्क दुगुना हो गया था, और प्रवेश के समय ऊपर से दस हजार रुपए विकास के नाम पर लिए जाते थे; लेकिन विरोध करने का साहस किसी अभिभावक में नहीं था क्योंकि विद्यालय का परीक्षाफल अन्य विद्यालयों के परीक्षाफल से अच्छा था। जब से दिव्या राना विद्यालय की प्राचार्या बनी थी, इसकी ख्याति बहुत बढ़ गई थी, और इसमें प्रवेश पाने के इच्छुक छात्र–छात्राओं की संख्या कई गुनी हो गई थी।

दिव्या राना मध्यम कद से कुछ लम्बी, सुगठित शरीरवाली, सुन्दर महिला थी जिसकी आँखों में खोएपन का भाव था, लेकिन जिसके शरीर में स्थायी शक्ति के संचित होने का भ्रम होता था। वह सफेद कपड़े पहनती थी, और किसी तरह के मेकअप से पूरी तरह परहेज करती थी। वह हमेशा गम्भीर बनी रहती थी और चेहरे

पर मुस्कान की छाया भी उभरने नहीं देती थी। विद्यालय के शिक्षक और अन्य कर्मचारी उससे डरते थे, लेकिन उनके भय के पीछे आदर का भाव भी था। उसमें किसी पुरुष के प्रति कमजोरी कभी देखी नहीं गई थी, और उसके माता-पिता ने थककर उसकी शादी की चर्चा करना छोड़ दिया था। बहुतों का विश्वास था कि वह कोई देवी है जिसने शाप के वश मानवी का अवतार लिया है।

विद्यालय की वार्षिक परीक्षाएँ सिर्फ चार महीने दूर थीं, और उसी समय अंग्रेजी पढ़ाने वाला एक शिक्षक सेवा-निवृत्त हो गया। पहले विद्यालय में कुछ ही विषय में दो शिक्षक रहते थे; लेकिन जब से दिव्या राना प्राचार्या बनी थी, उसने हर विषय में दो शिक्षक कर दिए थे। दिव्या राना ने समाचार पत्रों में एक योग्य शिक्षक के लिए विज्ञापन निकाला, और अभ्यार्थियों को शिक्षा और अनुभव के मूल प्रमाण-पत्र के साथ अंतरवीक्षा में शामिल होने के लिए दस दिन बाद की एक तारीख निश्चित की। लेकिन विज्ञापन निकलने के तीसरे दिन ही उसके कक्ष में एक व्यक्ति आया। उसने कक्ष में प्रवेश करते ही फूलों का एक गुलदस्ता मेज पर रखी देवी सरस्वती की प्रतिमा के क़दमों में रखा और दो मिनटों तक भक्ति-भाव से आँखें मूँदे हुए प्रतिमा के आगे झुका रहा।

कमरा सुगंध से भर गया, लेकिन दिव्या राना के रोंगटे खड़े हो गए, मानो कमरे में कोई ऐसा जीव आ गया हो जिससे खतरे की आशंका हो। उसकी आँखों की उदासी गायब हो गई, और उसके स्थान पर एक ऐसी चमक आ गई जिसमें सम्मोहन और सतर्कता का सम्मिश्रण था।

आगंतुक ने हाथ जोड़कर मुस्कराते हुए पूछा, ''देवि, क्या मैं बैठ सकता हूँ?''

दिव्या राना ने सूखे कण्ठ से जवाब दिया, ''हाँ, बैठिए।''

आगंतुक तीस वर्ष से पचास वर्ष के बीच किसी उम्र का हो सकता था। वह लम्बा और अत्यंत स्वस्थ व्यक्ति था, उसके केश घने और काले थे, और उसकी आँखों में मुस्कान थी। उसने सूट पहन रखी थी जो उसकी देह पर खूब फब रही थी। दिव्या राना एकटक उसकी तरफ ताकती रही, लेकिन कुछ बोली नहीं। आगंतुक ने आँखों में मुस्कराते हुए लेकिन गम्भीर आवाज़ में कहा, ''देवि, मैं पहले अपना परिचय दे दूँ, तब आपसे कुछ निवेदन करूँगा। मेरा नाम मनोरंजन सहाय है। मैं देहरादून के संत अगस्टस कॉलेज में वाइस प्रिंसिपल था, लेकिन अब नहीं हूँ। मैं उस कॉलेज में सनातन धर्म के अपमान को सहन नहीं सह सका, इसी कारण मैंने इस्तीफा दे दिया। वहाँ मेरा दम घुटता था। हद तो तब हो गई जब मुझे संत अगस्टस की मूर्ति के सामने प्रार्थना करने के लिए कहा गया। मेरा आत्म-सम्मान विद्रोह कर उठा, और मैंने कहा, ''नहीं, मैं किसी विधर्मी गुरु की प्रार्थना नहीं कर सकता। मैं स्वामी दयानन्द, स्वामी रामकृष्ण परमहंस और स्वामी विवेकानन्द की मूर्तियों की पूजा करूँगा, क्योंकि वे हमारे धर्मगुरु हैं, लेकिन संत अगस्टस की पूजा कभी नहीं करूँगा।'' कॉलेज के व्यवस्थापकों ने मुझे

पूजा करने के लिए विवश करने की कोशिश की तो मैंने इस्तीफा दे दिया। दो दिन पहले जब मैंने अखबारों में दयानंद विद्यालय का विज्ञापन देखा तो मेरी आत्मा की आवाज़ आई—''यदि सेवा करना चाहते हो तो इसी विद्यालय में जाओ।'' मैंने आत्मा की आवाज़ सुनी और यहाँ आ गया। मैं आपको विश्वास दिलाना चाहता हूँ कि मेरी योग्यता और मेरी लगन के शिक्षक आपको कम मिलेंगे।''

मनोरंजन सहाय ने तो ये बातें अत्यंत सहज भाव से कही थीं, मानो वह अपनी पैरवी में नहीं बोल रहा हो, बल्कि किसी सामान्य तथ्य को अभिव्यक्त कर रहा हो। लेकिन उसकी आवाज़ में कोई ऐसा जादू था और नजरों में ऐसा सम्मोहन था कि दिव्या राना उसकी बातों से उसी तरह प्रभावित हुई जिस तरह बीन की आवाज़ से नागिन होती है।

उसने बिना किसी प्रयोजन के पूछा, ''आपके परिवार में अन्य कौन-कौन लोग हैं?''

मनोरंजन सहाय ने एक क्षण सोचकर कहा, ''मेरी पत्नी है जो संत अगस्टस कॉलेज में ही व्याख्याता है। बच्चे नहीं हैं।'' मैंने पत्नी से कहा—''तुम भी इस्तीफा दे दो और मेरे साथ चलो। आदमी में योग्यता हो तो काम उसके पीछे-पीछे दौड़ता है। लेकिन उसे वहाँ की ज़िन्दगी अच्छी लगती है।'' मैंने कहा—''ठीक है। तुम्हारे मन में जो आवे करो, मैं चला।''

दिव्या राना ने पूछा, ''आपके पास प्रमाण पत्र तो होंगे ही?''

मनोरंजन सहाय ने जवाब दिया? ''मैडम, मेरे पास योग्यता के प्रमाण पत्रों की कोई कमी नहीं। लेकिन वे मेरी पत्नी के संदूक में हैं। दोनों के प्रमाणपत्र एक ही फाइल में हैं। मैं जिस दिन देहरादून जाऊँगा, लेता आऊँगा। लेकिन मैं संत अगस्टस कॉलेज से कोई प्रमाणपत्र लेने नहीं जाऊँगा। जिसे छोड़ दिया उसके पास दुबारा क्या लौटना?''

मनोरंजन सहाय ने ये बातें इस तरह कहीं मानो वह संत अगस्टस कॉलेज को छोड़ने की बात नहीं बल्कि अपनी पत्नी को छोड़ने की बात कह रहा हो।

दो दिनों के अंदर उसकी दयानंद विद्यालय में अंग्रेजी के शिक्षक के रूप में नियुक्ति हो गई, और उसे छात्रावास अधीक्षक बनाकर अधीक्षक का फ्लैट उसके निवास के लिए दे दिया गया। उसकी योग्यता को ध्यान में रखकर उसकी तनख्वाह अन्य शिक्षकों से अधिक तय की गई।

स्कूल आने पर मनोरंजन सहाय प्रतिदिन जो पहला काम करता वह यह था कि दिव्या राना की मेज पर रखी सरस्वती की प्रतिमा के आगे फूलों का एक कीमती गुलदस्ता रख उसे प्रणाम करता। लेकिन उसका कमरे में प्रवेश करने का, और सरस्वती की

प्रतिमा के आगे गुलदस्ता रखने का, तरीका कुछ ऐसा था कि लगता था कि गुलदस्ता सरस्वती की प्रतिमा के लिए नहीं बल्कि दिव्या राना के लिए ले आगा है। कमरा भीनी–भीनी सुगंध से भर जाता। वह मनोरंजन सहाय को बिठा लेती और विद्यालय के चतुर्दिक विकास के लिए उससे परामर्श करती। मनोरंजन सहाय की दिलचस्पी छात्रों को पढ़ाने से अधिक विद्यालय के चतुर्दिक विकास में थी, और पढ़ाने के काम से वह यथासम्भव दूर ही रहता। वस्तुतः जब वह शिक्षण का कार्य करता, विद्यार्थी उसके काम से असंतोष प्रकट करते, और अंग्रेजी के दूसरे शिक्षक का कहना था कि उसे विषय का अत्यंत छिछला ज्ञान है, और वह जो कुछ पढ़ाता है वह अशुद्धियों का पुलिंदा है। लेकिन दिव्या राना से यह बात कहने का साहस किसी को नहीं-था क्योंकि लाभ के बदले हानि की सम्भावना थी।

दिव्या राना पहले सफेद कपड़े पहनती थी, और मेकअप से इस तरह दूर रहती थी मानो उससे बैर हो। लेकिन अब वह रंगीन और फबने वाले कपड़े पहनने लगी, और हर हफ्ते जमशेदनगर के सबसे महँगे ब्यूटी पॉर्लर में जाने लगी। उसके घरवालों को इससे खुशी हुई क्योंकि उन्हें ऐसा विश्वास होने लगा कि अब वह शादी का विरोध नहीं करेगी, और वे कुछ ही दिनों में एक बड़ी जिम्मेदारी से मुक्त हो जाएँगे। लेकिन स्कूल के शिक्षक और कर्मचारी किसी अशुभ की आशंका से ग्रस्त हो गए। अनुशासन और नियम के प्रति अनुरक्ति के बावजूद दिव्या राना एक सफल प्रशासिका थी, और उसके लिए उनके हृदय में आदर था। वे नहीं चाहते थे कि वह कोई ऐसा काम करे जिससे उसका अनिष्ट हो। लेकिन वे समझ नहीं पाते थे कि इसके लिए क्या करें; इस कारण चुप थे।

महीना बीतते-बीतते दिव्या राना की छात्रावास के कामों में दिलचस्पी इतनी बढ़ गई कि वह स्कूल बन्द होने के बाद हर शाम मनोरंजन सहाय के फ्लैट में घण्टे दो घण्टे बैठने लगी। मनोरंजन सहाय फ्लैट को सुरुचिपूर्ण ढंग से सजाकर रखता, और जब दिव्या राना वहाँ जाती नौकर को किसी न किसी बहाने बाहर भेज देता। विद्यालय के शिक्षकों और अन्य कर्मचारियों में कानाफूसी होती, लेकिन किसी में इसका विरोध करने का, या खुलकर कुछ कहने का, साहस नहीं था। विद्यालय के कुछ शिक्षकों को मनोरंजन सहाय द्वारा अपने सम्बन्ध में दी गई सूचनाओं पर भी सन्देह था, और उन्होंने सच्चाई जानने का निश्चय किया ताकि दिव्या राना की मदद की जा सके। एक शिक्षक पाँच दिनों की छुट्टी लेकर देहरादून गया, और वहाँ उसे पता चला कि वहाँ संत अगस्टस कॉलेज नाम की कोई संस्था है ही नहीं। इन शिक्षकों ने आपस में परामर्श किया और तय किया कि दिव्या राना से एक डेलिगेशन में मिलकर मनोरंजन सहाय से सम्बन्धित रहस्य का उद्घाटन करेंगे।

मनोरंजन सहाय अपने सहकर्मी शिक्षकों से मिलता रहता था, और विद्यालय

की हर गतिविधि से स्वयं को परिचित रखता था। शिक्षकों ने उसके सम्बन्ध में दिव्या राना से बातें करने के लिए जो दिन निश्चित किया था उसके दो दिन पहले, जब वह शाम को उसके फ्लैट में थी, उसने उससे कहा, ''प्राणप्रिये, लगता है कि अब हमारे अलग होने का समय आ गया है। मुझे विश्वस्त सूत्रों से ज्ञात हुआ है कि संत अगस्टस कॉलेज की प्रबन्ध समिति ने मेरे ऊपर दो लाख रुपए के गबन का आरोप लगाया है, और पुलिस मुझे पकड़ने के लिए यहाँ दो दिनों के अन्दर आ सकती है। वे मुझे जेल में डाल देंगे, और उस स्थिति में मैं साबित नहीं कर सकूँगा कि मैं निर्दोष हूँ। मेरे सामने दो रास्ते हैं, या तो यहाँ से भागकर कहीं छिप जाऊँ या कॉलेज फण्ड में दो लाख रुपए जमा कर दूँ। मैं कॉलेज फण्ड में दो लाख रुपए जमा नहीं कर सकता, अतएव मैंने सोचा है कि मैं कहीं दूर भाग जाऊँ और वकील की मदद से केस लड़ूँ। मेरी प्यारी, अब मैं तुमसे विदा लेना चाहता हूँ। कल शाम को अंधेरा होते की मैं यहाँ से चला जाऊँगा। शायद हमारी मुलाकात फिर न हो।''

मनोरंजन सहाय ने अश्रुपूरित नेत्रों से दिव्या राना की तरफ देखा। उसकी आवाज़ गीली थी और उसके होंठ हिल रहे थे। दिव्या राना को काठ मार गया। उसने भर्राई आवाज़ में कहा, ''नहीं, मैं तुम्हें नहीं जाने दूँगी।''

एक क्षण बाद उसने पूछा, ''क्या संत अगस्टस कॉलेज को दो लाख रुपए लौटा देने से काम नहीं चलेगा?''

मनोरंजन सहाय ने चिन्ताग्रस्त आवाज़ में कहा, ''दो लाख रुपए संत अगस्टस कॉलेज को लौटा देने से सारी समस्याओं का समाधान हो जाएगा। मैं जेल में जाने से बच जाऊँगा, और कुछ महीनों में रुपए भी लौट जाएँगे। लेकिन इस समय रुपए आएँगे कहाँ से?''

दिव्या राना कुछ सोचती हुई बोली, ''कोई न कोई रास्ता निकल जाएगा। रुपयों की जरूरत कब तक है?''

मनोरंजन सहाय ने जवाब दिया, ''प्राणेश्वरी, मेरे पास समय नहीं है। किसी हालत में कल शाम तक मैं यहाँ से निकल जाऊँगा। मैं नहीं चाहता कि पुलिस मुझे पकड़कर जेल में डाल दे। उस हालत में उलझन बढ़ जाएगी, और सबके लिए बुरा होगा।''

दिव्या राना ने कहा, ''मेरे प्रिय, कल शाम तक रुपए तुम्हें मिल जाएँगे। लेकिन मैं तुमसे अलग नहीं रह सकती। मैं तुम्हारे साथ चलूँगी।''

मनोरंजन सहाय सोत्साह बोला, ''मेरी रानी, मेरे लिए इससे अच्छा और क्या होगा? हम कुछ दिन पहाड़ों में घूमेंगे, फिर लौट आएँगे।''

दूसरे दिन दिव्या राना ने विद्यालय कोष से दो लाख रुपए निकाले और अपने सूटकेस में रख लिए। उसने विद्यालय के सचिव के नाम पन्द्रह दिनों की छुट्टी का आवेदन-पत्र लिखा, और उसे अपने कक्ष में मेज पर रख दिया। शाम को वह हर

दिन की तरह मनोरंजन सहाय के फ्लैट में गई, फिर अंधेरा होते ही उसके साथ जमशेदनगर के रेलवे स्टेशन की तरफ चली गई।

दूसरे दिन विद्यालय की प्रबन्ध समिति के मन्त्री राम प्रसाद चौरसिया को जब बेटी का अवकाश के लिए आवेदन पत्र मिला और पता चला कि वह मनोरंजन सहाय के साथ गई है तो उन्हें गुदगुदी हुई। उन्होंने सोचा–''यदि वह कुछ दिनों के लिए घूम-फिर आती है तो क्या हर्ज है? बेचारी हड्डी-तोड़ मेहनत करती है। उसकी ही मेहनत का फल है कि पिछले पाँच वर्षों में विद्यालय की आय तिगुनी हो गई है। अब समय आ गया है कि वह विद्यालय के साथ-साथ गृहस्थी का बोझ भी ढोए।''

लेकिन जब एक दिन बाद शाम को कुछ शिक्षकों ने उनके निवास पर जाकर उन्हें बताया कि देहरादून में संत अगस्टस कॉलेज नाम की कोई संस्था नहीं है तो उनका माथा ठनका। उन्होंने यथाशीघ्र विद्यालय के कोष की जाँच की और तब उन्हें पता चला कि दिव्या राना ने घर छोड़ने के पहले विद्यालय के कोष से दो लाख रुपए निकाल लिए थे। लेकिन उन्होंने कुछ दिनों तक प्रतीक्षा करना उचित समझा। पुलिस में ख़बर करने पर परिवार की बदनामी तो थी ही, पैसे भी उन्हें भरने पड़ते।

दस दिनों के बाद उन्हें देहरादून की पुलिस से एक पत्र मिला कि वे शीघ्र आकर मिलें। देहरादून में पुलिस ने उन्हें वह पत्र भी दिया जो एक होटल के एक कमरे से दिव्या राना के सूटकेस से मिला था। इसमें उसके जमशेदनगर छोड़ने के पाँच दिनों के बाद की तारीख थी। दिव्या राना ने लिखा था–''पापा, मैंने भारी गलती की है। लेकिन अब मेरे लिए पीछे मुड़ने के रास्ते बन्द हो चुके हैं। आपसे प्रार्थना है कि यदि मुझे कुछ हो गया तो आप क्षमा कर देंगे। मेरे प्राण दयानंद विद्यालय में बसते हैं, इसलिए उसकी व्यवस्था पर ध्यान देना बन्द नहीं करेंगे।''

होटल के मैनेजर ने बताया–''कमरे में एक सज्जन एक महिला के साथ ठहरे थे। दोनों रोज सुबह में बाहर जाते थे और शाम को लौटते थे।'' तीसरे दिन शाम को वे सज्जन अकेले लौटे और बोले–''मेरी पत्नी एक रिश्तेदार से मिलने बाहर गई है। तीन दिनों के बाद लौटेंगी। तब तक मैं भी अपने एक मित्र से मिलकर लौट आऊँगा। आप तीन दिनों का अग्रिम किराया रख लीजिए।''

पुलिस ने राम प्रसाद चौरसिया को दिव्या राना की लाश दी जो उसे एक खड्ड में मिली थी। उसने सफेद कपड़े पहन रखे थे और चेहरे पर कोई मेकअप नहीं था। लाश के किसी अंग में कोई चोट नहीं थी; सिर्फ सिर को भारी पत्थर के आघात से चकनाचूर कर दिया गया था।

घर की लाज

सामाजिक न्याय दल की महिला शाखा की जमशेदनगर इकाई की चार नेत्रियाँ शाखा के प्रधान कार्यालय में बैठी हुई शतरंज खेल रही थीं। अपराह्न में दो बजे से पाँच बजे का समय उनके लिए सूचना के आदान-प्रदान और मनोरंजन का समय था, और वे प्रतिदिन शतरंज के बोर्ड के सामने बैठी हुई दो-तीन घण्टे वार्तालाप में बिताती थीं। शतरंज का खेल समय बिताने के लिए बहाना मात्र था, और उसमें हार-जीत का कोई महत्व नहीं था; इस कारण वे सिद्धान्तों, व्यक्तियों और घटनाओं की सविस्तार चर्चा करती थीं। ये महिलाएँ थीं—कल्पना सिंह, जो महिला शाखा की सभापति थी, चाँदनी यादव जो शाखा की प्रधान मंत्री थीं, सुगंधा चकलानवीस जो उपसभापति थीं और मोना सहाय जो सहायक मंत्री थीं। ये महिलाएँ चालीस से पचास वर्ष के बीच की और दुहरी देहवाली थीं, और उनके चेहरे पर गहरा मेकअप था। उनकी आँखों में चतुराई की चमक थी, और साथ-साथ प्रचण्ड भूख थी। शतरंज खेलते समय वे हर रोज अपना विरोधी बदल लेती थीं, क्योंकि वे नहीं चाहती थीं कि वँधे रिश्तों के कारण आपस के सम्बन्धों में कोई विकार आए। वे हर चाल को अधिक से अधिक समय तक खींचने की कोशिश कर रही थीं ताकि बातों के क्रम में कोई व्यवधान नहीं आए।

कल्पना सिंह ने सुगंधा चकलानवीस को सम्बोधित करते हुए कहा, ''सुगंधाजी, मैं आपसे पूरी तरह सहमत हूँ कि देश के सामने जो समस्याएँ हैं उनके समाधान के लिए सामाजिक क्रांति की जरूरत है, और इस क्रांति में नारी की प्रधान भूमिका होगी। लेकिन हमें इस बात को नहीं भूलना चाहिए कि यह क्रान्ति सामाजिक न्याय के सिद्धान्तों पर आधारित होनी चाहिए।''

चाँदनी यादव बोली, ''इसका विरोध कौन करेगा? लेकिन मूल प्रश्न यह है कि सामाजिक न्याय है क्या।''

मोना सहाय ने कहा, ''हाँ, यह जान लेना जरूरी है कि सामाजिक न्याय है क्या। अलग-अलग लोग इसके बारे में अलग-अलग बातें कहते हैं; सामाजिक न्याय यह है और वह नहीं है।''

कल्पना सिंह एम.ए. पास थी। डिग्री लेने के बाद उसने चार वर्षों तक प्रयास किया था कि कहीं नौकरी मिल जाए। उसे मनोनुकूल नौकरी नहीं मिली, लेकिन तलाश के क्रम में वह कुछ राजनीतिक कार्यकर्ताओं के सम्पर्क में आई जिससे उसकी ज़िन्दगी को एक नई दिशा मिल गई। वह दो दशकों से राजनीति में क्रियाशील थी, और अपनी कार्य-क्षमता के कारण उसने जमशेदनगर के सामाजिक जीवन में एक प्रभावशाली स्थान बना लिया था। वह एक तेज-तर्रार महिला थी, और जिस दल में रहती थी, उसमें एक महत्त्वपूर्ण स्थान बना लेती थी। इन वर्षों में उसने अपने राजनीतिक दल और विचार-धारा में तीन बार परिवर्तन किया था; पहले वह राष्ट्रवादी दल में थी, फिर समन्वयवादी दल में गई, और पिछले चार वर्षों से, जब से मल्लू गोप कुसुमांचल का मुख्य मंत्री हुआ था, वह सामाजिक न्याय दल में थी। उसने अपनी राजनीतिक क्रियाशीलता का समुचित लाभ उठाया था; जमशेदनगर के मानगो मुहल्ले में उसका आलीशान मकान था, जिसका नाम उसने 'कल्पनालोक' रखा था, और पचीस लाख से ऊपर का बैंक बैलेंस था। उसका पति सुखदेव सिंह एक स्थानीय कॉलेज में व्याख्याता था, लेकिन वह अपने नाम से नहीं बल्कि कल्पना सिंह के पति के रूप में जाना जाता था। कल्पना सिंह को अगले चुनाव में सामाजिक न्याय दल की तरफ से विधान सभा के लिए टिकट मिलने की, और तत्पश्चात् मंत्री बनने की, पूरी उम्मीद थी। इसके लिए वह प्रयत्नशील थी, और दृढ़ता से वांछित उद्देश्य की तरफ क़दम बढ़ा रही थी। वह दल की जमशेदनगर महिला शाखा की अध्यक्षा तो थी ही, सामाजिक न्याय के सैद्धांतिक पक्ष की भी सफल विश्लेषिका थी।

उसने मोना सहाय की बात सुनकर गम्भीर होते हुए कहा, "मोना जी, सामाजिक न्याय के सम्बन्ध में परस्पर विरोधी बातें करने वाले लोग दिग्भ्रमित व्यक्ति हैं। सामाजिक न्याय के पक्षधर के लिए सबसे महत्त्वपूर्ण वस्तु है नेता में अटूट भक्ति। नेता जो कहे वही सत्य है, नेता जो चाहे वही धर्म है। उसके अलावे न कोई सत्य है और न कोई धर्म है। नेता ही ज्ञान है, वही गुरु है, वही भगवान है। इस सिद्धान्त को हृदयंगम कर लेने के बाद कभी कोई गलती नहीं होगी।"

सुगंधा चकलानवीस महिला शाखा की अध्यक्ष के पद की प्रबल दावेदार थी, लेकिन कल्पना सिंह की चतुराई के सामने उसके मुहरे बार-बार पिट जाते थे और वह मात हो जाती थी। लेकिन उसने हार नहीं मानी थी और अपने प्रयत्नों में ढिलाई आने की अनुमति नहीं देती थी। उसने कहा, "कल्पनाजी, नेता भी आदमी ही है, देवता तो है नहीं। वह भी गलती कर सकता है। इस सम्बन्ध में मेरी राय है कि आदमी की अपनी बुद्धि ही उसकी सबसे अच्छी गाइड है।"

चाँदनी यादव ने इस अंदाज से जैसे वह इस महत्त्वपूर्ण प्रश्न पर तटस्थ रहना चाहती हो लेकिन सत्य तक पहुँचने के लिए उत्सुक हो, कहा, "नेता का महत्त्व तो

है ही; जो वह नहीं रहेगा तो रास्ता कौन दिखाएगा? लेकिन बुद्धि और विवेक के महत्त्व को भी कम आँकना ठीक नहीं।''

कल्पना सिंह ने पूरे विश्वास से कहा, ''अन्य स्थानों में बुद्धि का महत्व भले हो, सामाजिक न्याय के क्षेत्र में नेता के आदेश का सर्वाधिक महत्त्व है। क़दम-क़दम पर ऐसी समस्याएँ उठ खड़ी होती हैं जिनका समाधान नेता के आदेश से ही सम्भव है। इस क्षेत्र में कार्यकर्ता की व्यक्तिगत संतुष्टि और प्रगति का प्रश्न अन्य क्षेत्रों से अधिक जुझारू होता है, क्योंकि प्रतिस्पर्द्धा की भावना गहन होती है। शीघ्र परिणाम प्राप्त करने के लिए यह आवश्यक भी है। क्या नेता की संतुष्टि के अभाव में यह सम्भव है?''

कभी-कभी कल्पना सिंह की बातें उसकी सहकर्मी महिलाओं के लिए अस्पष्ट हो जाती थीं, लेकिन उसका भाव बिल्कुल स्पष्ट रहता था। कल्पना सिंह जो कह रही थी, उसका विरोध करने की गुंजाइश कम थी, और सुगंधा चकलानवीस के भिन्न मत अभिव्यक्त करने का प्रमुख उद्देश्य किंचित अनकही बातों को सामने लाना था। ये महिलाएँ एक-दूसरे की प्रतिद्वन्द्वी होने के साथ-साथ सहयोगी भी थीं, और दल के शीर्षस्थ नेताओं की प्रसन्नता और संतुष्टि उनके कार्यक्रम का प्रधान अंग था। पुरुषों को प्रसन्न और संतुष्ट रखने का सर्वोत्तम मार्ग नारी देह के लिए उनकी भूख को शांत करना था, और इसके लिए उन्होंने एक अत्यंत कुशल संगठन बना रखा था। यह संगठन अपने ही नियमों से परिचालित होता था; सामाजिक न्याय दल की महिला शाखा की हर पदाधिकारी एक इकाई थी लेकिन ये इकाइयाँ एक ऐसे सूत्र में बँधी थीं कि अवसर आते ही एक वृहत्तर संगठन का अविभाज्य अंग बन जाती थीं। सुगंधा चकलानवीस ने जो प्रसंग छेड़ा था उससे उन्हें अपने त्वरित कर्तव्य पर बातें करने का अवसर मिल गया।

चाँदनी यादव ने कहा, ''कल्पनाजी, आपने अच्छा याद दिलाया। परसों सामाजिक न्याय दल की प्रान्तीय कमेटी की बैठक जमशेदनगर में होने वाली है। नेता लोगों की संख्या पचास से कम क्या होगी?''

कल्पना सिंह ने जवाब दिया, ''मेरे पास नेताओं की लिस्ट आ गई है। कमेटी के साठ सदस्य आ रहे हैं।''

सुगंधा चकलानवीस चुप रही। उसका अनुमान सही था। वह जानती थी उसके हिस्से में जितनी लड़कियों की व्यवस्था करने की जिम्मेवारी होगी, उसके लिए उसे अतिरिक्त कष्ट नहीं करना पड़ेगा। उसके पास तीस से अधिक लड़कियों के टेलीफोन नम्बर थे, और उनमें से आधा दर्जन को छोड़कर अन्य सभी धन्धे में इतनी चतुर थीं कि खूसट से खूसट मर्द के मुँह से लार टपका सकती थीं। वह अपने स्टाफ में से पन्द्रह को चुनकर उन्हें जरूरी ट्रेनिंग दे देगी। कल्पना सिंह और चाँदनी यादव के पास भी पर्याप्त संख्या में लड़कियाँ थीं, लेकिन मोना सहाय इस क्षेत्र में वांछित

प्रगति नहीं कर पाई थी। सुगंधा चकलानवीस ने निर्णय किया कि वह इस अवसर पर उसकी मदद के लिए आगे बढ़ेगी। 'आखिर सजातीय है, उसकी मदद करना उसका धर्म है।'

मोना सहाय ने कुछ चिन्तित आवाज़ में कहा, "कमेटी में कुछ ज्यादा ही सदस्य हैं, है न? क्या सभी आएँगे?"

सुगंधा चकलानवीस ने उसे आश्वस्त करते हुए कहा, "मोना बहन, चिंता नहीं करनी है। हम एक दूसरे की मदद से अपनी जिम्मेदारी आसानी से निभा लेंगे।"

फिर उसने कल्पना सिंह से पूछा, "कल्पनाजी, क्या इस मीटिंग में मल्लू गोपजी भी आ रहे हैं?"

कल्पना सिंह ने गम्भीरता से जवाब दिया, "बहन, मल्लूजी कुसुमांचल के सामाजिक न्याय दल के सभापति हैं। वे सामाजिक न्याय के सिद्धान्तों की प्रतिमूर्ति हैं। उनकी अनुपस्थिति में सामाजिक न्याय दल की कोई मीटिंग अधूरी रहेगी। वे अवश्य आएँगे। इस बार रात्रि विश्राम के समय उनके मनोरंजन का उत्तरदायित्व मेरे कन्धे पर रहेगा।"

शतरंज का खेल अधिक समय तक नहीं चला। वस्तुतः इसका मुख्य उद्देश्य दो दिन बाद होने वाली मीटिंग के सम्बन्ध में आवश्यक सूचना का आदान-प्रदान ही था ताकि महिला शाखा की संचालिकाएँ अपने उत्तरदायित्व का निर्वहन संतोषप्रद ढंग से कर सकें।

राजनीति के क्षेत्र में प्रवेश करने के कुछ ही दिनों के बाद कल्पना सिंह ने समझ लिया था कि उसमें आगे बढ़ने के लिए नैतिकता के बंधनों से पूरी तरह मुक्ति आवश्यक है। यह उसके लिए कठिन नहीं था; वह एक महत्त्वाकाँक्षी महिला थी, और परिस्थितियों के अनुकूल स्वयं को ढालने की उसमें असाधारण क्षमता थी। उसने थोड़े ही दिनों में समझ लिया कि राजनीति के क्षेत्र में आगे बढ़ने की इच्छुक महिलाओं के लिए आवश्यक था कि वे अपने पुरुष सहकर्मियों और नेताओं को प्रसन्न रखें, और इसके लिए देह-व्यापार सर्वोत्तम साधन था। उसने कुछ ही दिनों में देह-व्यापार का ऐसा महाजाल बुन लिया जिससे सामाजिक और राजनीतिक प्रभाव के साथ-साथ प्रचुर आर्थिक लाभ की प्राप्ति होती थी। यह ऐसा महाजाल था जिसका अंग बनने में समाज के हर वर्ग के प्रभावशाली लोगों को असाधारण उपलब्धि का आनन्द मिलता था। कल्पना सिंह के पास दर्जनों लोगों के पते और टेलीफोन नम्बर थे, जिनमें राजनीतिज्ञ, व्यापारी, समाजसेवी और हर तरह के अपराधकर्मी शामिल थे।

कल्पना सिंह का यह व्यापार अनेक स्थानों पर चलता था, और उसे पुलिस और प्रशासन का पूरा सहयोग प्राप्त था। यह एक ऐसा टेलिस्कोप था जिससे समाज

के हर अंग को भीतर तक देखा और प्रभावित किया जा सकता था, और हर अवसर का लाभ उठाया जा सकता था। यह अकारण नहीं था कि प्रशासन कल्पना सिंह को प्रताड़ित या दण्डित करने के बदले उसकी सिफारिश करता था, और इस बात का पूरा ध्यान रखता था कि उसका कोई अहित न हो। जमशेदनगर के विभिन्न राजनीतिक दलों में अनेक महिला नेता इस व्यापार में लगी थीं, लेकिन इस क्षेत्र में उनमें से किसी ने कल्पना सिंह की ऊँचाई प्राप्त नहीं की थी। उसके घर कल्पनालोक से एक किलोमीटर पर स्थित मधुसूदन अपार्टमेंट में उसका एक फ्लैट था जिसमें निवास करने वाली एक दम्पत्ति, तारकेश्वर पाठक और सुनयना पाठक, इस व्यापार में उसके लिए मैनेजर का काम करती थी। यद्यपि कल्पना सिंह का सम्पर्क होटलों और विश्रामगृहों से भी था, फ्लैट के दो कमरे व्यापार सम्बन्धी कार्यों के लिए सदैव आरक्षित रहते थे।

घर पहुँचने के बाद कल्पना सिंह कुछ देर तक विचार-मग्न रही। यह एक सुनहरा अवसर था, और उसे खो देने पर दीर्घ काल तक पश्चाताप की आग में जलना पड़ सकता था। जमशेदनगर की जिला कमेटी की बैठक में भाग लेने के लिए मल्लू गोप स्वयं आ रहा था—उसे अवश्य ही फैक्ट्रीवालों से किसी बहाने रुपए ऐंठने होंगे—और वह जानती थी कि यदि वह मल्लू गोप को खुश कर दे तो उसका एक बड़ा सपना पूरा हो सकता था। कुसुमांचल की विधान परिषद् की दस सीटें रिक्त होने वाली थीं, और उनमें से दो को मनोनयन से भरना था। यदि मल्लू चाहे तो उसका महिला समाजसेविका के रूप में मनोनयन निश्चित था। यदि सामाजिक न्याय दल का टिकट मिल जाए तो वह चुनाव से भी विधान सभा या परिषद् में जा सकती थी, लेकिन चुनाव का परिणाम उसके पक्ष में होगा इसकी क्या गारण्टी थी? चुनाव के लिए भी मल्लू को ही टिकट देना था; उसे प्रभावित किए बिना सफलता प्राप्ति का कोई रास्ता नहीं था।

उसने मल्लू के बारे में अधिक से अधिक जानकारी प्राप्त करने की कोशिश की थी, और उसका विश्वास था कि वह उसके बारे में जो नहीं जानती थी वह जानने योग्य नहीं था। मल्लू उन्हीं लोगों को पुरस्कृत करता था जो उसके प्रति अटूट भक्ति दिखलाते थे; निष्ठा में लेश मात्र भी खोट होने के सन्देह से वह सतर्क हो जाता था, और परीक्षा की अवधि लम्बी कर देता था। वह अपने अनुयायियों से उसी तरह का समर्पण चाहता था जिस तरह का समर्पण कुछ देवता अपने भक्तों से चाहते हैं। इसी कारण कल्पना सिंह जब कभी सामाजिक न्याय दल की चर्चा करती थी, सिद्धान्त और संगठन दोनों ही मल्लू के व्यक्तित्व में समाहित हो जाते थे। उसे जैसे ही मालूम हुआ था कि जमशेदनगर जिला कमेटी की मीटिंग में भाग लेने मल्लू गोप स्वयं आएगा, उसने उसे प्रसन्न करने की, और अपनी अटूट भक्ति में विश्वास दिलाने की, योजना बना ली थी, लेकिन उसने उसे किसी पर प्रकट नहीं

किया था। इस योजना के कार्यान्वयन में कुछ कठिनाइयाँ अवश्य थीं, लेकिन वह जिस काम को करने का निश्चय कर लेती थी उससे पीछे जल्दी क़दम नहीं हटाती थी।

उसने मधूसूदन अपार्टमेंट में तारकेश्वर पाठक को फोन लगाया, और उससे नेताओं के रात्रि-विश्राम के समय अपेक्षित मनोरंजन की व्यवस्था के बारे में पूछा। तारकेश्वर पाठक ने बताया कि उसने पचास लड़कियों का चुनाव कर लिया है और सभी बीस से कम की हैं। फिर हँसकर बोला, ''मैडम, हमारे पास इतनी बड़ी फौज है कि हम दस हजार लोगों का एक साथ मुकाबला कर सकते हैं। जादूगुड़ा और घाटशिला में ख़बर करने की देर है।''

कल्पना सिंह ने कहा, ''हमें दस हजार नहीं, अभी तीस-चालीस ही चाहिए, समझे? लेकिन माल अच्छा हो। बीस से कम की होने से क्या हुआ? सामाजिक न्याय दल के बड़े नेताओं की संतुष्टि का प्रश्न है। माल अच्छी जगह का होना चाहिए ताकि किसी तरफ कोई शिकायत नहीं हो। मल्लू गोपजी स्वयं आ रहे हैं।''

मधुसूदन पाठक ने आश्वासन दिया, ''चिन्ता की कोई बात नहीं, मैडम! पिछले आठ सालों से आपकी सेवा में हूँ; क्या आज तक कोई शिकायत हुई है कि आगे होगी? सुनयना माल की अच्छी तरह जाँच करके ही उसे बाज़ार में आने देती है। परसों आप जहाँ कहेंगी, जब कहेंगी, सप्लाई हो जाएगी।''

कल्पना सिंह के चेहरे पर प्रसन्नता की चमक आ गई। सारा कार्यक्रम संतोषप्रद ढंग से चल रहा था, और उसकी योजना की सफलता में कोई संदेह नहीं था। वह साल दो साल में प्रान्तीय सरकार में मन्त्री होगी। तब नौकर-चाकरों की पूरी फौज होगी, और सैकड़ों लोग उसके दाएँ-बाएँ सिफारिश में खड़े रहेंगे। वह हर वर्ष गाड़ी बदलेगी, और नौकरों और ड्राइवरों के लिए विशेष तरह की वर्दी तय कर देगी ताकि लोग उन्हें दूर से ही पहचान लें। वह जब किसी सरकारी अथवा गैरसरकारी योजना का उद्घाटन करने जाएगी—वह ऐसे कार्यक्रमों में अधिक से अधिक भाग लेगी ताकि लोग उसे प्रशंसा और द्वेष की नजरों से देखें—उसकी गाड़ी के आगे—पीछे गाड़ियों का काफिला होगा, और सड़क पर चलनेवाली अन्य गाड़ियाँ अपने-आप दाएँ-बाएँ हट जाएँगी, और लोग सड़क के किनारे सम्भ्रम खड़े होकर उसके काफिले को देखेंगे और आश्चर्य करेंगे।

कल्पना सिंह ने अपने बचपन के दिनों को याद किया, और उसे गुदगुदी हो गई। उसके पिता म्यूनिसिपैलिटी में किरानी थे, और म्यूनिसिपैलिटी की ऑफिस के अहाते में ही दो कमरे के मकान में रहते थे। घर क्या था मुर्गीखाना था। उसके पिता और उसके दो भाई एक कमरे में रहते थे, और उसकी माँ उसके साथ दूसरे कमरे में रहती थी। मकान की बगल में दो फीट चौड़ी और चार फीट गहरी नाली

बहती थी जिससे ऐसी दुर्गंध आती थी कि रात में टूटने पर नींद आने का नाम नहीं लेती थी। ऐसी स्थिति से उठकर उसने अपने लिए रास्ता बनाया था और इस ऊँचाई पर पहुँची थी। उसके दोनों भाई म्यूनिसिपैलिटी में किरानी हैं, और यद्यपि उन्होंने मकान बदल दिया है, वे बापू की तरह ही गन्दी कमीज और गन्दी धोती पहनते हैं। बापू रिटायरमेन्ट के पहले नहीं मर जाते तो आज दोनों सड़क पर होते। उसने अच्छा किया है कि उनसे कोई सम्पर्क नहीं रखती है। ऐसे नालायक लोगों से क्या सम्पर्क रखना जो यह भी नहीं जानते कि कौन–सी राह कहाँ ले जाती है? जगहँसाई भी तो है। यदि लोग उसके सामने कहेंगे कि ये कल्पना सिंह के भाई हैं तो कैसा लगेगा? उसका पति भी नालायक ही है, लेकिन वह उतना मूर्ख नहीं जितना भाई लोग हैं। वह खुद ही उसके दोस्तों की नजरों से दूर रहता है। एक वात और है। वह उसके लिए सफलता की ऊँचाई पर चढ़ने के लिए सीढ़ी है। कोई दूसरा पति होता तो शायद वह इस ऊँचाई को नहीं प्राप्त कर सकती थी।

कल्पना सिंह ने पुरानी बातों को भूलने की और नई बातों में ध्यान केन्द्रित करने की कोशिश की। पुरानी उपलब्धियों पर संतोष कर लेने वाला व्यक्ति कभी आगे नहीं बढ़ता। क्या एक धर्म पुस्तक में नहीं लिखा है कि पंडित लोग बीती-बातों की चिन्ता नहीं करते और भविष्य के बारे में ही सोचते हैं? भविष्य की महानता का जो अवसर आया है, उसका सदुपयोग करना मेरा पुनीत कर्त्तव्य है। मैं इस अवसर को हाथ से नहीं जाने दूँगी।

उसने मल्लू गोप को प्रभावित करने की जो योजना बनाई थी, उस पर उसका ध्यान गया। इस समय न जाने क्यों उसे इस बात की आशंका होने लगी कि उसकी बड़ी बेटी संध्या उसके परामर्श को ठुकरा देगी। उस हालत में क्या होगा?

कल्पना सिंह की दोनों पुत्रियाँ, संध्या और रागिनी, जो काशीधाम के एक महिला कॉलेज में पढ़ती थीं और कॉलेज के छात्रावास में रहती थीं, एक सप्ताह पहले दशहरे की छुट्टियों में घर आई थी। संध्या, नाम के विपरीत, गुलाबी संगमरमर की तरह थी। कल्पना सिंह ने उसके लिए एक सुन्दर भविष्य की कल्पना की थी और चूँकि उसमें व्यवहार–कुशलता की कमी थी, उसके भविष्य के निर्माण में स्वयं हाथ बँटाने का निश्चय किया था। रागिनी के भविष्य के सम्बन्ध में वह निश्चिन्त थी; उसमें अपनी बड़ी बहन की सुन्दरता नहीं थी लेकिन उसमें उसकी–अपनी माँ की–व्यवहार कुशलता थी और कल्पना सिंह को विश्वास था कि वह अपने लिए रास्ता निकाल लेगी और सफलता की ऐसी चोटियों पर चढ़ेगी जहाँ तक पहुँचना बहुत कम लोगों के लिए सम्भव था। जिस दिन उसे पता चला कि जमशेदनगर की सामाजिक न्याय दल की कमेटी में भाग लेने के लिए मल्लू गोप स्वयं आ रहा है, उसने मन ही मन तय कर लिया था कि वह उसकी सेवा में संध्या को ही भेजेगी, यद्यपि इसकी चर्चा उसने अब तक किसी से नहीं की थी। उसे विश्वास था कि उसकी बेटी उसके प्रस्ताव को बेहिचक स्वीकार करेगी, लेकिन इस समय उसका विश्वास डिगने लगा था।

वह कुछ समय तक विचार-मग्न बैठी रही, फिर उस कमरे में गई जिसमें उसकी दोनों पुत्रियाँ रहती थीं। संध्या किसी पत्रिका के पन्ने उलट रही थी, और रागिनी ट्रांजिस्टर से गाने सुन रही थी। उसने संध्या से कहा, ''बेटी, तुम अपना पाँच मिनट का समय मुझे दो, कुछ जरूरी बातें करनी हैं।''

संध्या ने कहा, ''बहुत अच्छा!'' वह उसके पीछे-पीछे ड्राइंगरूम में गई।

कल्पना सिंह ने ड्राइंग रूम के दरवाजे अन्दर से बन्द कर दिए और जब वे बैठ गईं तो बोली, ''बेटी, आज मैं तुमसे एक ऐसी बात कहने जा रही हूँ जिससे मेरी और तुम्हारी ज़िन्दगी बननेवाली है। समाज में हमारा स्थान इतना ऊँचा हो जाएगा कि लोग हमसे द्वेष करेंगे, और हमारी तरफ ताकने से टोपियाँ ज़मीन पर गिर जाएँगी।''

संध्या ने हँसकर पूछा, ''ऐसा कौन-सा रास्ता निकाल लिया है ममी? क्या तुम्हें इस्पात के कारखाने में मैनेजर का पद मिला है?''

कल्पना सिंह ने जवाब दिया, ''बेटी, हम उस आदमी को अपनी जेब में डालने जा रहे हैं जिसकी जेब में पूरा कुसुमांचल प्रान्त है।''

संध्या ने मुस्कराते हुए कहा, ''ममी, तुम अवश्य ही किसी राक्षस की बात कर रही हो। भला हम एक राक्षस को अपनी जेब में कैसे रख सकते हैं?''

कल्पना सिंह ने जवाब दिया, ''बेटी, मैं किसी राक्षस की बात नहीं कर रही हूँ, मैं सामाजिक न्याय दल के महान नेता मल्लू गोप की बात कर रही हूँ। मल्लू गोप अपने भक्तों को जो दे सकते हैं वह भगवान भी नहीं दे सकते। वे जिसे चाहें उसे विधान सभा या लोक सभा का सदस्य या कुसुमांचल प्रान्त का मन्त्री बना सकते हैं। वे परसों जमशेदनगर में सामाजिक न्याय दल की सभा में भाग लेने आ रहे हैं, और रात को सर्किट हाउस में टिकेंगे। यदि हमने इस अवसर का लाभ नहीं उठाया तो हमेशा चूहे बने रहेंगे।''

कल्पना सिंह संध्या के उत्तर की अपेक्षा में चुप हो गई। वह जानती थी कि उसके कथन का आशय इतना स्पष्ट था कि विस्तार में जाने की जरूरत नहीं थी। दो मिनटों तक कोई कुछ नहीं बोला। फिर संध्या ने कुछ भारी आवाज़ में पूछा, ''उसके लिए मुझे क्या करना होगा, ममी?''

कल्पना सिंह एक क्षण तक चुप रही, फिर बोली, ''बेटी उसमें जो कुछ करना है तुम्हें ही करना है। मैं चाहती हूँ कि तुम कल की रात मल्लू गोप के कमरे में उसके साथ बिताओ। उससे तुम्हारा कुछ नहीं बिगड़ेगा, लेकिन परिवार का भविष्य बन जाएगा।''

संध्या ने एक क्षण तक अपनी माँ की तरफ देखा, फिर सिर झुका लिया। उसने सिर झुकाए हुए ही भर्राई आवाज़ में जवाब दिया, ''ठीक है, ममी। ऐसी ही होगा।''

जब कल्पना सिंह और उसकी बड़ी बेटी संध्या के बीच मल्लू गोप को अपनी जेब में डालने की योजना पर बातें हो रही थीं, छोटी बेटी रागिनी दरवाजे के पीछे चुपचाप

खड़ी होकर उनकी बातें सुन रही थी। जैसे ही बातें खत्म हुईं, वह पैर दबाए अपने कमरे में चली गई, और बिछावन पर लेटकर ट्रांजिस्टर से गाने सुनने लगी।

संध्या जब कमरे में लौटी तो उसका चेहरा पीला पड़ा हुआ था। रागिनी ने सहानुभूति के लहजे में कहा, ''क्या बात है, दीदी? लगता है कि ममी ने तुम्हें डाँट लगाई है।''

संध्या ने फीकी हँसी हँसकर जवाव दिया, ''ममी जो कुछ करेगी वह हमारी भलाई के लिए ही होगा।''

रागिनी ने आगे कुछ नहीं पूछा, और ट्रांजिस्टर की आवाज़ ऊँची कर दी। लेकिन उसका ध्यान अपनी बहन की तरफ ही था। संध्या दस-पन्द्रह मिनटों तक चुपचाप अपने पलंग पर लेटी रही, फिर उठकर कपड़े पहनने लगी। रागिनी ने पूछा, ''दीदी, क्या बाज़ार जा रही हो? मैं भी तुम्हारे साथ चलूँ?''

संध्या ने जवाब दिया, ''मैं दस मिनटों में लौट आऊँगी। सिर में दर्द है, उसके लिए दवा लाने जा रही हूँ। तुम्हारे जाने की क्या जरूरत है?''

वह सचमुच आधा घण्टे में ही लौट आई। उसके हाथ में दवा का एक छोटा पैकेट था जिसे उसने सूटकेस में रखकर बन्द कर दिया।

रागिनी यह जानने के लिए बेचैन थी कि उसकी दीदी कौन सी दवा ले आई है, और...कि क्या उसकी आशंका सही है। लेकिन संध्या ने सूटकेस को बन्द कर चाबी अपने पास रख ली थी। रागिनी ने देखा कि उसकी बहन ने सिर में दर्द की वात कहकर रात का खाना नहीं खाया, और बिछावन पर लेटी रही। लेकिन उसने दवा भी नहीं ली, मानो वह उसका अस्तित्व भूल गई हो, और आँखें मूँद कर सो जाने का बहाना करने लगी। लेकिन रागिनी को विश्वास था कि वह सोना नहीं चाहती और अपनी उद्विग्नता छिपाने के लिए सोने का बहाना कर रही है। वह स्वयं इस तरह शान्त हो गई जैसे उसे नींद आ गई हो।

कुछ देर के बाद, जब संध्या को विश्वास हो गया कि उसकी बहन सो गई है, वह उठी और धीरे से सूटकेस को खोलकर दवा का पैकेट निकाला। उसने उसे खोला, उलट-पलटकर देखा, फिर कुछ देर तक शांत बैठी रही, मानो वह तय नहीं कर पा रही हो कि उसे क्या करना चाहिए। फिर वह उठी, इस मुद्रा में मानो उसने अपना अगला क़दम निश्चित कर लिया हो, दवा के पैकेट को सामने मेज पर रखा, और वहाँ से गिलास लेकर पानी लाने बाथरूम में चली गई। इस बीच रागिनी ने पैकेट को उठाकर देखा; वे नींद की गोलियाँ थीं जिन्हें अधिक संख्या में खाने पर मौत हो सकती थी। रागिनी का दिल जोर से धड़क उठा, और उसकी आँखों में चमक आ गई। वह अपने बिछावन पर जाकर चुपचाप लेट रही।

संध्या लौटी तो पैकेट से गोलियाँ निकालकर उन्हें गिलास के पानी के साथ निगल गई। दो दर्जन से अधिक गोलियाँ थीं।

दूसरे दिन रागिनी दो घण्टे देर से उठी। वह नहीं चाहती थी कि नींद की गोलियों को अपना काम करने का पर्याप्त समय नहीं मिले। उसने संध्या के ऊपर से चादर को हटाया और उसकी साँस, नाड़ी आदि की परीक्षा की। जब उसे विश्वास हो गया कि समय हो चुका है तो वह कल्पना सिंह के कमरे में गई और उसे जगाते हुए बोली, ''ममी, मुझे लगता है कि दीदी ने ज़हर खा लिया है। चलकर देखो न।''

कल्पना सिंह घबड़ाकर चीखी, ''क्या?'' फिर अपनी आवाज़ को संयत करती हुई बोली, ''धीरे बोलो। क्या वह बिछावन पर है?''

उसने रागिनी के साथ जाकर संध्या को देखा। जब उसे विश्वास हो गया कि वह मर चुकी है तो उसने लाश को चादर से ढँक दिया, और रागिनी से बोली, ''बेटी, इस लड़की ने मुझे धोखा दिया। अब इस घर की लाज तुम्हारे हाथ है। आज की रात तुम्हें मल्लू गोप के पास जाना है। जाओगी न?''

रागिनी ने अकृत्रिम मुस्कान के साथ कहा, ''हाँ, ममी, मैं जरूर जाऊँगी।''

पराजय

सुनील अग्रवाल रोज की तरह साढ़े पाँच बजे विभागीय गाड़ी से ऑफिस से उस अपार्टमेंट में पहुँचे, जिसमें उनका फ्लैट था, और गाड़ी को नीचे छोड़ ड्राइवर के नमस्कार की अनसुनी करते हुए, लिफ्ट के सामने पंक्ति में खड़े हो गए। उनका फ्लैट उस अपार्टमेन्ट के पाँचवें तल्ले पर था, जिसे कुछ लोग बिरनी का छत्ता और अन्य लोग सात महलवा कहते थे। यह अपार्टमेन्ट रेलगाड़ी के डिब्बों की तरह खड़े फ्लैटों का था, जिसमें सात तल्ले थे और हर तल्ले में तीस फ्लैट थे। इसमें दो स्थानों पर लिफ्ट लगे थे जो चौबीस घण्टों में बारह घण्टों से अधिक समय तक काम नहीं करते थे, क्योंकि वहाँ उससे अधिक समय तक बिजली नहीं रहती थी। जब वे काम नहीं करते थे तब भी अपार्टमेन्ट में रहने वाले लोगों को कोई विशेष कष्ट नहीं होता था, क्योंकि वे लिफ्ट के उपयोग के बिना भी ऊपर चढ़ने और नीचे उतरने के अभ्यस्त हो चुके थे। हर फ्लैट में तीन संदूकनुमा कमरे थे; इनके अलावे एक रसोई घर भी था, जिसमें गैस के चूल्हे के अलावे कुछ बर्तन रखे जा सकते थे; एक बाल्कनी थी, जिसमें दो कुर्सियाँ रखी जा सकती थीं। अपार्टमेन्ट पूरब से पश्चिम की तरफ लम्बा था और सभी बाल्कनियाँ दक्षिण में थी; शायद यही कारण था कि बाल्कनियों में बैठने के बदले कपड़े सुखाए जाते थे, और पूरब से पश्चिम साड़ी, पैंट, ब्लाउज, कमीज, फ्रॉक, सलवार, अण्डरवियर, पेटीकोट और अन्य ऐसे ही कपड़ों की दो हजार फीट से अधिक लम्बी सात कतारें दिन-रात के अधिकांश प्रहरों में झूला झूलती थीं।

इस अपार्टमेन्ट के फ्लैट कुसुमपुर के सरकारी सचिवालय में काम करने वाले अफसरों के लिए बने थे, लेकिन इनमें से आधे फ्लैट ऐसे लोगों के कब्जे में थे, जो नौकरी में थे ही नहीं, सरकारी अफसर होने की बात कौन कहे। ये सभी अपराधकर्मी थे, जिनका सीधा सम्बन्ध सरकार के मंत्रियों, विधायकों या पुलिस विभाग के अधिकारियों से था; ये सरकार की गाड़ी की धुरी थे, जिन्हें उचित सुरक्षा और सुविधा उपलब्ध थी। इस अपार्टमेन्ट में प्रतिदिन दर्जनों अपराध-कर्म होते थे, लेकिन अपराधियों को पकड़ने का साहस किसी में नहीं था; इस कारण वहाँ के फ्लैटों में निवास करने वाले अफसर अपराध-कर्मियों से सौहार्द्रपूर्ण सम्बन्ध बनाए रखते थे, या छोटे-मोटे

अपराधों में उनके भागीदार होकर उचित लाभ उठाते थे। अपराधकर्मियों से सम्पर्क के कारण इस अपार्टमेन्ट के फ्लैटों में रहनेवाले अधिकांश युवक-युवतियाँ अपराधी मनोवृत्ति के हो जाते थे, और कुसुमपुर में होने वाले छोटे-मोटे अपराधों में उनकी प्रमुख भूमिका होती थी। आगे चलकर उनमें से कुछ अपराध की दुनिया में प्रगति कर धन और सम्मान प्राप्त करते थे, लेकिन अधिकांश, कुकर्म या सुकर्म किसी भी दुनिया में स्थान पाने योग्य नहीं होने के कारण, आजीवन त्रिशंकु की ज़िन्दगी जीते थे।

फ्लैट में प्रवेश करने के बाद सुनील अग्रवाल ने अपना ब्रीफकेस एक लोहे की अल्मारी के ऊपर रखा, और बाहर के कमरे में ही, जो उनसे मिलने के लिए आने वालों के लिए भी था, एक सोफा पर लेट गए। कमरे में छोटी-बड़ी मेजों पर प्राचीन काल की, देश के विभिन्न भागों में की गई खुदाई के स्थलों से प्राप्त, टूटी मूर्तियों, टूटे-फूटे बर्तन, लोहे और पत्थर के हथियार, चाँदी और ताँबे के सिक्के, और प्राचीन काल की ऐसी ही अन्य वस्तुएँ भरी पड़ी थीं। भारतीय प्रशासनिक सेवा के एक ऊँचे अधिकारी होते हुए भी सुनील अग्रवाल ने विश्वविद्यालय में अध्ययन के समय की प्राचीन इतिहास की अपनी दिलचस्पी न सिर्फ बनाए रखी थी, बल्कि इसका उत्तरोत्तर विकास किया था। उनकी बौद्धिक प्रखरता और प्राचीन इतिहास में दिलचस्पी का ख्याल कर सरकार ने उन्हें थकाने वाले प्रशासनिक उत्तरदायित्व से मुक्त रखा था और पिछले बीस वर्षों से, पहले उप सचिव और पीछे सचिव के पद पर, पुरातत्त्व विभाग में ही बनाए रखा था। इस विभाग में सुनील अग्रवाल को अपनी दिलचस्पी के विषय का समुचित अध्ययन करने का अबाध अवसर था, और उसका वे पूरा लाभ उठाते थे। उन्होंने न सिर्फ अपने फ्लैट को, बल्कि अपने ऑफिस को भी, प्राचीन काल की वस्तुओं का संग्रहालय बना लिया था। उनके विद्वत्तापूर्ण लेख प्राचीन इतिहास और पुरातत्व से सम्बन्धित पत्र-पत्रिकाओं में छपते थे, और देश के अनेक विश्वविद्यालयों में प्राचीन इतिहास और पुरातत्व से सम्बन्धित गोष्ठियों और सभाओं में भाग लेने और भाषण देने के लिए, उन्हें आमन्त्रित किया जाता था।

सुनील अग्रवाल को इस विशेष उपलब्धि पर गर्व था। वे अपने उन सहकर्मी अफसरों को हेय दृष्टि से देखते थे, जो प्रान्तीय सरकार में या केन्द्रीय सरकार में, ऊँचे प्रशासनिक पदों पर थे और जिनकी दिलचस्पी इन पदों से प्राप्त सुविधाओं में उसी तरह रहती थी जिस तरह हड्डों की दिलचस्पी जलेबी के ढेर में होती है। वे दिन-रात पुरातत्व सम्बन्धी खोजों में लगे रहते थे और अपना अधिकांश समय नए तथ्यों के अन्वेषण में लगाते थे। इस काम में लगे रहने से उन्हें लगता था कि वे एक ऐसा काम कर रहे हैं, जिससे उनकी विशेष योग्यता का सार्थक उपयोग हो रहा है। प्रशासनिक कार्यों को सामान्य योग्यता का कोई भी व्यक्ति सम्भाल सकता था, लेकिन वे जिस काम में लगे थे, उसके लिए एक विशेष योग्यता की जरूरत

थी, और यह योग्यता एक विशेष मानसिक संरचना से ही सम्भव थी। इस विशेष योग्यता से समृद्ध होने के कारण यद्यपि वे अपने सहकर्मी अफसरों को हेय दृष्टि से देखते थे, जिम्मेदारी के ऊँचे पदों पर आसीन सहकर्मियों के प्रति, जो अपने पद से प्राप्त अनेक सुविधाओं का लाभ उठाते थे, उनके मन में क्रोध-मिश्रित द्वेष था।

सुनील अग्रवाल इस सरकारी फ्लैट में अकेले रहते थे, क्योंकि वे पत्नी और बच्चों के साथ रहकर अपना बहुमूल्य समय छोटे-मोटे कामों में बर्बाद नहीं करना चाहते थे। उनकी पत्नी सुभाषिनी देवी, जो एक कॉलेज में व्याख्याता थीं, अपने दोनों लड़कों के साथ सातमहला अपार्टमेन्ट से तीन मील दूर स्थित उस छोटे से मकान में रहती थीं जिसे उनके पति ने सरकार से कर्ज लेकर बनवाया था। सुभाषिनी देवी, और उनके लड़के सुशील और सुबोध, सुनील अग्रवाल से मिलने उनके फ्लैट में कभी-कभी आ जाते थे। इसे सुनील अग्रवाल अपने बहुमूल्य समय का अपव्यय समझते थे, और इस कारण पत्नी और बच्चों के प्रति उनका व्यवहार ऐसा रूक्ष था कि वे बहुत साहस करके ही उनसे मिलने आते थे।

लेकिन अब, जब वे पचास पार कर चुके थे, उनकी पुरातात्विक अनुसंधान के लिए प्रतिबद्धता के बावजूद उन्हें अपने अन्दर एक खोखलेपन की प्रतीति होने लगी थी। यह खोखलापन एक बेचैनी के रूप में प्रकट होता था जो उन्हें कभी-कभी परेशान करने लगी थी। यह बेचैनी समय के साथ बढ़ती गई थी, लेकिन उन्होंने अपने आपको समझाने की कोशिश की थी कि यह उनके पुरातात्विक अध्ययन में कमी के कारण है। कभी-कभी ऐसे भी क्षण आते जब उनके मन में यह प्रश्न उठता कि अपने पेशे में दक्षता प्राप्त करने और उसमें आने वाली जिम्मेदारियों को संतोषप्रद ढंग से सम्भालने के बदले उन्होंने पुरातात्विक ज्ञान के क्षेत्र में जो विशेषज्ञता प्राप्त की, वह कहाँ तक उचित थी, लेकिन वे इस विचार को बलपूर्वक दबा देते। उनके सारे प्रयत्नों के बावजूद उनके मस्तिष्क में एक शून्य जन्म ले चुका था, जो ब्रह्माण्ड से भी बड़ा होता जा रहा था। उन्हें ऐसा प्रतीत होने लगा था कि उन्हें शांति तभी मिल सकती है जब वे इस शून्य से मुक्ति पा लें, लेकिन मुक्ति का कोई उपाय दृष्टिगोचर नहीं हो रहा था।

एक घण्टा पहले जब सुनील अग्रवाल ऑफिस से अपने फ्लैट में लौटे, उनका दिल न जाने क्यों धड़क रहा था। पत्नी और पुत्रों से उनकी मुलाकात दो महीनों से ऊपर से नहीं हुई थी और यद्यपि वे जानते थे कि उनकी पत्नी पुत्रों के प्रति अपना कर्तव्य निभाने में किसी तरह की कोताही नहीं करती है, उनके मन की अशांति बढ़ गई थी। वे अपने लड़कों से दूरी बनाए रखने के बावजूद उनके जीवन-वृत्त पर नजर रखते थे। लेकिन वे चाहते थे कि उनकी यह कमजोरी प्रकट नहीं हो, और पुरातात्विक

ज्ञान के प्रति उनकी आसक्ति ही उनका सबसे बड़ा बल और सबसे बड़ी कमजोरी मानी जाए। बड़ा लड़का सुशील एम.एस.सी. में पढ़ रहा था और छोटे लड़के सुबोध ने दो महीने पहले आई.एस.सी. पास किया था। सुनील अग्रवाल के मन में, अनजाने ही, दोनों लड़कों के भविष्य के सम्बन्ध में चिन्ता घर कर गई थी, और उन्हें ऐसा लगने लगा था कि लड़कों के भविष्य के सामने उनके पुरातात्विक ज्ञान से सम्बन्धित सारी उपलब्धियाँ महत्त्वहीन थीं। वे अपने बड़े लड़के सुशील के सम्बन्ध में अधिक चिन्तित थे, क्योंकि एम.एस.सी. पास करने के बाद उसके लिए कोई रास्ता उन्हें नहीं दिखता था। दूसरे लड़के सुबोध से उनकी बड़ी आशाएँ थीं, क्योंकि उनका विश्वास था कि वह आई. एस.सी. की परीक्षा में अच्छा करेगा और उसका प्रवेश किसी इंजीनियरिंग कॉलेज में बिना पैरवी के हो जाएगा। सारी पुरातात्विक प्रतिबद्धता के बावजूद उनका ध्यान सुबोध के आई. एस. सी. के परीक्षाफल पर लगा था जो कुछ ही दिनों में घोषित होने वाला था। लेकिन इसके सम्बन्ध में उन्होंने न लड़कों से ही बातें की थीं, और न पत्नी से ही। वे एक विचित्र मानसिकता के शिकार हो गए थे, और उन्हें लगता था कि लड़कों के भविष्य के सम्बन्ध में बातें करना मर्यादा के विरुद्ध है।

सुनील अग्रवाल के मानसिक तनाव के बढ़ने का एक और कारण भी था। उन्होंने लक्ष्य किया था कि उनकी पत्नी के पहनावे, साज-शृंगार और व्यवहार में कतिपय अवांछित परिवर्तन आ रहे थे। वह अपने केश काले करने लगी थी, सादे कपड़ों के स्थान पर भड़कीले वस्त्र पहनने लगी थी, ऐसे साज-शृंगार करने लगी थी जो उसकी उम्र और सामाजिक स्थान की महिला के लिए अशोभन थे, और बातचीत में ऐसी आवाज़ अपनाने लगी थी मानो उससे बातें करने वाला व्यक्ति कुछ ऊँचा सुनता हो। शुरू में सुनील अग्रवाल ने इसे एक साधारण बात समझ कर ध्यान नहीं दिया था, लेकिन उनके मन में एक खुरेच लग गया था जो धीरे-धीरे बढ़ता जा रहा था।

सुनील अग्रवाल के हृदय की धड़कन थोड़ी देर में प्राप्त होने वाली सूचना की अग्रिम प्रतिक्रिया थी। वे अपने आपको संयत करने की कोशिश कर रहे थे कि कॉलबेल बजी। वे एक क्षण के लिए ठिठके, फिर उठकर दरवाजा खोल दिया। दरवाजे पर सुहासिनी छोटे बेटे सुबोध के साथ खड़ी थी। उसने अपने चेहरे को किसी बाजारू औरत की तरह रंग-पोत रखा था, और होंठों पर गहरे लाल रंग की लिपस्टिक लगा ली थी।

सुनील अग्रवाल का हृदय अधिक जोर से धड़कने लगा, लेकिन वे चुपचाप एक कुर्सी पर बैठ गए। आई. एस. सी. का रिजल्ट एक महीना पहले निकल गया था, लेकिन उन्हें सुबोध के रिजल्ट के सम्बन्ध में कोई सूचना नहीं मिली थी। वे आशंकाग्रस्त मन से इसे सुनने की प्रतीक्षा करने लगे। लेकिन वे इस सम्बन्ध में स्वयं कुछ पूछने का साहस नहीं जुटा पा रहे थे।

करीब दस मिनटों के बाद सुहासिनी ने मुस्कराते हुए कहा, "मैं देख रही हूँ कि तुम्हारी पुरातात्विक दिलचस्पी दिनोंदिन बढ़ती जा रही है। मेरा सुझाव है कि

कभी-कभी अपने परिवार के बारे में भी सोचा करो। आखिर परिवार के मुखिया तुम ही हो।''

सुबोध ने पिता की आँखों में धृष्टता से देखते हुए कहा, ''ये महाशय परिवार के मुखिया नहीं हैं, सिर्फ अपने मुखिया हैं। परिवार में किसी के जीने या मरने की इन्हें कोई परवाह नहीं।''

सुनील अग्रवाल के हृदय में क्रोध की एक ज्वाला उठी, लेकिन वे मौन रहे।

सुहासिनी ने बात की कड़वाहट को कम करने का प्रयत्न करते हुए समझौते की आवाज़ में कहा, ''प्यारे सुनील, तुम हमेशा अध्ययन और अनुसंधान में लगे रहते हो। क्या तुम्हारा परिवार तुम्हारी जिम्मेवारी नहीं? तुम सुबोध पर जरा भी ध्यान देते तो इसकी आई.एस.सी. में तृतीय श्रेणी नहीं आती। इससे कम तेज लड़कों ने प्रथम श्रेणी पाई है। मल्होत्रा साहब का लड़का सुभाष, जो सालों भर होटलों और सिनेमाघरों में जमा रहता है, प्रथम श्रेणी में पास हुआ है।''

मल्होत्रा साहब उद्योग विभाग के सचिव थे और एक आलीशान बंगले में रहते थे। उनका बेटा सुभाष सुनील अग्रवाल के बेटे सुबोध का मित्र था।

लड़के का परीक्षाफल सुनकर अग्रवाल का चेहरा पीला पड़ गया। सारी प्रागैतिहासिक और पुरातात्विक व्यस्तता के बावजूद उनका मन अपने पुत्रों में लगा रहता था, यद्यपि इस बात का प्रदर्शन करना वे अपनी मर्यादा के विरुद्ध समझते थे। पत्नी की तरफ खोई नजरों से देखते हुए उन्होंने कहा, ''अब क्या होगा?''

पत्नी बोली, ''अब एक ही उपाय है। बंगलुरू के उस इंजीनियरिंग कॉलेज में सात लाख का डोनेशन देकर नाम लिखाना है, जिसमें मल्होत्रा साहब का लड़का सुभाष प्रवेश ले रहा है। सुभाष को दो लाख ही देने पड़ेंगे, क्योंकि उसने प्रथम श्रेणी में आई.एस.सी. पास किया है। मल्होत्रा साहब की तरह तुम भी अपने मातहत अफसरों को पैरवी में भिड़कार सुबोध को प्रथम श्रेणी दिला सकते थे। लेकिन अब भी सात लाख का इन्तजाम कर सब ठीक कर सकते हो। अगले महीने की पन्द्रह तारीख तक एडमिशन ले लेना है। अभी बीस दिनों का समय है।''

सुहासिनी देवी उठ खड़ी हुई जैसे उसने अल्टीमेटम दे दिया हो, और उसे उसमें कुछ नहीं जोड़ना हो। सुबोध भी उठ खड़ा हुआ और जाते-जाते बोला, ''पापा, यदि सुभाष के साथ मेरा एडमिशन नहीं हुआ तो मैं रेलगाड़ी से कटकर मर जाऊँगा। आप अपनी किताबों और पत्थरों के साथ रहिएगा।''

पत्नी और बेटे के चले जाने के बाद सुनील अग्रवाल घण्टे भर तक चुपचाप बैठे रहे। बेटे का परीक्षाफल सुनकर उनकी विचार-शक्ति जैसे लुप्त हो गई थी, और मस्तिष्क में एक वृहदाकार शून्य के अलावे कुछ भी नहीं था। एक घण्टा के बाद

वे उठे और पुरातात्विक वस्तुओं को, जिन्हें उन्होंने वर्षों के परिश्रम के बाद प्राप्त किया था, बारी-बारी से उठाकर कमरे के एक कोने में फेंकने लगे, मानो वे कूड़ा हों जिनसे छुटकारा पाना आवश्यक हो। इसके बाद उन्होंने अनुसंधान से सम्बन्धित सभी पुस्तकों और पत्रिकाओं को समेटकर बंडलों में बाँधा और बंडलों को पुरातात्विक वस्तुओं के ढेर पर रख दिया। एक दर्जन से ऊपर बंडल थे, और इनकी ऊँचाई छत को छूने लगी थी। उन्होंने ढेर पर एक दृष्टि डाली, फिर एक क़दम आगे बढ़कर उसे लात लगाई, जैसे किसी दुश्मन पर प्रहार कर रहे हों। तब वे लौटकर कुर्सी पर बैठ गए, मानो उन्होंने एक बड़ी जिम्मेदारी को सफलतापूर्वक पूरा कर लिया हो।

आधा घण्टे तक चुपचाप बैठे रहने के बाद वे उठे, फ्लैट को बन्द किया, और रिक्शे से अपने पुराने मित्र शुकदेव मल्होत्रा से मिलने चल पड़े।

शुकदेव मल्होत्रा अपार्टमेन्ट से दो किलोमीटर की दूरी पर स्थित एक सरकारी बंगले में रहते थे। वे सुनील अग्रवाल के साथ ही भारतीय प्रशासनिक सेवा में आए थे, और यद्यपि मेधा-क्रम में उनका स्थान सुनील अग्रवाल से नीचे था, वे हमेशा सुविधा और लाभ के पदों पर रहे थे। दोनों एक ही प्रदेश के थे, और उनका घर का जिला भी एक ही था। सुनील अग्रवाल को पता था कि शुकदेव मल्होत्रा ने बहुत सम्पत्ति अर्जित की है, और देश के अनेक शहरों में उनके फ्लैट और मकान हैं। वे प्रारम्भ से ही शुकदेव मल्होत्रा को हेय दृष्टि से देखते थे, क्योंकि मल्होत्रा की कोई बौद्धिक दिलचस्पी नहीं थी और वे अपने पद का उपयोग अधिक से अधिक लाभ उठाने के लिए करते थे। वे जिस विभाग में रहते थे, उसके मन्त्री और अफसर उनसे खुश रहते थे, और किसी स्तर पर कोई तनाव नहीं रहता था। सुनील अग्रवाल ऐसी ज़िन्दगी से समझौता करने में अपना अपमान समझते थे, जिसमें बौद्धिक लगाव की कमी थी, और जिसमें सारी क्षमता का उपयोग भौतिक उपलब्धियों के लिए होता था। पिछले बीस वर्षों से उन्होंने शुकदेव मल्होत्रा से पूरी तरह सम्पर्क काट लिया था, क्योंकि उनका विश्वास था कि ऐसे आदमी से सम्पर्क रखने से उनके चरित्र में भी भौतिक वस्तुओं के लिए कमजोरी प्रवेश कर जाएगी; और यह उनके विद्यानुराग में बहुत बड़ी बाधा होगी।

रिक्शे पर बैठे हुए सुनील अग्रवाल का दिल उसी तरह धड़क रहा था जिस तरह इण्टरव्यू में जाते समय किसी अभ्यर्थी का दिल धड़कता है। उन्हें ऐसा लग रहा था कि यदि शुकदेव मल्होत्रा ने उन्हें पहचानने से भी इन्कार कर दिया तो क्या होगा। उनके मन मे यह बात भी स्पष्ट नहीं थी कि वे मल्होत्रा के घर क्या करने जा रहे हैं। सिर्फ एक क्षीण आशा थी कि वहाँ जाने से छोटे लड़के के भविष्य के सम्बन्ध में जो समस्या थी उसका समाधान हो जाएगा। उन्होंने दूर ही रिक्शे को छोड़ दिया और पैदल गेट पर गए। गेट पर खड़ा बन्दूकधारी पहरेदार उन्हें पहचानता नहीं था। उससे उन्होंने निवेदन किया कि साहब को खबर किया जाए कि सुनील अग्रवाल आए हैं।

शुकदेव मल्होत्रा ने उन्हें तुरन्त भीतर बुलाया और ड्राइंगरूम में कीमती सोफे पर बैठाया। ड्राइंगरूम इतना सुन्दर था कि सुनील अग्रवाल की आँखें ऊपर नहीं उठ रही थीं, और वे गच की तरफ ताकते हुए बैठे रहे।

शुकदेव मल्होत्रा ने पूछा, ''कहो भाई, इस नाचीज की याद कैसे आई?''

सुनील अग्रवाल ने सूखे गले से जवाब दिया, ''कोई खास बात नहीं। वैसे ही मिलने आ गया।''

शुकदेव मल्होत्रा को अपने पुत्र से सुनील अग्रवाल के छोटे लड़के के आई. एस.सी. के परीक्षाफल की जानकारी हो गई थी, इस कारण वे दो युगों के बाद सुनील अग्रवाल द्वारा परिचय के नवीकरण के कारण का अनुमान कर सकते थे।

उन्होंने पूछा, ''तुम्हारे छोटे बेटे का आई.एस.सी. का रिजल्ट कैसा रहा? उसे कोई लाइन क्यों नहीं पकड़ा देते? बी.एस.सी. और एम.एस.सी. पढ़कर क्या करेगा? मैं अपने छोटू को बंगलुरू के एक इंजीनियरिंग कॉलेज में भेज रहा हूँ। सिर्फ दो लाख के डोनेशन से दाखिला हो जाता है। पाँच हजार प्रतिमाह लड़के के खर्च के लगेंगे।''

सुनील अग्रवाल ने कुछ मिनटों तक मौन रहने के बाद कहा, ''मेरे लड़के को डोनेशन के सात लाख लगेंगे। उसने तृतीय श्रेणी में आई.एस.सी. पास किया है।''

शुकदेव मल्होत्रा ठठाकर हँस पड़े। उन्होंने पूछा, ''भाई, यह कैसे हुआ? तुम्हारे समान बड़ा हाकिम अपने बेटे को आई.एस.सी. पास नहीं करा सका, यह आश्चर्य की बात है। क्या किसी से पैरवी नहीं कराई थी?''

सुनील अग्रवाल चुप रहे। शुकदेव मल्होत्रा ने कहा, ''तब तो भाई, डोनेशन के सात लाख लगेंगे। लेकिन वह तुम्हारे लिए बड़ी रकम नहीं। मियाँ–बीवी दोनों नौकरी में हो। तुम्हें पैसे की क्या कमी है?''

दो मिनटों तक चुप्पी रही। सुनील अग्रवाल को अब वह बात कहनी थी जो कहने वे आए थे। उन्हें ऐसा लग रहा था कि वे अत्यन्त निकृष्ट काम करने जा रहे हैं। उनका गला सूख रहा था और शरीर के अंग-अंग में कम्पकम्पी समाई थी, मानो जड़ैया बुखार का दौरा पड़ा हो। फिर भी वे दिल को कड़ा कर बोले, ''क्या मुझे पाँच लाख कर्ज के रूप में दे सकते हो? मैं पूरी रकम सूद के साथ यथाशीघ्र लौटा दूँगा।''

शुकदेव मल्होत्रा जोर-जोर से हँसने लगे। कछ देर के बाद जब हँसी का वेग कम हुआ तो वे बोले, ''भाई, जब तुम पैसा माँगते हो तो मुझे हैरानी होती है। तुम मियाँ–बीवी दोनों नौकरी करते हो, और मैं अकेले नौकरी में हूँ। मुझे दो बेटियाँ हैं, जिनकी शादी मुझे करनी है, और तुम्हें कोई बेटी नहीं। बेटियों की शादी के लिए मैं तुमसे पाँच–दस लाख उधार माँगनेवाला था, और तुम हो कि मुझसे ही माँग रहे हो। आखिर सारी कमाई का क्या करते हो? तुम्हारी तो कोई बुरी आदत भी नहीं।''

सुनील अग्रवाल यह नहीं कह पाए कि वे अपनी तनख्वाह के आधे पैसे अपनी पत्नी को लड़कों की पढ़ाई पर खर्च करने के लिए देते थे, और शेप रकम में से अधिकांश पुरातात्विक अन्वेषणों पर खर्च करते थे। उनके गले में आँसुओं का एक लोंदा अटक गया था, और वे मल्होत्रा के प्रश्नों के उत्तर में कुछ बोल नहीं पाए। वे उठते हुए बोले, ‘‘चलता हूँ, भाई। देखता हूँ कि कोई व्यवस्था हो पाती है कि नहीं।’’

अपने फ्लैट में लौटकर सुनील अग्रवाल उस सन्दूकनुमा कमरे में चले गए जो उनका शयन-कक्ष और अध्ययन-कक्ष दोनों था। कमरे में पुरातात्विक वस्तुओं, और उस विषय से सम्बद्ध पुस्तकों, पत्रिकाओं और पाण्डुलिपियों का ढेर लगा था, लेकिन उनकी तरफ सुनील अग्रवाल का ध्यान नहीं था। उनके स्मृति–पटल पर दो युग पहले घटी वह घटना उभर आई जिससे उनके जीवन की दिशा बदल गई थी।

उस समय वे भरतपुर के जिलाधिकारी थे। बौद्धकालीन इतिहास का पुरातात्विक अध्ययन करनेवाले एक दर्जन विद्वान, अपने उतने ही विद्यार्थियों के साथ, देश के विभिन्न हिस्सों से भरतपुर में आए थे, और सुनील अग्रवाल ने उनके रहने की व्यवस्था सर्किट हाउस में कराई थी। रात में दस बजे प्रान्तीय सरकार का गृह राज्य मन्त्री बागड़ गोप, अपने आधा दर्जन मित्रों और उतनी ही वेश्याओं के साथ, बिना पूर्व सूचना के आ गया। उसने सुनील अग्रवाल को हुक्म दिया कि वे तत्क्षण सर्किट हाऊस को खाली करा दें क्योंकि वह अपने मित्रों के साथ वहाँ पर ही रुकेगा। सुनील अग्रवाल ने सर्किट हाऊस को खाली कराने से इन्कार किया, लेकिन बागड़ गोप और उसके दल के लोगों के ठहरने की सुविधाजनक व्यवस्था कर दी। कुसुमपुर लौटने के बाद बागड़ गोप ने कुछ ऐसी व्यवस्था की कि सुनील अग्रवाल को स्थायी रूप से सरकार के पुरातत्व विभाग में स्थापित कर दिया गया।

शुरू में कुछ वर्षों तक सुनील अग्रवाल ने पुरातत्व विभाग से निकल भागने की कोशिश की, लेकिन ये कोशिशें आधे मन से की गई थीं; वे तय नहीं कर पाए थे कि उनके लिए पुरातत्व विभाग अच्छा रहेगा या प्रशासकीय जिम्मेदारियाँ लेना उचित होगा। कुछ और वर्ष बीते, और सुनील अग्रवाल ने अपनी पूरी क्षमता से पुरातत्व विभाग से मुक्ति पाने की कोशिश की। लेकिन जब उन्हें सफलता नहीं मिली तो उन्होंने पुरातात्विक अन्वेषणों के क्षेत्र में ही अपनी पूरी शक्ति लगाने का निश्चय किया।

सुनील अग्रवाल पथराई आँखों से कमरे में ढेर लगी वस्तुओं, पुस्तकों और पत्रिकाओं को देखते रहे। उनके मस्तिष्क में स्थित शून्य का आकार और वजन बढ़ता गया, लेकिन उन्होंने उससे मुक्ति पाने की चेष्टा नहीं की।

समझौता

जमशेद नगर के जुबिली पार्क में हर शाम सैकड़ों पुरुष-स्त्रियाँ और बच्चे घूमने-टहलने के लिए जाते हैं, और यद्यपि गर्मी के दिनों में वहाँ देर तक रुकते हैं, जाड़े में अंधेरा उतरते—उतरते लौट जाते हैं। वहाँ जाड़े के दिनों में देर तक वे लोग ही ठहरते हैं जो किसी विशेष प्रयोजन से वहाँ जाते हैं। पार्क के माली भी उन्हें तंग नहीं करते, क्योंकि वे जानते हैं कि वे लौटते समय बख्शीश के रूप में कुछ पैसे उन्हें अवश्य देंगे। माली ऐसे लोगों को जो देर तक पार्क में रुकते हैं, नियमों के उदारीकरण में प्राथमिकता देते हैं और ऐसी जोड़ियों को घनी छायावाले स्थानों में अधिक से अधिक समय बिताने के लिए संरक्षक की तरह क्रियाशील रहते हैं।

ऐसी ही एक जोड़ी चैताली भौमिक और रिजवान अहमद की थी। वे एक साल से ऊपर से करीब-करीब हर शाम पार्क में आते थे, और किसी घनी छायावाले स्थान पर घण्टे दो घण्टे बिताकर लौट जाते थे। माली जनता था कि रिजवान एक टैम्पोचालक है, और चैताली एक प्राइवेट स्कूल—संत मारिया अकादमी—में शिक्षिका है, और कि अलग-अलग धर्मों के होने के कारण उनके मेल-जोल से जाति-विरादरी में तनाव पैदा हो सकता है, लेकिन वह अपनी ऊपरी कमाई में आग की चिनगारी बोना नहीं चाहता था।

उस शाम चैताली और रिजवान अन्य दिनों से आधा घण्टा पहले ही आ गए और पार्क के एक कोने में एक बेंच पर, जहाँ उन्हें सभी देख सकते थे, बैठ गए। रिजवान ने चैताली के कन्धे पर अपना हाथ रख दिया और चैताली उससे सटकर बैठ गई, मानो वे सारी दुनिया को अपने सम्बन्धों से परिचित कराना चाहते हों। चैताली ने अपने माथे में सिंदूर लगा लिया था, और रिजवान के कन्धे पर सिर रखकर एक पूर्ण समर्पिता पत्नी की तरह शांत और प्रसन्न मुद्रा में बैठी थी, मानो दुनिया को यह दिखाना चाहती हो कि उसे अपने पति पर गर्व है, चाहे वह समाज की दृष्टि में उसके अनुपयुक्त क्यों न हो।

समाज की दृष्टि में रिजवान जो भी हो, देखने में वह चैताली से हर तरह से बेहतर था। वह मझौले से कुछ ऊँचे कद का गोरा—चिट्टा नौजवान था जो पचीस

से अधिक का नहीं लगता था। चैताली, जो साँवली और किंचित् मोटी थी, उससे दस वर्ष बड़ी लगती थी। साल भर पहले उनका परिचय हुआ था जब रिजवान उसे अपने टैम्पो में बैठाकर स्कूल ले गया था, और दो महीने के अंदर उनका परिचय प्रेम में बदल गया था और वे हर शाम, चैताली के स्कूल से लौटते समय, कुछ समय जुबिली पार्क में बिताने लगे थे। चैताली को मालूम था कि रिजवान कुसुमपुर के किसी गरीब परिवार का है और जमशेदनगर में अपने किसी रिश्तेदार के यहाँ रहकर किराए के टैम्पो से अपना भरण-पोषण करता है। उसने इस बात का पता लगाने की आवश्यकता नहीं समझी थी कि उसके परिवार में अन्य कौन लोग हैं और उसकी कोई पहली पत्नी भी तो नहीं है। रिजवान इन बातों के सम्बन्ध में हमेशा अस्पष्ट उत्तर देता था, लेकिन चैताली उसके प्रेम में इस तरह खोई हुई थी कि उसके लिए उसके उत्तर पर्याप्त थे। इसके विपरीत, रिजवान को, उसके सम्बन्ध में सब कुछ मालूम था; उसे मालूम था कि बंधनपुर मुहल्ले का मकान, जिसमें वह अपने माता-पिता छोटे भाई, और दादी के साथ रहती है, उसके पिता का अपना मकान है जिसे उन्होंने बैंक से कर्ज लेकर बनवाया था; उसके पिता शुभेन्दु भौमिक जमशेद नगर फैक्टरी से दो वर्ष पहले रिटायर हो चुके हैं, उसका छोटा भाई कल्याण बेकार है, और परिवार की एकमात्र आमदनी चैताली की डेढ़ हजार रुपए प्रतिमाह की तनख्वाह है जो उसे संत मारिया अकादमी से मिलती है। रिजवान के मस्तिष्क के एक कोने में एक निर्णय स्पष्ट रूप ले चुका था। लेकिन वह नहीं चाहता था कि जल्दीबाजी या असावधानी के कारण कोई ऐसा क़दम उठा ले जिससे बातें उलझ जाएँ। उधर चैताली रिजवान के प्रति इस तरह समर्पिता थी कि उससे अलग होने की आशंका ही उसके अन्दर आग लगा देती थी, और वह स्वयं को कुछ भी सोचने में असमर्थ पाती थी।

करीब आधा घण्टे तक वे चुपचाप बैठे रहे, मानो उनके बीच कहने के लिए कुछ नहीं रहा हो। फिर रिजवान ने चिन्ताग्रस्त आवाज़ में कहा, "प्यारी चैताली, बच्चे के जन्म में अब मुश्किल से पन्द्रह दिन बाकी रह गए हैं। डॉक्टरनी ने यही कहा न? लेकिन क्या ठिकाना किसी घड़ी जरूरत पड़ जाए। जिस घर में सारे झगड़े का कारण तुम हो उस घर में जरूरत पड़ने पर कौन तुम्हारी मदद करेगा? मेरा दिल यह सब सोचकर काँप जाता है।"

चैताली बोली, "मेरे प्यारे, मैं भी अब तुमसे एक क्षण अलग रहना नहीं चाहती। क्या हम किराये का कोई छोटा मकान या कोई कमरा लेकर साथ नहीं रह सकते?"

रिजवान ने एक मिनट तक सोचकर कहा, "मेरी प्यारी, हम ऐसा नहीं करेंगे। यदि हमने ऐसा किया तो तुम अपने घर से हमेशा के लिए बाहर हो जाओगी। तुम्हारे माँ—बाप यही चाहते हैं कि तुम घर से बाहर हो जाओ। क्या हम सबकी नजर में नक्कू बनकर रहेंगे? क्या उस घर में तुम्हारा हक नहीं है? क्या तुम उनसे अपना हक माँगकर कोई गलती करोगी? यदि वे अपने आपको इज़्ज़तदार आदमी समझते

हैं तो क्या हमारी कोई इज्जत नहीं? हमने मन्दिर में शादी की है और बाजाप्ता पति–पत्नी हैं। हैं या नहीं? उनके नहीं मानने से क्या होता है? क्या मंदिर में की गई शादी-शादी नहीं होती?''

चैताली पूरी तरह से अपने पति के वश में थी, और अपने माता–पिता द्वारा रिजवान के प्रति दिखाई गई कटुता से आहत थी। रिजवान उसके माता–पिता से मिला था, लेकिन उसे बार-बार अनादर का सामना करना पड़ा था। उन्होंने उसे अपना दामाद मानने से इन्कार कर दिया था। चैताली का विश्वास था कि वह जो कह रहा था वह उसके मन की कटुता की अभिव्यक्ति थी, और उसके पीछे कोई योजना नहीं थी।

उसने पति के दाहिने हाथ को अपनी छाती से सटाते हुए कहा, ''मेरे प्रिय, हम पति-पत्नी है; इस जन्म में और अगले सभी जन्मों में भी। माता–पिता, परिवार और समाज चाहे जो भी कहे, हम पति-पत्नी हैं और रहेंगे। हम किसी के कहने या न कहने से अपना हक नहीं छोड़ेंगे।''

रिजवान बोला, ''प्यारी चैताली, मेरे दिमाग में एक रास्ता है। तुमने स्कूल में मैटरनिटी की छुट्‌टी के लिए दर्खास्त दे ही दी है, इस कारण घर पर रहोगी। दो महीनों के लिए छुट्‌टी ली है न? मैं दो महीने तुमसे अलग रहकर जी नहीं सकूँगा। मैं तुम्हारे साथ तुम्हारे घर पर रहना चाहता हूँ। यदि जरूरत पड़ी तो बच्चे के जन्म तक हम तुम्हारे माता-पिता के घर पर रहेंगे। मेरी प्यारी, हर जगह से उल्टे पाँव भाग जाना ठीक नहीं।''

उनके परिचय का एक वर्ष से अधिक बीत चुका था, लेकिन चैताली ने आज तक वह मकान भी नहीं देखा था जिसमें वह रहता था। उसे इतना मालूम था कि वह अपने किसी रिश्तेदार के यहाँ रहता है, लेकिन उसे यह नहीं मालूम था कि रिश्तेदारी कैसी है। वस्तुतः वह रिजवान के प्रति प्रेम के बावजूद उससे डरती थी, और ऐसी बातें पूछने से परहेज करती थी जिन्हें छेड़ने से उसके अप्रसन्न होने की आशंका रहती थी।

उसने हिचकते हुए पूछा, ''रिंजू, तुम्हारे कपड़े लाने के लिए तुम्हारे घर चलना होगा?''

रिजवान बोला, ''मेरी बेगम, तुम्हारा खसम इतना बेवकूफ नहीं कि छोटी-मोटी बातों को भूल जाए। मैंने जरूरत के सारे कपड़े गाड़ी में रख लिए हैं।''

चैताली को आगे कुछ कहने की हिम्मत नहीं हुई। वह अपने पति की दृढ़ इच्छा–शक्ति से इतना प्रभावित थी कि उसकी किसी बात में कोई गलती देखने में असमर्थ थी।

नौकरी शुरू करने के पहले चैताली अपनी दादी अनिता देवी के साथ उसके कमरे में रहती थी, लेकिन नौकरी कर लेने के बाद परिवार में उसका महत्त्व बढ़

गया और उसे रहने के लिए एक अलग कमरा मिल गया। उसकी दादी अनिता देवी उसकी माँ लखी देवी के साथ रहने लगी। जब चैताली रिजवान के साथ अपने घर पहुँची तो अंधेरा हो चुका था, और उसके परिवारवाले यह नहीं जान पाए कि उसके साथ रिजवान भी आया है।

चैताली रात का खाना परिवार के अन्य सदस्यों के साथ खाती थी। जब वह खाने की मेज पर नहीं आई तो अनिता देवी उसे बुलाने गई। शभेन्दु भौमिक ने उसके चेहरे के उड़े हुए रंग को लक्ष्य किया और पूछा, "क्या हुआ माँ? क्या चैताली खाना खाने नहीं आ रही है?"

अनिता देवी ने उसकी तरफ ताका भी नहीं और इस तरह तटस्थ रही मानो उसने प्रश्न को सुना नहीं हो।

शभेन्दु भौमिक ने फिर पूछा, "माँ, क्या चैताली खाना नहीं खाएगी?"

अनिता देवी ने उसकी तरफ देखे बिना ही जवाब दिया, "मुझे पता नहीं।"

सास की प्रतिक्रिया से आश्चर्य में पड़ी लखी देवी बेटी के कमरे में स्वयं गई। वह भी उल्टे पाँव लौट आई और चुपचाप बैठ गई। शुभेन्दु भौमिक ने पूछा, " क्यों? क्या बात है?"

लखी देवी ने जवाब दिया, "वह भी आया है।"

शुभेन्दु भौमिक और कल्याण को समझते देर नहीं लगी कि लखी देवी किसकी बात कह रही है। कल्याण तमतमाकर उठने लगा तो शुभेन्दु भौमिक ने कहा, "चुपचाप बैठो। किसी काम में जल्दीबाजी ठीक नहीं।"

अनिता देवी और लखी देवी ने खाना को छुआ तक नहीं। शुभेन्दु भौमिक और कल्याण ने दो--चार कौर खाया और उठ खड़े हुए।

दूसरे दिन सवेरे सात बजे चैताली अपनी दादी और माँ के कमरे में गई। अनिता देवी और लखी देवी में से कोई भी अभी बिछावन से नहीं उठा था; उन्हें जैसे काठ मार गया था, और उनके अन्दर उठने की भी शक्ति नहीं रह गई थी।

चैताली ने उनके पैर छूकर प्रणाम किया, और दादी की खाट पर बैठ गई। अनिता देवी और लखी देवी का मन द्रवित हो गया, लेकिन वे कुछ बोली नहीं।

चैताली भी दो मिनटों तक चुप रही, फिर उसने कहा, "दादी माँ, हम इस घर में अधिक दिनों तक नहीं रहेंगे। बच्चा के पैदा होने के पन्द्रह दिनों के बाद वे कुसुमपुर चले जाएँगे, जब वे लौटेंगे, मैं उनके साथ जाऊँगी। वे बस इतना ही चाहते हैं कि आप उन्हें अपना समझें। जो हो गया, सो हो गया।"

अनिता देवी नहीं चाहती थी कि टंटा बढ़े, और परिवार अधिक अशांत होता जाए। वह उठकर बैठ गई और बोली, "हाँ, बेटी, यही ठीक है। सभी यही चाहते हैं कि इज़्ज़त और शांति से रहें।"

चैताली खुश होती हुई बोली, "दादी माँ, मैं चाय बनाने जा रही हूँ। आप मेरे हाथ की चाय पीएँगी न?"

अनिता देवी ने जवाब दिया, "बेटी, मेरे लिए तुम शादी के पहले जैसी थी, आज भी वैसी ही हो। यदि कुल-परिवार की इज्जत की बात नहीं होती तो मैं यही कहती कि कहीं भी मत जाओ, यहाँ पर ही रहो।"

चैताली प्लेट में चार कप चाय ले आई। उसने दो कप चाय अपनी दादी और माँ के पास रखते हुए कहा, "यह दो कप चाय आप दोनों के लिए है और बाकी दो कप पापा और कल्याण के लिए है। कृपा कर आप उन्हें यह चाय दे आइए। शायद वे मेरे हाथ से चाय लेना न चाहें।"

अनिता देवी ने उसकी आवाज़ की आर्द्रता को महसूस किया, और बोली, "बेटी, आदमी नहीं बदला, सिर्फ परिस्थितियाँ बदली हैं। परिस्थितियों के बदलते ही सब ठीक हो जाएगा। तुम शुभेन्दु और कल्याण को चाय दे आओ। तुम्हें उनसे कुछ कहने की जरूरत नहीं। मैं उनसे बातें करूँगी। लेकिन तुम्हारे पति को चाहिए कि जल्दी से जल्दी यह घर छोड़ दे।"

चैताली चाय की दो प्यालियाँ लेकर ड्राइंगरूम में गई जहाँ शुभेन्दु और कल्याण चुपचाप बैठे थे। उसने चाय की प्यालियाँ मेज पर रखीं, और पिता के पैर छूकर खड़ी हो गई। कल्याण आग्नेय नेत्रों से उसकी तरफ देखने लगा। लेकिन शुभेन्दु भौमिक ने अपना चेहरा दूसरी तरफ फेर लिया। दो मिनटों तक खड़ी रहने के बाद चैताली लौट गई।

उसके जाने के पाँच मिनटों के अन्दर ही अनिता देवी ड्राइंगरूम में आई। चाय के दोनों प्याले अछूते रखे थे। उसने शुभेन्दु और कल्याण से कहा, "बेटा, चाय पी लो। वह दो दिनों के बाद चला जाएगा, और चैताली बच्चा पैदा हो जाने के बाद घर छोड़ देगी। तब तक बर्दास्त करना होगा। यही सबसे अच्छा रास्ता है।"

शुभेन्दु भौमिक और कल्याण में से कोई कुछ नहीं बोला। अनिता देवी अपने कमरे में लौट गई। लखी देवी चाय पीने के लिए नहीं उठी और खाट पर लेटी रही।

प्रतिदिन की तरह ही चैताली परिवार के लिए नाश्ता और खाना बनाने में लग गई। रिजवान भी उसके पीछे-पीछे रसोईघर में गया। यद्यपि चैताली को यह अच्छा नहीं लगा, वह कुछ बोली नहीं।

चैताली का बनाया खाना, अनिता देवी के समझाने पर, परिवार के सभी सदस्यों ने खाया। मछली, जिसे रिजवान खरीदकर लाया था, बड़ी अच्छी बनी थी, और अनिता देवी ने उसकी बड़ी प्रशंसा की। उनके खाने के बाद जब रिजवान अपने लिए और चैताली के लिए खाना निकालने लगा तो बोला, "प्यारी चैताली, मछली में छिपकली गिर गई है। इसे खाना ठीक नहीं।"

उन दोनों ने मछली नहीं खाई।

तीन बजे रिजवान ने पत्नी से कहा, "चैताली प्यारी, चाय बनाओ न। हम भी पीएँ, और दूसरों को भी दो। घर में कोई हलचल नहीं। लगता है हमारे आने से नाराज होकर सभी सो गए हैं।"

चैताली ने चाय बनाई, एक कप रिजवान को दिया, एक कप अपने लिए रखा, और दो कप लेकर माँ और दादी के कमरे में गई। दो मिनट भी नहीं बीते होंगे कि वह घबड़ाई हुई लौटी और पति से बोली, "रिजवान, भारी काण्ड हो गया। लगता है दादी और माँ जीवित नहीं हैं।"

रिजवान भी घबड़ाया हुआ बोला, "नहीं, ऐसा नहीं हो सकता। क्या उन दोनों ने हमें फँसाने के लिए जहर खा लिया? चलो, देखें।"

वे अनिता देवी और लखी देवी के कमरे में गए। दोनों अपनी-अपनी खाट पर मरी पड़ी थीं, और उनके मुँह से झाग निकल रही थी जिन पर मक्खियाँ भिनभिना रही थीं। रिजवान की आँखें भय से फैल गईं। वह जैसे अपने-आप से बोला, "यह हमें फँसाने की चाल है।" उसने पूछा, "प्यारी चैताली, बाकी दोनों कहाँ हैं? देखें कि क्या वे भी साजिश में शामिल हैं।"

वे ड्राइंगरूम में गए जहाँ शुभेन्दु भौमिक और कल्याण भी ज़मीन पर लुढ़के, मरे पड़े थे और उनके मुँह से निकली झाग पर मक्खियाँ भिनभिना रही थीं।

रिजवान ने मकान के बाहरी दरवाजे को भीतर से बन्द कर दिया और पत्नी से बोला, "प्यारी बेगम, मैं समझ गया। यह और कुछ नहीं, हम दोनों को फँसाने की साजिश है। महरी के आने का समय हो गया। वह आए तो कह देना कि आज कोई काम नहीं, कल आना। इस बीच हम सोचेंगे कि हमें क्या करना चाहिए।"

चैताली इतना डर गई थी कि उसे विश्वास हो गया कि उसे और उसके पति को फँसाने के लिए परिवारवालों ने षडयन्त्र किया है। उसके मन में अपनी प्राण-रक्षा का विचार प्रबल हो गया, और इसके लिए पति के परामर्श से काम करना ही सर्वोत्तम मार्ग था।

जब रात कुछ बीत गई तो रिजवान ने उसे आगे की योजना बताई। चैताली ने इसे स्वीकृति देने में एक क्षण की देर नहीं कि क्योंकि उस परिस्थिति में वह सर्वोत्तम लगी। दोनों मिलकर मृतकों को घसीटकर वारी-बारी से स्नान घर में ले गए। रिजवान ने एक तेज धारवाले चाकू से, जिसे वह अपने साथ लाया था, उनके टुकड़े-टुकड़े किए, सभी टुकड़ों को मकान के पिछवाड़े बनी पाखाने की टंकी का ढक्कन खोल कर डाला, और टंकी को अच्छी तरह से बन्द कर दिया। फिर स्नान घर को धो-पोंछकर साफ किया। चैताली, यंत्र-चालित-सी, पूरे काम में उसका सहयोग करती रही।

काम खत्म होने के बाद चैताली ने अपने पति की तरफ देखा। वह हाथ में चाकू लिए हुए अधूरे काम को पूरा करने के लिए तैयार खड़ा था। उसके चेहरे का रंग उड़ गया, और वह चीखकर बेहोश हो गई।

गंगाजल

परमेश्वर दयाल प्रतिदिन की तरह चार बजे उठे, घर के बरामदे में थोड़ी कसरत की, अपने तीन कमरों वाले मकान में, जिसे उन्होंने बैंक से कर्ज लेकर बनवाया था, झाड़ू-बुहारू किया, स्नान कर काँसे की धूपदानी में धूप जलायी, दस साल पुरानी भगवद्गीता की प्रति खोलकर सामने रखी और पूजा पर बैठ गए। प्रतिदिन पाठ करते-करते उन्हें पूरी गीता कंठस्थ हो गई थी, और इसके बिना पूजा अधूरी लगती थी। उन्होंने आँखें मूँद ली, हाथ जोड़ लिए, और भक्ति-भाव से गीता का पाठ करने लगे।

दस वर्ष पहले जिस दिन उनका एकलौता बेटा रामेश्वर दयाल घायल अवस्था में घर लौटा था, उसी दिन से परमेश्वर दयाल ने प्रातःकाल के लिए यह दिनचर्या अपना ली थी, और यद्यपि पन्द्रह दिनों बाद रामेश्वर दयाल की मृत्यु हो गई थी, उन्होंने यह दिनचर्या नहीं छोड़ी थी। शायद उन्होंने सोचा हो कि उनकी पूजा और प्रार्थना उसे बचा नहीं सकी, लेकिन दूसरी दुनिया में उसके लिए सुख और शांति ला सके।

परमेश्वर दयाल पूरी तन्मयता से गीता का पाठ कर रहे थे, लेकिन उनका मन पुरानी स्मृतियों की दुनिया में घूम रहा था, और उनके सारे प्रयत्नों के बाद भी स्थिर नहीं होता था। इसका कारण यह था कि आज लक्ष्मीश्वर दयाल घर आ रहा था, जिसकी शादी के लिए एक दर्जन से ऊपर लड़कीवाले उनके पास आ चुके थे, और अगले दिन उन्हें उसके साथ एक लड़की को देखने उसके घर जाना था। यदि लड़की पसन्द आई तो वे लक्ष्मीश्वर की शादी तय कर देंगे, और शादी के बाद उसे बेटे के साथ भेज देंगे। उसकी नौकरी स्थाई हो चुकी है, अब उसकी शादी में देर करने से क्या लाभ? बहू पति के साथ रहेगी; पोते–पोतियां होंगी तो उनमें से किसी को अपने साथ रख लेंगे।

पोता–पोती की बात सोचकर रामेश्वर दयाल को एक आघात लगा। लक्ष्मीश्वर दयाल न उनका पुत्र था और न रिश्तेदार था; फिर उसकी पत्नी, उनकी बहू, और उनके बच्चे, उनके पोते–पोतियां, कैसे हुए? क्या लक्ष्मीश्वर की शादी, और उससे होनेवाले बाल-बच्चों के सम्बन्ध में सोचकर उनका खुश होना इस बात का प्रमाण

नहीं था कि उनकी बुद्धि सठिया गई है? उन्होंने अपनी आवाज़ ऊँची कर दी ताकि पवित्र ग्रंथ के श्लोकों की ध्वनि अशुद्ध विचारों को दबा सके। लेकिन उनका मन बिना नियन्त्रण के जहाँ–तहाँ घूमता रहा और, न चाहने पर भी, सारा अतीत आँखों के सामने उपस्थित होता रहा।

बीस वर्ष पहले उनकी पत्नी ने, मरने के ठीक पहले, रामेश्वर के सिर पर उनका हाथ रखते हुए कहा था, "रामेश्वर के बाबू, आपसे एक विनती है। आप मुझे वचन दीजिए कि आप दूसरी शादी नहीं करेंगे। मैं चाहती हूँ कि मेरे जाने के बाद मेरे बेटे को कोई तकलीफ नहीं हो।"

परमेश्वर दयाल ने जवाब दिया, "प्यारी शुभांगी, मैं वचन देता हूँ कि मैं दूसरी शादी नहीं करूँगा, और अपनी ज़िन्दगी बेटे के लिए लगा दूँगा।"

पत्नी की जब मृत्यु हुई तब परमेश्वर दयाल की उम्र चालीस वर्ष की थी, और उनका पुत्र रामेश्वर दस वर्ष का था। घर में गृहिणी नहीं रहने से उन्हें बहुत कष्ट हुआ, लेकिन उन्होंने दूसरी शादी नहीं की। एक महरी चौका-बर्तन करती, और वे खुद ही खाना बना लेते। वे एक सरकारी ऑफिस में किरानी थे। लेकिन घूस लेने की आदत नहीं थी, इस कारण घर में तंगी थी। फिर भी उन्होंने लड़के की पढ़ाई पर खर्च करने में कोई कंजूसी नहीं की। दस वर्ष बीते और तब उन्हें दोनों शाम खाना बनाने में कठिनाई होने लगी। अपने एक मित्र की सलाह पर उन्होंने घर के कामों में मदद के लिए दस वर्ष के एक अनाथ लड़के को रख लिया। लड़के का नाम लक्खू था, लेकिन उन्होंने उसे बदलकर लक्ष्मीश्वर कर दिया। अब रामेश्वर की पढ़ाई पर बहुत खर्च होने लगा था, जिससे मानसिक तनाव रहता था। उनकी धूम्र–पान की आदत बढ़ती गई, क्योंकि इससे मानसिक तनाव कम होता था और मुश्किलें कुछ कम भयावह प्रतीत होती थीं। गले में खरास रहने लगी, और अक्सर दर्द होने लगा, लेकिन उन्होंने उसे न किसी डॉक्टर को दिखाया और न उसकी दवा की; उन्हें अपने लड़के को इंजीनियर बनाना था, और अपने ऊपर एक पैसा भी खर्च कर उसे किसी कठिनाई में डालना नहीं चाहते थे।

रामेश्वर जब इंजीनियर बन गया तो परमेश्वर दयाल को लगा कि उनकी साध पूरी हो गई, और उन्होंने अपनी पत्नी को दिया गया वचन पूरा किया। वे दीवार पर टँगे पत्नी के चित्र के सामने खड़े हो गए, और बोले, "शुभांगी, मैंने तुमसे दिया गया वचन पूरा किया। तुम खुश हो न?"

परमेश्वर दयाल ने लक्ष्य किया कि पत्नी की आँखों में चमक थी। वह बुदबुदाई, "हाँ, रामेश्वर के बाबूजी, मैं बहुत खुश हूँ। लेकिन एक जरूरी काम अभी बाकी है। अब रामेश्वर की शादी कीजिए।"

परमेश्वर दयाल के मन में भी रामेश्वर की शादी की बात उठने लगी थी। लेकिन वे उसकी नौकरी लगने की प्रतीक्षा कर रहे थे। पत्नी से बातें करने के एक

महीना के अन्दर ही रामेश्वर की नौकरी हो गई, मानो इसका उनकी पत्नी से सीधा सम्बन्ध हो। जब वह नौकरी पर जाने लगा तो रामेश्वर दयाल ने उससे कहा, ''बेटा, लक्ष्मीश्वर को अपने साथ लेते जाओ। अनजान जगह में जा रहे हो। यह तुम्हारा खाना बनाएगा और घर की रखवाली करेगा।''

रामेश्वर बोला, ''पिताजी, भाई की मदद भाई नहीं करेगा तो कौन करेगा? लेकिन लक्ष्मीश्वर के जाने से आप को दिक्कत होगी। उसका यहाँ रहना ही ठीक है।''

परमेश्वर दयाल ने कहा, ''नहीं बेटा, मैं अपने लिए कोई इन्तजाम कर लूँगा। मुझे कोई दिक्कत नहीं होगी। इन बूढ़ी हड्डियों में अभी भी ताकत है।''

परमेश्वर दयाल की आँखों में ये दृश्य इस तरह आते गए जैसे घटनाएँ एक दिन पहले घटी हों। वे ऊँची आवाज़ में गीता का पाठ कर रहे थे, लेकिन उनका मन अतीत में घूम रहा था। इसका एक कारण यह था कि लक्ष्मीश्वर घर लौट रहा था, और उन्हें उसकी शादी के लिए उसके साथ लड़की को देखने जाना था। उनके मन में एक अपराध–भावना का उदय हुआ, लेकिन वह खुशी के नीचे दब गई।

वह दृश्य उनकी आँखों के सामने उपस्थित हुआ जब वे रामेश्वर की शादी के पहले ही उसकी लाश को घर लाए थे। रामेश्वर की नौकरी एक सरकारी विभाग में हुई थी जिसकी तरफ से एक पुल का निर्माण हो रहा था। पुल के निर्माण के लिए जो सीमेंट और लोहा विभाग की तरफ से खरीदा जाता था, उसका अधिकांश भाग वे ठेकेदार बाज़ार में बेच देते थे जो पुल का निर्माण कर रहे थे। रामेश्वर दयाल ने इसका विरोध किया और इसकी सूचना पुलिस को देने की धमकी दी। तीसरे दिन जब वह काम पर गया तो रात तक घर नहीं लौटा, और दूसरे दिन वह, घायल और बेहोश, एक गढ़े में गिरा मिला। परमेश्वर दयाल उसे घर ले आए और उसे बचाने के लिए ओझा-गुनी और देवी-देवताओं के शरण में गए। वे चार बजे सुबह में उठने लगे। घर के सारे काम लक्खू ने सम्भाल लिए, और वे स्वयं अपना सारा समय घायल बेटे की सेवा में लगाने लगे। उन्होंने पन्द्रह साल पुरानी धूम्र-पान की आदत छोड़ दी, इस आशा से कि ईश्वर उन्हें भी, बाबर की तरह, पुत्र के जीवन-दान से पुरस्कृत करेगा। उन्होंने दिन को दिन और रात को रात नहीं समझा, और बेटे को बचाने के प्रयत्न में लगे रहे। इस अवधि में लक्खू एक शक्ति–स्तम्भ की तरह उनके साथ रहा।

जब सारे प्रयत्नों के बाद भी रामेश्वर नहीं बचा तो परमेश्वर दयाल की दुनिया अंधेरी हो गई। उन्होंने नौकरी से स्वैच्छिक सेवा-निवृत्ति ले ली, यद्यपि उनके कार्य-काल के आठ वर्ष शेष थे, और अपना अधिक समय पूजा और धर्म-ग्रन्थों के पाठ में लगाने लगे। सेवा-निवृत्ति के समय डॉक्टरों ने उन्हें बताया कि उनके गले में कैंसर

हो गया है, और वे छह महीनों से अधिक समय तक जीवित नहीं रहेंगे। यह सुनकर उन्हें खुशी हुई, क्योंकि वे जल्दी से जल्दी अपने बेटे के पास जाना चाहते थे।

पूजा-पाठ के बाद भी उनके पास बहुत समय था, और वे कुछ समय लक्खू को पढ़ाने-लिखाने में लगाने लगे। दो महीने बीतते-बीतते उन्हें ऐसा लगा कि उनकी मरने की इच्छा समाप्त होती जा रही है, और वे लक्खू की पढ़ाई में अधिक दिलचस्पी लेने लगे हैं। उन्होंने उसका नाम बदलकर लक्ष्मीश्वर कर दिया और उसे स्कूल में भर्ती करा दिया। उनके जीवन में एक नया उत्साह आ गया, और वे उसके भविष्य के निर्माण में इस तरह लग गए जैसे वह उनका अपना बेटा हो। उनकी सुबह में उठकर नित्य कर्म से निवृत्त होने की, और पूजा-पाठ की, आदत बनी रही, लेकिन लक्ष्मीश्वर के भविष्य का निर्माण ही उनके जीवन का प्रधान उद्देश्य बन गया। डॉक्टरों द्वारा उनकी मृत्यु के सम्बन्ध में की गई भविष्यवाणी गलत साबित हुई, और गले का कैंसर, जैसे उनकी इच्छा-शक्ति से भयभीत होकर, दूर भाग गया।

आज वही लक्ष्मीश्वर आ रहा था। परमेश्वर दयाल ऊँची आवाज़ में भगवद्गीता का पाठ कर रहे थे, लेकिन उनका मन अतीत में घूम रहा था। उन्होंने दस वर्ष पहले अपने एकमात्र पुत्र का खो दिया था। उस समय उन्हें ऐसा लगा था कि उनके जीवन का कोई प्रयोजन नहीं है, और उन्हें यथाशीघ्र इस दुनिया से विदा लेना चाहिए। लेकिन जब से उन्होंने लक्ष्मीश्वर के भविष्य से सम्बन्ध जोड़ लिया था, उनकी ज़िन्दगी के प्रति निर्लिप्तता की भावना समाप्त हो गई थी, और न सिर्फ मरने की इच्छा लुप्त हो गई थी बल्कि भविष्य के लिए उनके मन में उत्साह भर गया था। उनके मन में एक अपराध-भावना अवश्य थी कि उन्होंने अपनी पत्नी को दिए गए वचन को पूरा नहीं किया, लेकिन अपने पुत्र को खोने का दुःख लुप्त हो गया था; उन्हें ऐसा लग रहा था कि उन्होंने लक्ष्मीश्वर में ही रामेश्वर को पा लिया है।

उन्होंने गीता का पाठ समाप्त किया और, प्रतिदिन की तरह, पीतल की धूपदानी लेकर पत्नी के चित्र को धूप दिखाने के लिए उसके सामने जाकर खड़े हुए। उन्हें चित्र पर ताकने का साहस नहीं हो रहा था। उन्होंने अपनी गलती के लिए क्षमा-याचना हेतु अपनी आँखें ऊपर उठाईं, पत्नी को देखा, और चौंक उठे। वह मुस्करा रही थी। परमेश्वर दयाल की आँखों में आँसू आ गए। वे बोले, ''शुभांगी, मैं जानता था कि तुम नाराज नहीं होगी। लक्ष्मीश्वर हमारा ही बेटा है। मैं रामेश्वर की शादी नहीं कर सका और उसके बच्चों का गोद में नहीं ले सका। मैं लक्ष्मीश्वर की शादी करूँगा और पोते-पोतियों को खेलाऊँगा।''

तीसरा अध्याय

पिंकी पात्रा ने ठण्डा और गर्म पानी से मल-मल कर स्नान किया, और रेलवे स्टेशन के पास के हनुमान मन्दिर में पूजा के लिए जाने की तैयारी करने लगी। वह अपने आपको उसी तरह सजाने लगी जिस तरह किसी उत्सव में जाने के लिए सजाती थी, मानो वह देवता को अपनी भक्ति से ही नहीं बल्कि अपने रूप–रंग से भी लुभाना चाहती हो। वह अपने आकर्षक व्यक्तित्व और मोहक अदा का प्रयोग लोगों को प्रभावित करने के लिए तब से करने लगी थी जब से उसने होश सँभाला था, और उसका उसे कभी पश्चाताप नहीं हुआ था। समय बीतने के साथ यह उसके चरित्र का एक अंग बन गया था, और वह अनजाने ही, बिना किसी प्रयोजन के, लोगों को खुश करने के लिए अपने रूप–रंग और अदा का प्रयोग करने लगी थी। लेकिन वीर हनुमान को खुश करने के पीछे उसका एक प्रयोजन था; उसका विश्वास था कि उसे सामाजिक न्याय दल की तरफ से संसद का चुनाव लड़ने के लिए टिकट मिलने से वीर हनुमान का बहुत बड़ा योगदान है, और वह इस कृपा के लिए उनके प्रति आभार प्रकट करना चाहती थी। जब दल की तरफ से टिकट का आवंटन होने वाला था, उसके पाँच दिन पहले उसने वीर हनुमान के मंदिर में सवा किलो लड्डू का प्रसाद चढ़ाया था, और देवता से वादा किया था कि यदि उसे टिकट मिल गई तो वह उन्हें ढाई किलो लड्डू चढ़ाएगी। आज उसने मन ही मन तय किया था वह लड्डू चढ़ाने के समय वीर हनुमान से पूरी भक्ति के साथ निवेदन करेगी कि वे उसे संसद के चुनाव में विजय दिलाने की कृपा करें; वह चुनाव जीतते ही उनके मंदिर में पाँच किलो लड्डू चढ़ाएगी। उसका विश्वास था कि वीर हनुमान उसकी बात अवश्य सुनेंगे, क्योंकि उसने अपना वादा पूरा करने में कोताही नहीं की थी और उन्हें खुश करने के लिए हर सम्भव प्रयत्न किया था।

देवता को खुश करने की बात सोचकर पिंकी के मन में गुदगुदी होने लगी। वह पुरुषों को खुश करने की कला में पारंगत थी, और उसका प्रयोग करने का उसे अभ्यास था, लेकिन किसी देवता को खुश करने का उसका अनुभव नया था, और यद्यपि उसका विश्वास था कि इसमें उसकी सफलता उतनी ही निश्चित है जितनी

मनुष्यों के साथ थी, किसी देवता को खुश करने का विचार ही उसके मन में असीम उत्साह का संचार कर रहा था, और उसमें अठारह वर्ष की युवती का जोश आ गया था, यद्यपि वह तीस पार कर चुकी थी।

उसने अपने हर अंग को सँवारा और सजाया, और आदमकद शीशे के सामने खड़ी हो, अपने–आप को पुरुष की नजरों से देखती हुई, शृंगार किया। उसके मानस–चक्षुओं के सामने वे पुरुष आ रहे थे जिन्हें उसने प्रसन्न किया था, और जिनके सम्पर्क से उसे न सिर्फ आनन्द की प्राप्ति हुई थी, बल्कि उसका व्यक्तित्व अनेक दिशाओं में विकसित हुआ था। वृक्ष में अनेक शाखाएँ निकलीं, सदा हरे रहनेवाले पत्ते निकले, और वह रंग–बिरंगे और मोहक पुष्पों से लद गया। वह नारी के रूप में अपने आकर्षण से परिचित थी, और उसे खुशी बाँटने से खुशी होती थी। उसे पुरुषों के बीच खुशी बाँटने का अभ्यास था, लेकिन किसी देवता को खुश करने का यह पहला प्रयास था।

वीर हनुमान की पूजा की तैयारी में अपने अंग-अंग को सजाते समय पिंकी पात्रा की आँखों के सामने उसके जीवन के निर्माण–काल के प्रारम्भिक वर्ष घूम गए, जिनमें वह अनेक खट्टे-मीठे अनुभवों से गुजरी थी और जो वर्षों की दूरी के कारण अत्यंत आकर्षक लग रहे थे।

उसके पिता सुभाष रथ का, जो अंग्रेजी दवाओं के थोक विक्रेता और सरकारी अस्पतालों में दवा की आपूर्त्ति करने वाले ठेकेदार थे, घर हर तरह की सुविधा से भरा था। उसके माता-पिता दोनों आधुनिक विचारों के थे जिनके दरवाजे सरकारी अफसरों और मुलाजिमों के लिए हमेशा खुले रहते थे, और वे उन्हें घर पर ही वे सारी सुविधाएँ देने के लिए तत्पर रहते थे जो होटलों या विश्रामगृहों में उपलब्ध थी। इसमें पिंकी पात्रा का पूरा सहयोग उसके माता–पिता को, और उसके भाई सुबन्धु रथ को, जो अपने पिता के पाँच शहरों में फैले कारोबार को सँभालता था, प्राप्त था। वह अपने पिता और भाई के मित्रों और संरक्षकों के सम्पर्क में आने के बाद अपनी योग्यता से अच्छी तरह से परिचित हो गई थी, और इस परिचय से उसका आत्म–विश्वास बढ़ा था, और उसकी महत्त्वाकाँक्षा आसमान की तरह ऊँची हो गई थी। तरह-तरह के लोगों के सम्पर्क में आने के बाद उसे विश्वास हो गया था कि जीवन की सबसे बड़ी उपलब्धि धन और बल है, और उन्हें प्राप्त करने में जो सहायक हो बड़ी सर्वोत्तम कर्म है। जब सुभाष रथ ने उसकी शादी महेश्वर पात्रा से तय की जो प्रान्तीय सरकार में एक मजिस्ट्रेट था लेकिन देखने में एक साधारण, निरीह किस्म का युवक था, तो उसे निराशा हुई, लेकिन उसने यह सोचकर पिता के फैसले को स्वीकार कर लिया कि वह अपना रास्ता स्वयं बनाएगी।

पति के घर आने के बाद उसने ध्यान से नई परिस्थितियों का अध्ययन किया, और इस निष्कर्ष पर पहुँची कि यदि उसे ज़िन्दगी में दूर तक जाना है तो राजनीति में अपने लिए विशेष स्थान बनाना होगा। राजनीति धन और बल दोनों की जननी है, और उसमें स्थान पाने के लिए किसी औरत को एक बाहुबली की जरूरत है। पिंकी पात्रा ने अपने पिता के घर में भी इस बात को महसूस किया था; लेकिन उस समय उसमें महत्त्वाकाँक्षा का वृक्ष शैशवास्था में था। अपने पति के घर जब उसने देखा कि एक सम्माननीय पद पर होते हुए भी वह साधारण किस्म के अपराधकर्मियों से भी डरता है तो उसके मन में अपराधकर्मियों के प्रति सम्मान की भावना का उदय हुआ। उसने देखा कि अधिकांश राजनीतिज्ञ, जिनके हाथ में सत्ता की बागडोर है, अपराधी हैं, और महेश्वर पात्रा उनसे कछुए की तरह डरे और सहमे रहते हैं। कछुए की बात ध्यान में आते ही पिंकी के होंठों पर व्यंग्यपूर्ण मुस्कान आ गयी क्योंकि महेश्वर पात्रा की देह कछुए से मिलती-जुलती थी—छोटा सिर, मोटी धड़ और पतली टाँगे। उसे आश्चर्य होता था कि क्या आकृति की भूमिका प्रकृति के निर्माण में निर्णायक होती है।

उसने कुछ महीने सोचने और समझने में बिताए, फिर अपने लिए स्वतन्त्र मार्ग बनाने में लग गई। उस समय कुसुमांचल में सामाजिक न्याय दल का शासन था, इस कारण उसी दल के किसी महारथी से आत्मीयता बढ़ाने से सफलता का राज-मार्ग मिल सकता था। उसने सोचा इसके लिए उसे योग्य व्यक्तियों का ध्यान अपनी ओर आकृष्ट करना होगा। वह अभिनय की कला में अपनी अभिरुचि पुनर्जीवित करेगी, और उसी के माध्यम से सत्ता से जुड़े लोगों के सम्पर्क में आएगी। उसने कालिदास नाट्य परिषद् नाम की एक संस्था से सम्पर्क बना लिया जिसे सरकारी संरक्षण प्राप्त था और जिसके माध्यम से सत्ता पक्ष के शक्तिशाली राजनीतिज्ञों के सम्पर्क में आने की अच्छी सम्भावना थी।

कालिदास नाट्य परिषद् में अपनी कला का प्रदर्शन और विकास करने के क्रम में पिंकी पात्रा अनेक महारथियों के सम्पर्क में आई, लेकिन उसने अपने निकटतम मित्र और संरक्षक के रूप में रणवीर गोप को चुना जो न सिर्फ सामाजिक न्याय दल का एक प्रभावशाली नेता था, बल्कि एक पराक्रमी अपराधकर्मी भी था जिससे कुसुमांचल का प्रशासन-तन्त्र भयभीत रहता था। वह प्रान्त के खजानों से फर्जी बिलों का भुगतान कराने में दक्ष था, और इस व्यवसाय से अपने पचास करोड़ से ऊपर रुपए जमा किए थे। वह औरतों का सुविख्यात प्रशंसक था और उन्हें पैसा और पद दोनों से पुरस्कृत करता था।

उसके सम्पर्क में आने के बाद पिंकी की गतिविधियाँ बढ़ गईं, वह सामाजिक न्याय दल की सभाओं में भाग लेने लगी, और इन सभाओं में लम्बे-लम्बे भाषण देन लगी। ये भाषण अक्सरहाँ लिखे हुए होते थे, क्योंकि उसका अलिखित भाषण

चार-पाँच वाक्यों से आगे नहीं बढ़ पाता था; लेकिन वह इन लिखित भाषणों को इस अंदाज से पढ़ती कि श्रोता उत्साहित होकर तालियाँ बजाते। वह नाटकों में अभिनय से प्राप्त योग्यता का प्रयोग अपनी भाषण-कला में करने लगी जिस कारण थोड़े ही दिनों में सामाजिक न्याय दल में एक नेता के रूप में उसकी पहचान बन गई।

पिंकी के मस्तिष्क में ये बातें इस कारण आ रही थीं क्योंकि उसका विश्वास था कि उसके जीवन का जो तीसरा अध्याय शुरू होने जा रहा है वह पहले दो अध्यायों से अधिक गौरवशाली होगा। उसने पहले दो अध्यायों में व्यक्तियों के साथ उतनी ही दूर तक अपने सम्बन्धों को जाने दिया था जितनी से हितों को नुकसान न हो। उसके लिए परम्परा से मान्य नैतिकता का कभी कोई महत्त्व नहीं रहा था; लेकिन उसने हमेशा इस बात का ध्यान रखा कि उसके व्यवहार से किसी का मन कम से कम दुखे। इस कारण उसने अत्यंत कठिन क्षणों में भी अपने चेहरे की मुस्कान को लुप्त नहीं होने दिया था, और उसका हमेशा एक ऐसे पर्दे के रूप में इस्तेमाल किया था जिसके पीछे अपने जीवन के दूसरे अध्याय में हर ऐसे व्यक्ति से, जो उसके लिए उपयोगी सिद्ध हो सकता था, मधुर सम्बन्ध बनाए रखा था, और यद्यपि सभी जानते थे कि वह रणवीर गोप की रक्षिता है, सामाजिक न्याय दल के अन्य नेताओं की भी उससे कोई शिकायत नहीं थी।

पिंकी का विश्वास था कि उत्तरोत्तर प्रगति के लिए यह आवश्यक है कि व्यक्ति जीवन में घटी किसी अवांछित घटना से शिक्षा ग्रहण कर आगे की योजना बनावे, और बीती बातों का दुष्प्रभाव भविष्य पर नहीं पड़ने दे। लेकिन रणवीर गोप के साथ जो हुआ था वह उसके अन्तर्मन में काली छाया की तरह चक्कर काट रहा था और उसके अन्दर भय पैदा कर रहा था। वह उस छाया को नजरंदाज करने की कोशिश कर रही थी ताकि उसके कदम आशंका या भय से शिथिल नहीं पड़ें; लेकिन उसकी मुस्कान किंचित् कृत्रिम हो गई थी, और वीर हनुमान को प्रसन्न करने की तैयारी में वह स्वाभाविक उल्लास नहीं रह गया था, जो उसके चरित्र की प्रमुख विशेषताओं में से एक थी।

वह दो वर्षों से रणवीर गोप की रखेल थी, और रणवीर गोप ने उसे हर भौतिक सुविधा दी थी। उसके पास गाड़ी थी, अच्छा बैंक बैलेंस था और सामाजिक न्याय दल के उदीयमान सितारे के रूप में उसकी अच्छी धाक थी। लेकिन रणवीर गोप से सम्बन्ध होने के साल भर के अन्दर ही उसे ऐसा लगने लगा था कि वह उसे पिंजड़े में बन्द पंछी कि तरह रखना चाहता है; वह नहीं चाहता कि वह सामाजिक न्याय दल में एक प्रतिद्वन्द्वी शक्ति के रूप में उभरे। उसने देखा कि दल की सभी नेत्रियाँ उसी मार्ग को अपना कर आगे बढ़ी थीं जिसे उसने स्वयं अपनाया था; उसे एक सफल नेत्री के रूप में प्रतिष्ठा पाने के मार्ग में रोड़े अँटकाना उसके साथ अन्याय था। उसने भाषण देने की कला में कुशलता प्राप्त कर ली थी और उसके व्यक्तित्व

से प्रभावित होकर अनेक युवा नेता उसके दाएँ-बाएँ चक्कर काटने लगे थे। इन युवा नेताओं के बीच से कभी-कभी यह आवाज़ भी आने लगी थी कि अगले आम चुनाव में संसद की सदस्यता के लिए भैंसा--टाँड चुनाव क्षेत्र से रणवीर गोप के बदले पिंकी पात्रा को ही सामाजिक न्याय दल का उम्मीदवार बनाया जाए। यह बात रणवीर गोप को सह्य नहीं थी, और यद्यपि वह पिंकी को अपने हाथ से निकलने देना नहीं चाहता था, वह इस बात को बर्दाश्त नहीं कर सकता था कि वह उसके प्रतिद्वंद्वी के रूप में उभरे।

पिंकी ने हार नहीं मानी। उसने मस्तान गोप से मेल-जोल बढ़ाया जो सामाजिक न्याय दल के तेजी से उभरते युवा नेताओं में से एक था, और जिसने दल में रणवीर गोप के प्रतिद्वंद्वी के रूप में अपनी पहचान बना ली थी। मस्तान गोप ने अपराध की दुनिया में बहुत ऊँचा स्थान प्राप्त कर लिया था, और लोगों का विश्वास था कि दल के शीर्ष नेता मल्लू गोप से उसकी अंतरंगता है। पिंकी ने उसके साथ प्रेम का नाटक किया, और रणवीर गोप के समक्ष भी उसके प्रेम का प्रदर्शन किया ताकि वह उत्तेजित होकर कोई ऐसा क़दम उठाए जो उसके लिए घातक सिद्ध हो।

पिंकी के अभिनय से मस्तान गोप के साहस में वृद्धि हुई, और उसे लगा कि यदि वह सच्चे प्रेमी की तरह उसके हित में कार्य करने के लिए खड़ा नहीं हुआ तो वह दुनिया की नजरों में, और अपनी नजर में भी, गिर जाएगा। संसद के लिए आम चुनाव का समय नजदीक आ रहा था, और उसे पता था कि पिंकी संसद का सदस्य चुने जाने के लिए उत्सुक है। वह अपनी भूमिका के प्रति कर्तव्य-भावना से इतना प्रेरित हुआ कि उसने सामाजिक न्याय दल के कतिपय अति प्रभावशाली नेताओं से यह कहने का दुस्साहस किया कि भैंसा-टाँड़ चुनाव क्षेत्र से संसद के लिए टिकट रणवीर गोप के बदले पिंकी पात्रा को दी जा सकती है, क्योंकि वह अधिक योग्य और कर्मठ हैं। यह बात रणवीर गोप तक पहुँची और उसने दूसरे दिन, दल के भैंसा-टाँड़ के ऑफिस में ही, मस्तान गोप की गोली मार कर हत्या कर दी। जब पिंकी से, जो हत्या के समय मस्तान गोप के साथ थी, पूछताछ की गई तो उसने कह दिया कि मस्तान गोप की मृत्यु रणवीर गोप की गोली से हुई है। रणवीर गोप को जेल भेज दिया गया। जब भैंसा-टाँड़ चुनाव-क्षेत्र से संसद् की सदस्यता के लिए योग्य उम्मीदवारों के चयन का प्रश्न उठा, तो मस्तान गोप के समर्थकों ने पिंकी की तरफ से जोरदार सिफारिश की। रणवीर गोप की तरफ से सिफारिश करनेवालों की संख्या कम थी, इस कारण पिंकी का पलड़ा भारी सिद्ध हुआ, और उसे दल की उम्मीदवारी की टिकट मिल गई।

पिंकी ने अपनी गाड़ी, अन्य गाड़ियों के साथ, वीर हनुमान मन्दिर की बगल में खड़ी कराई, और पैदल जाकर लड्डू और माला की दुकान से पीले गेंदे की पाँच मालाएँ

खरीदी। अब उसका मन हल्का था और अन्दर बैठी काली छाया का कहीं अता–पता नहीं था। इस समय उसके व्यक्तित्व का आकर्षण इतना प्रचण्ड था कि देवता की पूजा के लिए आए लोगों की नजरें अनायास ही उस पर टिक जाती थीं। यह उसके लिए संतोष की बात थी, क्योंकि इससे स्पष्ट था कि वह देवता को भी आकर्षित करने में, और उनकी कृपा प्राप्त करने में, सफल होगी।

वीर हनुमान की पूजा के लिए आए लोगों की लम्बी कतार थी। यदि पिंकी चाहती तो सबसे आगे जाकर देवता को माला और प्रसाद भेंट कर सकती थी; उसका व्यक्तित्व इतना प्रभावशाली था कि कतार में खड़े, या बाहर के, किसी व्यक्ति को उसका विरोध करने का साहस नहीं होता। लेकिन उसने सामान्य अनुशासन का पालन करने का निश्चय किया–वह देवता की नजरों में नियमों के उल्लंघन का दोषी नहीं बनना चाहती थी–और पंक्ति में खड़ी हो गई। डेढ़ घण्टे बाद देवता से साक्षात्कार की बारी आई, लेकिन इस दीर्घ काल में भी उसके होंठों की मुस्कान लेश–मात्र भी धूमिल नहीं हुई। उसने पुजारी को दिखाकर दान–पात्र में एक सौ एक रुपए डाले, ग्यारह रुपए पुजारी के हाथ में दिए, तब उसे लड्डू का पैकेट और गेंदे के फूलों की मालाओं का बंडल दिया। पुजारी ने दो मिनटों तक मंत्र-पाठ के साथ वीर हनुमान की पूजा की, लड्डू के पैकेट से चार लड्डू निकालकर देवता के चरणों में चढ़ाया, मालाओं के बंडल से चार मालाएँ देवता के गले में डाली और एक माला पिंकी की गले में, और लड्डू का पैकेट पिंकी को देते हुए कहा, "देवि, वीर हनुमान आपकी मनोकामना पूरी करेंगे। ध्यान से देखिए, वे आपकी भक्ति से प्रसन्न होकर मुस्करा रहे हैं।"

पिंकी ने देवता के चेहरे को ध्यान से देखा। मूर्ति के चेहरे पर मुस्कान थी और आँखों में चमक थी। पिंकी को इस बात में लेशमात्र भी संदेह नहीं रहा कि उसने देवता के दिल पर गहरा प्रभाव छोड़ा है, और उसकी योजना को पूरी होने से कोई रोक नहीं सकता। उसका हृदय उल्लास से भर गया और अंग-अंग उत्साह से अनुप्राणित हो गया। इसी मनोदशा में वह मन्दिर के बाहरी दरवाजे पर आई, और जाने के पहले देवता को प्रणाम करने के लिए घूम कर खड़ी हो गई। उसी समय उसकी एक तरफ से तीन गोलियाँ छूटीं और उसकी कनपट्टी के ऊपर से सिर को छेदती हुई पार हो गईं।

मोह

लखनऊ के आलमबाग मुहल्ले में, जहाँ बड़े-बड़े अहातेवाली कोठियाँ हैं, एक एकड़ के अहाते में बनी एक विशालकाय कोठी है। उसका नाम लाल कोठी है, क्योंकि उसकी दीवारें बाहर से लाल रंग से रंगी हैं। कोठी अहाते के बाहर से जेल-सी दिखती है, यद्यपि अहाते में प्रवेश करते ही यह धारणा दूर हो जाती है, और कोठी किसी मध्यकालीन सामन्त के किले के समान लगने लगती है। कोठी के एक दूसरे से स्वतन्त्र दो हिस्से हैं, एक मरदानी हिस्सा और दूसरा जनाना हिस्सा। मरदानी हिस्सा, जो बंगले के नाम से जाना जाता है, अहाते के फाटक के ठीक सामने है, और जनाना हिस्सा, जिसे हवेली कहते हैं, बंगले के पीछे है। बंगले में पिछले बारह वर्षों से एक प्राइवेट कम्पनी की ऑफिस है, जिससे दस हजार रुपए प्रतिमाह किराए के रूप में आते हैं। हवेली में कोठी का मालिक श्रद्धानन्द रहता है जो दिन भर बगीचे में किसी पेड़ के नीचे बैठा हुआ हिसाब-किताब करता रहता है। वह कापालिक का वेश धारण किए रहता है—लाल चोगा, गर्दन से छह ईंच नीचे तक लटके बाल, मूँछ-दाढ़ी से पूरी तरह ढका चेहरा, और लाल रंग के भभूत से ढका ललाट। रात में वह हवेली के पूरब के हिस्से के एक कमरे में सोता है जिसकी दो खिड़कियाँ बगीचे में खुलती हैं। वह खिड़कियों को खोल कर उनके पीछे देर तक बैठा रहता है और बगीचे में सर्तकता से निहारता रहता है मानो वहाँ से किसी खतरे की आशंका हो। उसका सोने का कमरा उसका दफ्तर भी है। वह वहाँ से फोन से अनेक लोगों से सम्पर्क रखता है, लेकिन वह पत्राचार कभी नहीं करता। वह कोई ड्राइवर नहीं रखता और अपनी गाड़ी स्वयं चलाता है। मध्य वय की एक दम्पत्ति, पॉल और जोसेफाइन, उसके लिए खाना बनाती है, और हवेली की सफाई करती है; लेकिन वह हवेली में नहीं रहती। पॉल और जोसेफाइन कोठी के अहाते में एक तरफ बने आउट हाउस के एक कमरे में रहते हैं।

श्रद्धानंद पास-पड़ोस के किसी व्यक्ति से सम्पर्क नहीं रखता, लेकिन वह लगातार काम में लगा रहता है। लोगों का ख्याल है कि वह करोड़ों की सम्पत्ति का मालिक

है। रात में वह सोता नहीं, अपने कमरे के सामने के बाहर के बरामदे में टहलता रहता है। पॉल और जोसेफाइन को आश्चर्य होता है कि वह इतना तनाव बर्दाश्त कैसे कर लेता है, क्योंकि उन्होंने उसे दिन में भी कभी सोते नहीं देखा। रात को तो वह अपने कमरे में जाने से भी डरता है। पॉल और जोसेफाइन ने रात में हवेली से विचित्र आवाज़ें उठते हुए सुनी हैं; ऐसा लगता है कि अन्दर के किसी कमरे में कोई धरती के नीचे से बाहर निकलने की कोशिश कर रहा है, फिर कोई औरत हाथ में जलती हुई मोमबत्ती लिए किसी की तलाश में आती है और उसे वहाँ नहीं पाकर अन्दर के कमरों में चली जाती है। उस समय श्रद्धानंद बरामदे में एक खम्भे के पीछे छिप जाता है, और उस औरत के चले जाने की प्रतीक्षा करता है।

श्रद्धानंद लाल कोठी का मालिक विचित्र परिस्थितियों में बना। पन्द्रह साल पहले, जब उसकी उम्र तीस वर्ष की थी, वह पुराकालीन वस्तुओं के विक्रेता के रूप में एक स्थान से दूसरे स्थान पर जाया करता था और सम्पन्न परिवारों के ग्राहकों की तलाश में रहता था। वह इन वस्तुओं को एक ऐसी दुकान से लाता था जिसका मालिक नई वस्तुओं को सैकड़ों वर्ष पुरानी बना लेने की कला में प्रवीण था। श्रद्धानंद की लोगों को प्रभावित करने में दक्षता असाधारण थी, और वह अपने ग्राहकों को इस बात का विश्वास दिलाने में बिना किसी विशेष कठिनाई के सफल हो जाता था कि वह जो मूर्तियाँ उनके हाथ बेच रहा है, वे शिवाजी के दरबार को सुशोभित करती थीं या राजा हर्षवर्द्धन के शयनकक्ष की शोभा बढ़ाती थीं। उसके क्रेताओं में अधिकांश सम्पन्न वर्ग की महिलाएँ थीं जो उसकी तरफ विशेष रूप से आकृष्ट हो जाती थीं, और उसकी पुराकालीन वस्तुओं की अच्छी कीमत दे देती थीं।

उस समय उसका नाम श्रद्धानंद नहीं बल्कि मुरलीधर मिश्र था। वह हस्तरेखा विज्ञान में भी गहरी पैठ का दावा करता था, और इस दावे के समर्थन में दो-चार संस्कृत श्लोकों का पाठ किया करता था। वह पाँच फीट लम्बा था, उसकी गर्दन की मोटाई सिर की चौड़ाई से दो इंच अधिक थी, और देह बनैले सूअर की तरह माँसल और कसी हुई थी; उसका चेहरा वीर हनुमान की गदा की तरह भारी था और आँखें उस्तरे की धार की तरह तेज थी। साँवले रंग और घनी भौंहों के कारण उसकी बनैले सूअर से समानता अधिक बढ़ जाती थी। जब वह चलता था, उसकी कमर के नीचे के हिस्से में ही गति रहती थी, कमर से ऊपर का भाग इस तरह गतिहीन रहता मानो उसका कमर के नीचे के भाग से कोई सम्वन्ध नहीं हो और उसका अपना स्वतन्त्र अस्तित्व हो।

जब वह लाल कोठी के फाटक पर पुराकालीन वस्तुओं से भरा संदूक लिए पहली बार आया तो दरवान उसकी देह-यष्टि को देखकर जोर से हँसा और बोला,

"भाई, उस कोठी में आदमी रहते हैं, सूअर या भालू नहीं रहते। तुम किससे मिलना चाहते हो?"

मुरलीधर मिश्र ने उसे दस रुपए का नोट देते हुए कहा, "दरवानजी, मैं पुराने जमाने की चीजें बेचता हूँ। मैं कोठी के मालिक को अपने सामान दिखाना चाहता हूँ। हो सकता है कि उन्हें कोई चीज पसन्द आ जाए।"

दरवान ने जवाब दिया, "भाई तुम गलत जगह पर आ गए। कोठी के मालिक विदेश में रहते हैं—वे बहुत बड़े अफसर हैं। कोठी में सिर्फ बेगम साहबा, अपनी चार बेटियों के साथ रहती हैं। बेगम साहिबा एक मॉडर्न लेडी हैं और उनकी बेटियाँ भी उनसे किसी तरह कम नहीं हैं।"

मुरलीधर मिश्र ने कहा, "दरवानजी, मैं देख रहा हूँ कि कोठी के अहाते में दो बड़े-बड़े मकान हैं। क्या दोनों मकानों में बेगम साहिबा ही रहती हैं?"

दरवान ने जवाब दिया, "भाई साहब, ये दोनों मकान कोठी के ही हिस्से हैं, पश्चिम वाला बंगला है और यह सामने हवेली है। बंगला एक सरकारी ऑफिस को किराए पर दिया गया है। बेगम साहिबा की लाख कोशिशों के बावजूद सरकारी ऑफिस बंगले को खाली नहीं कर रही है। बेगम साहिबा अपनी बेटियों के साथ हवेली में रहती हैं। तुम बंगले में चले जाओ, शायद वहाँ कुछ खरीदार मिल जाएँ। उसका गेट यहाँ से सौ फीट पश्चिम है।"

मुरलीधर मिश्र ने उसे दस रुपए का दूसरा नोट देते हुए कहा, "दरवानजी, मैं बंगले में जरूर जाऊँगा, लेकिन बेगम साहिबा से मिलने के बाद। मेरे पास जो माल है उसकी कीमत बड़े लोग ही समझ सकते हैं।"

दरवान नोट को जेब में रखते हुए बोला, "तुम यहाँ पर ही रुको। मैं कोशिश करता हूँ।"

वह फाटक के अन्दर जाकर एक नौकर को बुला लाया और उससे मुरलीधर मिश्र की तरफ इशारा करते हुए, कुछ कहा "यही वह आदमी है।" नौकर के चेहरे पर ऐसी मुस्कान आ गई जैसे उसके सामने सर्कस का जोकर हो। उसने गेट से दस फीट की दूरी पर एक कुर्सी रख दी, और बेगम साहिबा को बुलाने चला गया। आधे घण्टे बाद बेगमा साहिबा आईं, और जब वह कुर्सी पर बैठ गई तो नौकर ने उनका ध्यान गेट के बाहर हाथ जोड़कर खड़े मुरलीधर मिश्र की तरफ आकृष्ट किया।

बेगम सहीना हुसैन की आँखें इस तरह फैल गईं मानो उसने भूत देख लिया हो। वह मुरलीधर मिश्र पर तीन-चार मिनटों तक एकटक ताकती रहीं, फिर धीमी आवाज़ में, जैसे अपने आप से बोलीं, "वह क्या चाहता है?"

दरवान ने अदब के साथ कहा, "हुजूर, यह पुराने जमाने की चीजें बेचता है। यह चाहता है कि हुजूर उसके सामान एक बार देख लें। यदि हुजूर को कोई चीज पसन्द आ जाए तो खरीद लें नहीं तो यह अपना सन्दूक उठाएगा और चला जाएगा।"

मुरलीधर मिश्र बनैले सूअर के क़दमों से उसके सामने आया, खीसें निपोरकर संदूक खोला, और अपने सामान दिखाने लगा। पीतल और काँसे के तरह-तरह के बर्तन थे, सिंदूरदान और पीकदान से लेकर तस्तरी और थाली तक, और कुछ अजीबोगरीब जानवर थे। मुरलीधर मिश्र हर वस्तु को इस तरह निकालता मानो वह नट की पिटारी का साँप हो, उसे उलट—उलट कर उसकी कारीगरी और इतिहास पर प्रकाश डालता, और उसे हल्के से एक तरफ रख देता मानो वह ऐसी कमजोर वस्तु हो जो जरा-सी असावधानी से क्षतिग्रस्त हो जाएगी। सहीना बेगम का ध्यान इन वस्तुओं की तरफ बिल्कुल नहीं था; उसके अन्दर एक विचित्र किस्म की उथल-पुथल मची हुई थी, और वह मुरलीधर मिश्र की हर गतिविधि को इस तल्लीनता से देख रही थी मानो उसका अस्तित्व उससे जुड़ा हुआ हो।

मुरलीधर मिश्र ने अपने सारे सामान उसे दिखाने के बाद खीसें निपोरकर उससे पूछा, "हुज़ूर, कोई माल पसन्द आया?"

सहीना बेगमा का चेहरा रक्तिम हो गया मानो उसकी चोरी पकड़ ली गई हो। उसने उठते हुए कहा, "अभी मुझे फुर्सत नहीं है। कल ले आना।"

उस समय सहीना बेगम की उम्र चालीस वर्ष की थी। वह साढ़े पाँच फीट से अधिक लम्बी, छरहरी देहवाली, गौरवर्णा और दर्शनीया महिला थी। उसकी शादी बीस वर्ष पहले नवाब परिवार के एक युवक अनवर हुसैन से हुई थी जो अब विदेश सेवा के एक बड़े अधिकारी थे। अनवर हुसैन की उम्र पचास के आस-पास थी। वे छह फीट लम्बे, गठीले शरीर और प्रभावशाली व्यक्तित्व वाले थे और विदेश सेवा में सभी उनकी योग्यता के कायल थे। इस बात में किसी को संदेह नहीं था कि वे विदेश सेवा की सबसे ऊँची सीढ़ी पर चढ़कर रिटायर होंगे और रिटायर होने के बाद, सम्भव है, वे कहीं के गवर्नर बना दिए जाएँ। वे अपने कार्य के सम्पादन के सिलसिले में विभिन्न देशों में स्थानांतरित होते रहते थे। लेकिन सहीना बेगम ने भिन्न-भिन्न देशों में जाना बन्द कर दिया था, और पिछले सात वर्षों से लखनऊ की कोठी में रहकर अपनी बेटियों की शिक्षा का भार सँभाले हुए थी। अनवर हुसैन छुट्टियों में कभी-कभी घर आते थे और दो-चार दिन रूककर चले जाते थे; वे पत्नी को साथ चलने के लिए कहते, लेकिन सहीना बेगम ने हर बार उनके प्रस्ताव को विनम्रतापूर्वक अस्वीकृत कर दिया। सहीना बेगम लखनऊ के उच्च वर्ग की ज़िन्दगी में पूरी तरह रम गई थी; इसके सिवा अपनी पुत्रियों की शिक्षा का भार उसी पर था जिसका उसे निर्वहन करना था।

रात के अकेलेपन में कभी-कभी, जब उसके लहू की गर्मी बढ़ती थी और किसी पुरुष के साथ की आवश्यकता महसूस होती थी, सहीना बेगम को अपने पति

की याद आती थी; लेकिन दूसरे ही क्षण उसका कण्ठ एक कटु स्वाद से भर जाता था। कभी-कभी अपने पति के स्पर्श की कल्पना से ही उसके रोंगटे खड़े हो जाते थे और तत्क्षण उसके लहू की गर्मी समाप्त हो जाती थी। वह उच्च वर्ग के पुरुषों से, क्लबों, पार्टियों और अन्य स्थानों में, सम्पर्क में आती थी, और कभी-कभी उनसे निकट का सम्बन्ध करने की वात सोचती थी; लेकिन इस विचार के मन में आते ही उसका हृदय कटुता से भर जाता था, मानो वे स्वतन्त्र व्यक्तिवाले पुरुष न हों बल्कि उसके पति के व्यक्तित्व का विस्तार मात्र हों।

लेकिन मुरलीधर मिश्र को देखते ही उसके लहू की गति इतनी तेज हो गई थी जैसे वह उसकी नसों को फाड़कर बाहर आ जाएगा, और उसकी दबी इच्छाओं की कहानी अपने रंग में लिख देगा। उसने जब मुरलीधर मिश्र से दूसरे दिन आने को कहा तब उसके चेतन ने कुछ नहीं समझा कि वह क्या कहने जा रही है; वह अवचेतन की इच्छा को वाणी दे रही थी। उसे ऐसा लगा कि उसने लक्ष्मण रेखा को पार कर लिया है, और इस रेखा के अन्दर उसकी वापसी नहीं होगी। लेकिन इस बात का उसे अफसोस नहीं था; इसके विपरीत, मुक्त जीवन के क्षेत्र में प्रवेश करने की खुशी थी जहाँ किसी प्रकार का नियन्त्रण नहीं था और जहाँ हर प्रकार का बंधन स्वयं ही खुल जाता था। इस मुक्तिबोध के बावजूद सहीना बेगम के दिल में अज्ञात का भय भूत की तरह समाया हुआ था और भविष्य के मार्ग में निर्णय में बहुत बड़ा बाधक बना हुआ था।

दूसरे दिन मुरलीधर मिश्र ठीक उसी समय पर, जिस समय पर पहले दिन आया था, लाल कोठी के फाटक पर पहुँच गया। इस समय उसने अपने घने केशों में ललाट से सीधे–पीछे कंघी की थी, जिससे उसका चौकोर चेहरा किसी भयानक बन्दर के चेहरे की तरह लग रहा था। उसने दरवान को दस रुपए का नोट देकर कहा, ''दरवानजी, बेगम साहबा ने मुझे आज बुलाया है। कृपाकर उनसे मुलाकात करा दें। बेगम साहबा को कोई चीज पसन्द आ जाए तो आपको भी फायदा होगा। मैं हर आदमी को उसका जायज हक देने में विश्वास करता हूँ।''

दरवान ने अन्दर जाकर एक नौकर को ख़बर दी, और नौकर मुरलीधर मिश्र को बिना देर किए हवेली के ड्राइंगरूम में ले गया। सहीना बेगम ने हुक्म दे रखा था कि पुराने जमाने के सामान बेचनेवाले की उनसे मुलाकात अविलम्ब करा दी जाए। मुरलीधर मिश्र ने सहीना बेगम के सामने अपना सन्दूक रखा, और उसके सामने अदब से झुककर, सन्दूक से पुराकालीन वस्तुओं को बारी-बारी से निकालता हुआ, और उनके सम्बन्ध में विस्तार से बताता हुआ, उसे दिखाने लगा। उसकी आवाज़ में, और उसकी हर गति में, एक ऐसा जादू था कि सहीना बेगम पर एक नशा छाने लगा, और उसे ऐसा लगा कि यदि वह वहाँ से नहीं हटी तो बेहोश होकर गिर जाएगी।

उसने उठते हुए कहा, "इस समय मेरी तबीयत ठीक नहीं है। कल फिर आना। तुम कहाँ रहते हो? कोठी के आउट हाउस में क्यों नहीं आ जाते? वहाँ कोई न कोई कमरा जरूर खाली होगा।"

मुरलीधर मिश्र के चेहरे पर खुशी की लहर दौड़ गई, और उसकी आँखों के अस्तूरे की धार अधिक तेज हो गई। वह उसी दिन अपने कपड़े और अन्य सामान, जो एक टीन के सन्दूक में थे, ले आया और लाल कोठी के आउट हाउस के एक कमरे में डेरा लाल दिया।

लाल कोठी के आउट हाउस में आ जाने के बाद मुरलीधर मिश्र ने अपने कमरे में काँसे की एक नारी मूर्ति को स्थापित किया और महाकाली की प्राचीन मूर्ति बताकर उसकी पूजा को अपने नित्य कर्म का प्रधान अंग बना लिया। वह स्वयं को एक ज्योतिषी और तांत्रिक बताकर हवेली के दरवानों और नौकरी के भूत और भविष्य पर प्रकाश डालने लगा। महीना बीतते-बीतते मुरलीधर मिश्र उनके लिए साधारण फेरीवाला की जगह स्वामीजी बन गया।

उसने सहीना बेगम के हाथ की रेखाओं का भी अध्ययन किया और उसे बताया कि उसकी ज़िन्दगी में मुहब्बत की गंगा आनेवाली है जो उसे देवी बना देगी और उसे अपनी सहेलियों और परिचिताओं से ऊपर उठा देगी। सहीना बेगम दिन का अधिकांश भाग अपनी सहेलियों और परिचिताओं के बीच बिताती, लेकिन शाम होते-होते वह इतना अशांत हो जाती कि अपनी सहेलियों और परिचिताओं की हर कोशिश के बावजूद अंधेरा होने के पहले हवेली में लौट आती, और ड्राइंगरूम में मुरलीधर मिश्र को बुलाकर अपने हाथ की रेखाओं का अध्ययन कराती। मुरलीधर मिश्र के स्पर्श से उसके लहू की गर्मी इतनी बढ़ जाती कि उसके अन्दर सब कुछ पिघलकर द्रव बन जाता, और वह अपना होश–हवास खो देती। महीना बीतते–बीतते मुरलीधर मिश्र, जो अब स्वामी श्रद्धानंद हो गया था, उसका प्रेमी बन गया, और इसमें उसे कुछ भी हेय या गर्हित नहीं लगा। वस्तुतः श्रद्धानंद ने उसकी वासना को झकझोर कर जगा दिया था, और कुछ ही दिनों में उसकी आग में उसका विवेक जलकर राख हो गया। उसे न उचित–अनुचित का ख्याल रहा, और न इस बात का कि लोग क्या सोचेंगे और कहेंगे, और वह श्रद्धानंद से अपने सम्बन्ध का बेहिचक प्रदर्शन करने लगी। वह उसके साथ पार्टियों में जाती, और उसके साथ एक अनुरक्त प्रेमिका की तरह व्यवहार करती। उसके परिचित व्यंग्य और घृणा से मुस्कराते, लेकिन उसे इसकी कोई परवाह नहीं थी। उसने अपनी तीनों बेटियों को बोर्डिंग स्कूलों में रख दिया था, इस कारण उसकी वासना की आग बिना किसी अवरोध के धू–धू

कर जलने लगी, और उसमें उसकी अर्न्तबाधाएँ सूखी लकड़ी की तरह जलकर खाक होती गईं।

किसी ने अनवर हुसैन को उनकी पत्नी की नई दिलचस्पी की सूचना दी, और वे यथाशीघ्र लखनऊ लौटे। सहीना बेगम ने न सिर्फ उनके साथ जाने से इन्कार कर दिया, बल्कि उन पर दबाव डाला कि वे उसे तलाक़ देकर अपने मन की ज़िन्दगी जीने का अवसर दें। अनवर हुसैन ने इसी रास्ते को सर्वोत्तम समझा और पत्नी को तलाक दे दिया। तीन महीने के अन्दर सहीना बेगम ने श्रद्धानंद से शादी कर ली और अपनी सम्पत्ति की व्यवस्था का पूरा अधिकार उसे दे दिया। सहीना बेगम का अपनी सहेलियों और परिचिताओं से सम्बन्ध पूरी तरह कट गया और उसकी दुनिया श्रद्धानंद तक सिमट गई। लेकिन इसका उसे कोई पश्चाताप नहीं था; अफीम के नशे में धुत्त व्यक्ति की तरह उसे इस दुनिया में न सिर्फ आनन्द आता था, बल्कि इसी में तीनों लोक दिखाई पड़ते थे। श्रद्धानंद की तरफ से उसे हर तरह से संतुष्ट रखने की कोशिश में कोई कमी नहीं थी, और सहीना बेगम ऐसी मनःस्थिति में थी कि उसे अन्य किसी वस्तु की आवश्यकता नहीं थी।

एक सुबह सहीना बेगम अपने बगीचे में बैठी अख़बार के पहने उलट रही थी। उसके सामने एक मेज थी, और मेज की दूसरी तरफ एक खाली कुर्सी थी, जो स्पष्टतः श्रद्धानंद के लिए थी। श्रद्धानंद स्नान-पूजा आदि से निवृत्त होकर साफ कपड़े पहने, घने बालों को ललाट के पीछे की तरफ कंघी किए, आया और खाली कुर्सी पर बैठ गया। कुछ मिनटों के बाद हवेली का नौकर फिलिप कुछ बिस्कुट और दो कप कॉफी ले आया। श्रद्धानंद ने कॉफी की एक कप उठाकर, एक समर्पित पति के अंदाज से, सहीना बेगम को दी और दूसरी कप स्वयं पीने लगा।

पाँच मिनट भी नहीं बीते होंगे कि सहीना बेगम ने सिर में भारीपन की शिकायत की और उठ खड़ी हुई। श्रद्धानंद ने उसकी बाईं बाँह पकड़ ली, और उसे सहारा देकर हवेली के अन्दर ले गया।

दूसरे दिन श्रद्धानंद ने पत्नी की तलाश करनी शुरू की, लेकिन वह कहीं नहीं मिली। श्रद्धानंद ने पुरातनकालीन देवी मूर्ति के सामने ध्यान की मुद्रा में बैठ, आँखें मूँद, पत्नी के सम्बन्ध में जानकारी चाही, और देवी ने उसे बताया कि वह शांति की तलाश में गई है और शीघ्र लौट आएगी। स्वभावतः उसने उसके गुम होने की सूचना पुलिस में नहीं दी, और हवेली के नौकरों ने उसकी बात पर विश्वास कर लिया क्योंकि विश्वास नहीं करने का उनके पास कोई कारण नहीं था। सहीना बेगम की बड़ी बेटी ने, जो अपनी अन्य बहनों के साथ देहरादून के एक बोर्डिंग स्कूल में रहती थी, अपनी माँ के गुम हो जाने की सूचना पुलिस में दी, और पुलिस ने मुस्तैदी से अपना काम भी किया, लेकिन श्रद्धानंद के पैसों ने भी काम किया, और पुलिस की सारी मुस्तैदी उद्देश्यहीन कवायद में बदल गई।

सहीना बेगम को मरे पाँच साल हो चुके हैं, और श्रद्धानंद उसकी सारी सम्पत्ति का मालिक है। इन पाँच वर्षों में उसके आधे बाल सफेद हो गए हैं, आँखों के उस्तूरे की धार कुन्द पड़ गई है, और देह बूढ़ी भेंड़ की देह की तरह ढ़ीली पड़ गई है। वह रात को एक क्षण नहीं सोता, सोने के कमरे में जाता ही नहीं। वह सारी रात हवेली के बरामदे में टहलता रहता है, और कभी-कभी चीख़कर बगीचे में इस तरह भागता है मानो उसे कोई पकड़ने की कोशिश कर रहा हो। फिलिप और जोसेफाइन, माली और दरवान भी रात में देर तक जागते रहते हैं, क्योंकि कभी-कभी हवेली से किसी औरत के कराहने की और चीख़ने की आवाज़ आती है।

जुलूस

मुम्बई की एक उपनगरी में, जहाँ नया-नया खड़े हो रहे अपार्टमेंटों का जंगल था, एक दूसरी तरह का जंगल भी था जो इन अपार्टमेंटों से निकलने वाले गंदे पानी से बने नाले के किनारे खड़े झोंपड़ों से बना था। एक-एक कमरे वाले चार सौ से ऊपर झोंपड़े थे जो टूटे बाँसों और लकड़ी की पटरियों की दीवारों और टीन की पुरानी चादरों और टाटों की छप्पर से बने थे। इन झोंपड़ों में रहने वालों के लिए कोई नागरिक सुविधा नहीं थी; ये शौच के लिए नाले के किनारे झोंपड़ों से कुछ आगे बैठ जाते थे, और पानी के लिए अपार्टमेंट के बीच की गलियों में जहाँ-तहाँ लगे नलों पर खड़े रहते थे। लेकिन झोपड़ों में बिजली की व्यवस्था गैरकानूनी ढंग से कर ली गई थी, और उनके मालिकों को, जो पास-पड़ोस के गुण्डे लोग थे, अच्छा किराया मिल जाता था।

इन्हीं झोंपड़ों में से एक में रात के दो बजे बत्ती जल रही थी, और एक युवती अपनी चौकी पर सूटकेस रखकर पूरे मनोयोग से अपने घरवालों का पत्र लिख रही थी। उसकी चौकी से सटकर तीन और चौकियाँ बिछी हुई थीं जिनमें से हरेक पर एक युवती सोई हुई थी। इन चारों युवतियों की उम्र पचीस से तीस वर्ष के बीच थी। सभी सुन्दर और सभी संभ्रात परिवारों की थीं।

अक्टूबर का प्रथम सप्ताह था, और कमरे में ऊमस थी, इस कारण वे लम्बा गाउन पहने हुए थीं। लेकिन वे इस तरह बेसुध सोई हुई थीं, मानो उन्होंने नींद की गोलियाँ खा ली हों। यह तथ्य भी था; उन्होंने हर रात की तरह आज भी नींद की गोलियाँ खाई थीं, ताकि वे कुछ घण्टे गहरी नींद में बिता सकें और अगले दिन के संघर्षों का सामना कर सकें। वस्तुतः उनके लिए हर दिन संघर्ष का दिन था। वे अपने माता-पिता के परिवार को छोड़कर जीवन में अपने लिए अलग पहचान बनाने के लिए यहाँ आई हुई थीं, और उनके लिए अपने परिवार के घर के दरवाजे हमेशा के लिए बन्द हो चुके थे। पत्र लिखने में व्यस्त युवती ने भी नींद की गोलियाँ खाई थीं, लेकिन इसके बावजूद उसे नींद नहीं आ रही थी। वह घर पर अपना समाचार भेजने के लिए अपने पिता के नाम पत्र लिख रही थी। उसके घर से कभी कोई

पत्र नहीं आता था; पिछले सात वर्षों से, जबसे वह मुम्बई में आई थी, उसे अपने परिवार से सम्बन्धित कोई सूचना नहीं मिली थी। लेकिन इससे क्या फर्क पड़ता था? क्या उसका यह कर्त्तव्य नहीं था कि अपने माता–पिता को और अपने भाई-बहनों को अपने सम्बन्ध में हर सूचना समय-समय पर दे दिया करे, और उन्हें व्यर्थ की चिंता से मुक्त रखे?

उसने घण्टा भर से ऊपर तक पूरे मनोयोग से पत्र लिखना जारी रखा, फिर उसे लिफाफे में बन्द कर तकिए के नीचे दबा लिया। वह हर दूसरे या तीसरे दिन नियमित रूप से पत्र लिखती थी, लेकिन लिफाफे के ऊपर पता नहीं लिखती थी। कमरे की एक युवती ने, जिसका नाम मधुमालती था, जब इसका कारण पूछा तो उसने हँस कर जवाब दिया, "लिफाफे पर पता लिख देने से उसे पोस्ट करने की याद ही नहीं रहती। लगता है कि काम खत्म हो गया। चिट्ठी कई दिनों तक बैग में ही पड़ी रह जाती है। लिफाफे पर पता नहीं लिखने से मन में खटका लगा रहता है कि कुछ काम बाकी है। मैं जिस होटल में काम करती हूँ उसके नीचे के एक कमरे में पोस्ट ऑफिस है। वहाँ पर ही टिकट खरीदती हूँ, और लिफाफे पर पता लिखकर पत्र को पोस्ट कर देती हूँ।"

मधुमालती ने कहा, "शोभा दीदी, आप रियली खुशनसीब हैं। मेरे होटल से एक किलोमीटर दूर पोस्ट ऑफिस है, और उसमें एक ऐसी खूँसट बुढ़िया बैठती है कि उसका चेहरा देखने का मन नहीं करता। टिकट माँगो तो इस तरह घूरेगी मानो किसी पॉकेटमार को देख रही हो। इस कारण मैंने पत्र लिखना बन्द कर दिया। कभी-कभी फोन से बातें कर लेती हूँ।"

शोभा बोली, "मैं भी अपने परिवार वालों से कभी-कभी फोन से बातें करती हूँ। लेकिन चिट्ठी लिखने की आदत हो गई है; बिना लिखे मन नहीं मानता। अब हम लोग बातें करना बन्द करें, और सोएँ। बातें करने से जमीला खातून और मोहिनी देश पाण्डेय डिस्टर्ब होगी। कल ड्यूटी आवर्स के बाद हम सबको प्रदर्शन में भी भाग लेना है।"

उसने उठकर बत्ती बुझा दी, और अपने बिछावन पर लेट कर शांत हो गई। मधुमालती भी मौन हो गई।

गरिमा सिन्हा, जिसने मुम्बई आने के बाद अपना नाम बदल कर शोभा तिड़के रख लिया था, जानती थी कि कमरे के अन्य लड़कियों के नाम भी कुछ दूसरे ही थे, जो सिर्फ वे ही जानती थीं। वह यह भी जानती थी कि उनमें से कोई भी किसी होटल में रिसेप्शनिस्ट या किसी दुकान में सेल्स गर्ल नहीं थी। वे सभी उसकी तरह ही, सड़क पर घूमकर ग्राहक की तलाश करने वाली, युवतियाँ थीं, जो ग्राहक मिलने

पर किसी सस्ते होटल में कोई सस्ता कमरा आधे घण्टे के लिए लेकर उसकी भूख शांत करती थीं। उनमें से अधिकांश उसकी तरह ही, बड़े-बड़े सपनों के साथ मुम्बई आई थीं; कुछ सिने तारिकाएँ बन कर यश और धन कमाना चाहती थीं; कुछ अन्य क्षेत्रों में रास्ता निकालना चाहती थीं। गरिमा सिन्हा सात वर्ष पहले रजत पट पर अपने लिए एक विशेष स्थान बनाने की महत्त्वाकाँक्षा लेकर आई थी। उस समय वह एम.ए. में पढ़ती थी, और उसके शिक्षकों की उससे बड़ी-बड़ी अपेक्षाएँ थीं। उसकी शादी के लिए अच्छे-अच्छे घरों से प्रस्ताव आ रहे थे, और उसके माता-पिता की इच्छा थी कि वह किसी बड़ी नौकरी वाले लड़के से शादी कर घर बसाए। लेकिन मुम्बई जाकर रजत पट पर चमकने की महत्त्वाकाँक्षा उसके मन में इस तरह बस गई थी कि वह अपने लिए कोई अन्य भविष्य सोचने में असमर्थ थी, और एक दिन अपने परिजनों से बिना कुछ कहे अपने भविष्य की तलाश में मुम्बई आ गई। उसने अपना नाम बदलकर शोभा तिड़के रख लिया, और उन युवतियों की फौज में शामिल हो गई जो अपना घर-परिवार छोड़ भविष्य की तलाश में मुम्बई आ गई थीं।

गरिमा सिन्हा को थोड़ी दौड़ धूप के बाद, एक कपड़े की दुकान में विक्रेता की नौकरी मिल गई, और एक सस्ते होटल में एक कमरा मिल गया जिसमें दो लड़कियाँ पहले से रहती थीं। उसके बाद उसकी ज़िन्दगी का सबसे कठिन समय शुरू हुआ जो अब तक समाप्त नहीं हुआ था। मुम्बई आने के पहले उसने सोचा था कि वह वहाँ पाँच वर्षों तक अपने लिए नई ज़िन्दगी की तलाश करेगी, और असफल होने पर पिता के घर कुसुमपुर लौट जाएगी और शादी करके परिवार बसा लेगी। उसको मुम्बई आए सात वर्ष हो चुके थे; वह जानती थी कि वह अपने लिए एक नई राह निकालने में असफल हो चुकी है, वह यह भी जानती थी कि वह पुरानी ज़िन्दगी में कभी लौट नहीं सकती। वह यह भी जानती थी कि उसके लौटने पर उसके माता पिता उसे घर से निकालेंगे नहीं, लेकिन वह अपनी ही नजर में एक पिशाचिनी बन गई थी जिसकी उपस्थिति से माता-पिता के परिवार का अकल्याण होगा।

पिछले सात वर्षों की ज़िन्दगी उसके सामने एक ऐसे शहर के रूप में उपस्थित हुई जो अंधेरे में धू-धू कर जल रहा हो। उसने रजत पट पर काम पाने और मुम्बई शहर में रहकर जी पाने के लिए, यहाँ आने के बाद महीने भर के अन्दर ही नैतिकता के विचार को तिलांजलि दे दी थी, और अन्य सैकड़ों लड़कियों के साथ, जो यहाँ उज्ज्वल भविष्य की तलाश में आई थीं, मूषिक दौड़ में शामिल हो गई थी। दुकान में नौकरी शुरू करने के महीने भर के अन्दर ही वह दुकान के मालिक की रखैल बन गई थी—यह नौकरी बनाए रखने के लिए जरूरी था। वह रजत पट से सम्बद्ध जितने लोगों के पास सहायता के लिए गईं, सबने सहायता के बदले शारीरिक सम्बन्ध स्थापित करने की शर्त रखी, और उसने सबकी शर्त को स्वीकार किया, क्योंकि उसके पास कोई विकल्प नहीं था। लेकिन वह अपने वांछित क्षेत्र में कोई स्थान नहीं बना

सकी, क्योंकि उसने पाया कि वहाँ सफलता के लिए सिर्फ सुन्दरता और योग्यता की ही नहीं बल्कि उचित सम्बन्धों की भी जरूरत है। फिर भी उसने हार नहीं मानी और सफलता की तलाश में लगी रही। इन सात वर्षों में उसने अपनी परवरिश के लिए आधा दर्जन पेशे बदले, और हर बार पहले से कम सम्भ्रांत मुहल्ले में और कम सुविधा वाले स्थान में गई। लेकिन अपने माता-पिता के घर लौटने का ख्याल अतीत में खोया हुआ सपना बना रहा जिसके कभी सत्य होने की सम्भावना नहीं थी। उसकी भविष्य के प्रति निराशा बढ़ती गई, लेकिन वर्तमान से सम्बन्ध विच्छेद की बात मन में नहीं आई मानो वह नाल का रज्जू हो।

उसकी आँखों के सामने उन सैकड़ों युवतियों की तस्वीर उभर आई जो सुदूर स्थित नगरों से, अपना घर और परिवार छोड़कर, इस महानगर में अपने भविष्य की तलाश में आ गई थीं। उसे नहीं मालूम था, कि वे सपनों के ध्वस्त हो जाने के बाद, अपने परिवार में लौटने की बात सोचती थी या नहीं क्योंकि उसने उनमें से किसी से इस सम्बन्ध में बातें नहीं की; लेकिन उनमें से अधिकांश की आँखों में निराशा की छाया उभर आई थी, और उनके ठहाकों का खोखलापन बढ़ता गया था। क्या वे उस घर और परिवार के बारे में नहीं सोचतीं जिसे छोड़कर वे यहाँ आई हैं? क्या उन सबने भी, उसकी तरह ही, उस पुरानी ज़िन्दगी से पूरी तरह सम्बन्ध-विच्छेद करने का निश्चय कर लिया है जिसका मोह स्थाई पीड़ा बन कर मस्तिष्क के किसी कोने में विद्यमान है?

वह जब घर छोड़कर आई थी, उसकी बहन महिमा उससे दो साल पीछे बी. ए. में पढ़ती थी, और उसका भाई माधव मैट्रिक में पढ़ता था। महिमा हर बात में उसकी नकल करने की कोशिश करती थी, जिससे उसे हँसी आती थी, लेकिन अपनी ही नजरों में अपना महत्व बढ़ जाता था। माधव अपने प्रश्नों के उत्तर के लिए उसे चैन लेने नहीं देता था, जिस कारण उसकी ऊँचाई अधिक बढ़ जाती थी। उसके माता-पिता उसकी उपलब्धियों से इतने संतुष्ट थे कि उसके किसी काम में दखल देने की जरूरत नहीं समझते थे। यदि वे उसके अभिभावक के रूप में अपनी जिम्मेवारी अधिक अच्छी तरह निभाते तो शायद वह यह क़दम नहीं उठाती जो उसके गले की हड्डी बन गया था। लेकिन अब वह चौराहे से बहुत आगे बढ़ गई है और पीछे लौटना सम्भव नहीं था। उसने आँखें मींच लीं और उस कड़वाहट को भूलने की कोशिश की जिससे उसका मुँह भर गया था और जिसके कारण आँखों में आँसू आ गए थे। नहीं, वह हार नहीं मानेगी। परिस्थितियों ने जिस नए अवसर की सृष्टि की है, उसका उपयोग करेगी। सम्भव है, उसे आगे बढ़ने के लिए नई दिशा मिल जाए।

एक पखवाड़े से पुलिस ने रात में आठ बजे के बाद विशेष मुहल्लों की सड़कों पर चहल-कदमी करने वाली औरतों को ग्राहकों की तलाश में घूमने वाली वेश्याएँ

होने के आरोप में पकड़ कर रात भर के लिए थाने के बंदी गृह में रखना शुरू किया था। इससे देह-व्यापार में लगी औरतों में खलबली मच गई थी और चूँकि उस व्यापार में हर शाम कुछ घण्टों के लिए ऐसी औरतें भी आती थीं जिनका प्रधान पेशा दूसरा था, पुलिस की कार्रवाई का विरोध होने लगा था, और यह विरोध दिनों-दिन प्रबलतर होता जा रहा था। इस विरोध में देह-व्यापार में लगी वे औरतें भी शामिल हो गई थीं जो होटलों में परिचारिकाएँ, दुकानों में सहायिकाएँ, सांध्य विद्यालयों में शिक्षिकाएँ या सम्भ्रांत घरों की गृहिणियाँ थीं, और जिन्होंने आय की वृद्धि के लिए इस पेशे को अतिरिक्त रोजगार के रूप में अपना लिया था। पुलिस की कार्रवाई के विरोध में उठनेवाली आवाज़ अधिक ऊँची और अधिक गम्भीर होती गई थी। अगले दिनों के लिए इन औरतों ने एक विशेष कार्यक्रम बनाया था। वह यह था कि स्थानीय एम.एल.ए. के आवास में घुसकर उसकी पत्नी और दोनों जवान बेटियों को बाहर घसीटकर लाया जाए, और उन्हें विरोध प्रदर्शन करने वाली औरतों की जमात में शामिल किया जाए। स्थानीय एम.एल.ए. चकलाघरों का बहुत बड़ा संरक्षक था और उसके सक्रिय सहयोग से देश के विभिन्न भागों से लाकर सैकड़ों औरतों की खरीद–बिक्री होती थी। पुलिस को प्रदर्शनकारी औरतों की योजना का पता चल गया था, और वह उसके कार्यान्वयन को रोकने के लिए कृत–संकल्प थी।

गरिमा सिन्हा पिछले आठ दिनों से महिलाओं के इन प्रदर्शनों में भाग ले रही थी, लेकिन उनसे उनका हार्दिक लगाव नहीं था। प्रदर्शनों के साथ जुड़ने का प्रधान कारण यह था कि उसके ग्राहकों की संख्या कम हो गई थी, और किसी-किसी शाम एक ग्राहक भी नहीं रहता था। बत्ती बुझा देने के बाद मधुमालती चुप हो गई थी, और कुछ ही मिनटों बाद खर्राटे लेने लगी थी। जमीला खातून और मोहिनी देशपाण्डे तो दस बजे से ही सो रही थीं। स्पष्ट था कि उन्हें पर्याप्त संख्या में ग्राहक मिले थे जिस कारण उनकी नींद चिन्ता की आँधी से बाधित नहीं हो रही थी। तीनों उससे चार-पाँच साल छोटी थीं, और उनके ग्राहकों की संख्या में कमी नहीं हुई थी। पुलिस के जुल्म के खिलाफ महिलाओं के जो प्रदर्शन हो रहे थे, उनमें उन्हें गरिमा सिन्हा ने एक दिन भी नहीं देखा था; स्पष्ट था कि वे उस समय भी अपने ग्राहकों के साथ व्यस्त रहती थीं। इस ख्याल से कि पुरुषों की दृष्टि में वह कम महत्व की है, उसके मन में हल्की-सी टीस उठी। अनजाने ही उसके मन में एक निश्चय ने जन्म लिया; अगले दिन वह कुछ ऐसा करेगी जिससे उसे आगे बढ़ने की दिशा मिलेगी।

दूसरे दिन वह प्रतिदिन की तरह आठ बजे उठी, नाले के किनारे बाँध की आड़ में बैठकर नित्यकर्म किया, सार्वजनिक नल पर मुँह धोया और स्नान किया, और गली के एक कोने में स्थित सरदार ढाबा में भोजन करने लगी। इधर दो वर्षों से जबसे

वह इस मुहल्ले में आई थी, सुबह का नाश्ता और खाना एक ही बार, दस बजे के आसपास लेती थी, और ग्यारह बजते-बजते अपनी ड्यूटी के लिए रवाना हो जाती थी। सरदार ढाबा में खाना खाने वाली कम से कम डेढ़ दर्जन औरतें थीं जो उसी पेशे में थीं जिसमें वह स्वयं थी, लेकिन जो दूसरे पेशों में होने का बहाना करती थीं। वे भी खाना खाकर, और सज-धज कर, अपराह्न में निकल जाती थीं, और रात में दस बजे के बाद लौटती थीं। लेकिन उसने आज तक उनसे कोई बात नहीं की थी, और न उनमें से किसी ने उससे बातें करने की, या उसके सम्बन्ध में जानने की, कोशिश की थी; लगता था कि वे अपने सम्मान की रक्षा के लिए एक दूसरे से दूरी बनाए रखना आवश्यक समझती थीं।

वह खाना खाने के बाद कमरे में आकर बिछावन पर लेट रही। मधुमालती, मोहिनी देशपाण्डे और जमीला खातून खाना खाने के बाद लौटकर अपने काम पर जाने के लिए तैयार होने लगीं। मधुमालती ने गरिमा से पूछा, "शोभा दीदी, क्या आज आपको ड्यूटी पर नहीं जाना है?"

गरिमा सिन्हा ने जवाब दिया, "नहीं, आज मैंने छुट्टी ले ली है। शाम को एक जगह जाना है।" मधुमालती ने मुस्कराते हुए मोहिनी देशपाण्डे और जमीला खातून की तरफ देखा। उन दोनों की आँखों में भी मुस्कान उभर आई। मधुमालती बोली, "दीदी, कुछ लोग तकदीर के धनी होते हैं। सबको नौकरी की तलाश में घूमना पड़ता है, धनी तकदीर वालों की तलाश में नौकरी घूमती है।"

मोहिनी देशपाण्डे और जमीला खातून हँस पड़ीं। गरिमा सिन्हा ने हँसी में उनका साथ दिया।

मधुमालती, मोहिनी देशपाण्डे और जमीला खातून के जाने के बाद गरिमा सिन्हा का चेहरा गम्भीर हो गया। एक नया रास्ता खोज निकालने का समय आ गया था। उसे कोई रास्ता नहीं सूझ रहा था, लेकिन निर्णय कर लेने से ही उसका मन हल्का था। उसने आगे सोचना बंद कर दिया, और सब कुछ भविष्य पर छोड़ दिया।

जब शाम को अंधेरा घिरने लगा तब वह तैयार होकर उस स्थान पर गई जहाँ से हर शाम महिलाओं का जुलूस निकलता था। यह एक पार्क था जहाँ जुलूस में भाग लेने वाली महिलाएँ इकट्ठा होती थीं। नौ बजते-बजते उनकी संख्या सौ से ऊपर हो जाती थी, और तब उनका जुलूस निकलता था जो कुछ सड़कों और गलियों से होकर उसी पार्क में लौटकर एक सभा में बदल जाता था। पुलिस एक दर्जन महिलाओं को गिरफ्तार कर थाने ले जाती थी, और दो दिनों के बाद छोड़ देती थी। आज पार्क में अन्य दिनों की अपेक्षा अधिक औरतें थीं, क्योंकि सुनील बेंद्रे को, जो चकला घरों के चलते गलियों में ग्राहक खोजने वाली महिलाओं का दुश्मन हो गया था, मजा चखाना था।

पार्क में जमा औरतों ने गरिमा सिन्हा का ऊँची आवाज़ में स्वागत किया क्योंकि

वह इस आन्दोलन की एक नेता बन गई थी। आधा घण्टा बाद, जब जुलूस में शामिल होने वाली महिलाओं की संख्या डेढ़ सौ से ऊपर हो गई, वे पंक्तिबद्ध होकर अपनी माँगों के समर्थन में नारे लगाती हुई, आगे बढ़ीं। जुलूस में अधिकांश औरतें तीस से चालीस वर्ष की थीं, उससे कम उम्र की वैसी ही औरतें थीं जो सुदर्शना नहीं थीं। लेकिन सबकी आँखों में चमक थी। आज वे एक ऐसे दुश्मन से बदला लेने जा रही थीं जो उनके पेट पर लात मारने का निश्चय कर चुका था।

सुनील बेंद्रे का मकान एक ऐसी गली में था जहाँ आने-जाने वालों की भीड़ नहीं रहती थी। उसके अहाते के गेट का लोहे का फाटक आगंतुकों के लिए हमेशा खुला रहता था, और महिलाओं को उससे मुलाकात करने में कभी कोई कठिनाई नहीं होती थी। लेकिन आज फाटक जेल के फाटक की तरह बंद था। फाटक के आगे पुलिस के चार दर्जन सिपाही, एक अफसर के साथ खड़े थे। सिपाहियों के हाथ में डण्डे थे, लेकिन कुछ के हाथों में बंदूकें भी थीं। जुलूस की महिलाओं ने इस तरह के स्वागत की आशा नहीं की थी, इस कारण वे ठिठककर खड़ी हो गईं। कुछ क्षण बाद जुलूस की चार महिलाएँ, जो उसका नेतृत्व कर रही थीं, आगे बढ़ीं और गरजकर पुलिस अफसर से बोलीं, "गेट खुलवाओ। हम सुनील बेंद्रे से मिलना चाहती हैं।"

पुलिस अफसर ने इशारा किया और सिपाहियों ने लाठियाँ बरसाना शुरू किया। पहली चार लाठियां, वज्रपात की तरह उन महिलाओं के सिर पर पड़ीं जो जुलूस का नेतृत्व कर रही थीं। उन महिलाओं में से एक गरिमा सिन्हा थी उसका सिर कच्चे घड़े की तरह फूट गया, और वह गिर कर बेहोश हो गई। लेकिन होश खोने के पहले उसे लगा कि उसे वह मार्ग मिल गया है जिसकी उसे तलाश थी।

जेन्ट्स पॉर्लर

जब रसीला वर्मा को बी.ए. पास करने के बाद चार सालों तक कोई नौकरी नहीं मिली, तो वह स्वरोजगार के लिए रुपयों की खातिर रोज अपनी माँ से लड़ने लगा। उसके पिता गोलू वर्मा कुसुमपुर की जिला अदालत में किरानी थे, और यद्यपि तनख्वाह कम थी, ऊपरी आमदनी अच्छी थी, और उन्होंने एक मध्यमवर्गी इलाके में दो कट्ठे ज़मीन खरीदकर मकान भी बनवा लिया था। उन्होंने पुत्र की नौकरी अदालत में ही लगाने की पूरी कोशिश की। उनका साहब लोगों से अच्छा सम्बन्ध था, और वे उचित खर्च-वर्च के लिए भी तैयार थे। लेकिन विभागीय मन्त्री की तरफ से इतने लोगों के लिए सिफारिशें आईं कि गोलू वर्मा की सारी कोशिशें बेकार गईं। अन्त में उन्होंने परिस्थिति से समझौता कर लिया, और पुत्र के लिए एक सैकेण्ड हैंड जीप खरीद दी। कुसुमपुर और विक्रमपुर के बीच दो दर्जन से ऊपर जीपें चलती थीं, लेकिन सवारियों की भीड़ इतनी अधिक थी और सड़क इतनी अच्छी थी—वह नेशनल हाइवे का एक भाग थी—कि पचास किलोमीटर का रास्ता सोने के अण्डे देनेवाली मुर्गी था। किसी तरह का सरकारी टैक्स लगना नहीं था, सिर्फ रास्ते में पड़ने वाले पुलिस थानों को, और सड़क पर वर्चस्ववाले गिरोह के नेता भुकचू गोप को, हर महीने एक निश्चित रकम देनी थी। इस कारण कुसुमपुर और विक्रमपुर के बीच भाड़े की जीपें इस तरह दौड़ती थीं मानो उन्होंने सड़क को खरीद लिया हो। रसीला वर्मा ने कॉलेज की पढ़ाई के दिनों में ही अपने कुछ साथियों की मदद से गाड़ी चलाना सीख लिया था; उसने पन्द्रह साल के एक लड़के सुखनंदन को जीप का खलासी बहाल कर लिया, और जंग में जीते सिपहसालार की तरह जीप को लेकर सड़क पर उतर आया।

वह सुबह में नौ बजते-बजते घर से निकल जाता और शाम को अंधेरा होने के बाद वापस आता। प्रतिदिन, सारा खर्च काटकर, सौ दो सौ की बचत हो जाती जिसे वह अपने पास रखता और जिसमें से कुछ पैसा अपने खाते में जमा कर देता। वह घर लौटने के पहले कुसुमपुर स्टेशन के पास एक गली में स्थित ए—वन होटल में खाना खाता, जिसके मालिक से उसका परिचय हो गया था और जहाँ खाने—पीने की चीजें उचित दाम पर मिल जाती थी। किसी-किसी दिन खाने-पीने के बाद वह

होटल के किसी कमरे में घण्टे भर तक विश्राम करता जहाँ किराए में किसी महिला का साथ भी शामिल था, जिसकी व्यवस्था होटल करता था। लेकिन ए–वन होटल के पास ग्राहकों की सेवा के लिए दो ही महिलाएँ थीं, और रसीला वर्मा का मन विविधता के लिए छटपटाता था। इस बीच जीप का खलासी सुखनंदन टैक्सी स्टैण्ड में गाड़ी में बैठा उसका प्रतीक्षा करता।

ए-वन होटल जिस गली में था वह इतनी पतली थी कि रिक्शे के अलावे अन्य कोई सवारी उसमें प्रवेश नहीं कर सकती थी। लेकिन उसकी डेढ़ सौ गज की पूरी लम्बाई में दोनों तरफ तरह-तरह की दुकानें थीं जहाँ मीट-मछली से लेकर प्रसाधन की हर सामग्री मिलती थी। ए-वन होटल से दस क़दम आगे एक पुरुष प्रसाधन-गृह था जिसका नाम था मॉडर्न जेन्ट्स पार्लर, और उसके ठीक सामने, गली की दूसरी तरफ, एक महिला प्रसाधन गृह था जिसका नाम था लेडीज ब्यूटी पॉर्लर। दोनों प्रसाधन गृहों के नाम अंग्रेजी में बड़े-बड़े अक्षरों में लिखे हुए थे और दोनों के रंगीन शीशे के बड़े दरवाजे के आगे एक वर्दीधारी पहरेदार खड़ा रहता था। ये प्रसाधन-गृह छोटी–छोटी दुकानों के बीच उसी तरह प्रभावकारी लगते थे जिस तरह दासियों के बीच रानियाँ लगती हैं। रसीला वर्मा जब उस गली में प्रवेश करता, धीरे-धीरे क़दम रखता हुआ उसके दूसरे छोर तक जाता, और उसी चाल से लौटकर ए–वन होटल में प्रवेश करता। उसकी प्रबल इच्छा होती कि एक बार मॉडर्न जेन्ट्स पॉर्लर में जाकर मुँह का स्वाद बदले। उसने कॉलेज के दिनों में ही पॉर्लरों की विविधता और रंगीनी से भरे स्वागत के बारे में सुन रखा था, और उस गली में घुसते ही मॉडर्न जेन्ट्स पॉर्लर में जाने के लिए उसका मन छटपटाता था। लेकिन उसके बाहर के दरवाजे पर खड़े वर्दीधारी दरवान का व्यक्तित्व इतना प्रभावकारी था कि उसकी हिम्मत उससे आँखें मिलाने की नहीं होती, पॉर्लर के अन्दर जाने के लिए दरवाजा खोलने की बात कौन कहे।

दो महीनों तक तरह-तरह की योजनाएँ बनाने के बाद उसने एक शाम जेब में पूरे दिन की कमाई के रुपए रखे और ए-वन होटल में खाना खाने के बाद शाम को सात बजे मॉर्डन जेन्ट्स पॉर्लर में पहुँचा। उसने पता लगा लिया था कि पॉर्लर सुबह के दस बजे से शाम को आठ बजे तक खुला रहता है, और उसने शाम को सात बजे जाने का निश्चय इस कारण किया था कि कम भीड़-भाड़ में पॉर्लर का अनुभव बिना किसी व्यवधान के प्राप्त कर सकेगा।

वह द्वारपाल से इतना भयभीत था कि अस्थिर क़दमों से जाकर पॉर्लर के दरवाजे से दो क़दम पीछे ठिठक गया। द्वारपाल ने उसे गली में अनेक बार, पॉर्लर की तरफ ललचाई नजरों से ताकते हुए, आते-जाते देखा था, और उसकी इच्छा उससे छिपी नहीं थी। उसने उसे सैल्यूट किया और कहा, "आइए, हुजूर। पॉर्लर अभी खुला है।"

रसीला वर्मा का भय कम हुआ और उसने पॉर्लर में प्रवेश किया। वह जिस

कमरे में घुसा वह अवश्य ही बैठका था, क्योंकि वहाँ एक सोफा रखा हुआ था और उसकी दोनों तरफ दो-दो गद्देदार कुर्सियाँ थीं। दीवारों पर अर्द्धनग्न औरतों की तस्वीरें टँगी थीं, और कमरा किसी ऐसी गंध में डूबा था जिससे एक साथ नशा और उबकाई दोनों आती थी और मनःस्थिति की स्वाभाविकता नष्ट हो जाती थी। सोफे पर तीस-पैंतीस वर्ष का एक आदमी बैठा था जिसकी देह गोल थी, सिर गोल था, आँखें गोल थीं और नाक गोल थी। उसके सिर के बाल, जो पूरी तरह सफेद थे, गोल टोपी के आकार में कटे हुए थे, और उसका गोल, सफाचट चेहरा किसी विशेष प्रजाति के बन्दर का भ्रम उत्पन्न करता था।

रसीला वर्मा की नजरें सोफे पर बैठे व्यक्ति से मिलीं, और वह ठिठककर खड़ा हो गया। वह सम्मोहित हो गया, उसकी विचार-शक्ति लुप्त हो गई और उसके रोंगटे खड़े हो गए।

सोफा पर बैठे व्यक्ति ने पूछा, "देह मलवाने आए हो?"

रसीला वर्मा घवड़ाहट में उसकी बात को समझ नहीं सका। इस कारण उस आदमी ने अपनी आवाज़ को सुपाच्य बनाते हुए कहा, "नौजवान, घबड़ाओ मत। इस पॉर्लर में किसी तरह का खतरा नहीं। इसके मालिक राम पदारथ गोप हैं जो कुसुमांचल के मद्य निषेध राज्य मंत्री हैं। राम पदार्थ गोप के दस जेन्ट्स पॉर्लर और बीस मद्य की दुकानें है। उनकी दो दर्जन बसे हैं और तीन दर्जन ट्रके हैं। इनके लिए किसी प्रकार का टैक्स मंत्री जी नहीं चुकाते। किसी माई के लाल की हिम्मत नहीं कि कुछ कहे। जिसे चाहें उसे उसके घर से उठवा लेते हैं, और दस-बीस लाख फिरौती लेकर ही छोड़ते हैं। किसी-किसी केस में दस लाख से ऊपर फिरौती लेते हैं। वे इस मामले पें अबू सईद के चाचा हैं। अबू सईद छोटा-मोटा काम कर पुलिस के डर से भागा फिरता है। राम पदारथ गोपजी एक से एक बड़े काम करते हैं, और पुलिस उनकी गुलामी करती है। मैं देख रहा हूँ कि तुम यहाँ पहले-पहल आए हो। इसी कारण यह सोच रहे हो कि यहाँ कोई खतरा तो नहीं। यह सामाजिक न्याय दल के एक नेता का कारखाना है, और यहाँ सामाजिक न्याय के उसूलों से बिजनेस होता है। तुम मेरे बारे में जानना चाहते हो। है न? तुमने मल्लू गोप का नाम जरूर सुना होगा। मैं ही मल्लू गोप हूँ। मैं सामाजिक न्याय दल का उगता सूरज हूँ और कुसुमांचल प्रान्त का भावी मुख्यमंत्री हूँ। मैंने मुख्यमंत्री बनने के बाद गद्दी पर पचास सालों तक रहने की योजना बनाई है। मेरे बाद मेरे वंशज कुसुमांचल के मुख्यमंत्री होंगे और इस तरह मेरा खानदान अनन्त काल तक प्रान्त की सेवा करता रहेगा। इस समय मैं राम पदार्थ गोपजी के जेन्ट्स पॉर्लरों का पार्ट टाइम मैनेजर हूँ। सामाजिक न्याय दल के नेता को हर तरह की ट्रेनिंग लेनी पड़ती है। क्या तुम और कुछ जानना चाहते हो?"

रसीला वर्मा का भय कुछ कम हुआ। लेकिन वह हर बात के सम्बन्ध में आश्वस्त हो जाना चाहता था ताकि पीछे कोई उलझन नहीं हो। उसने पूछा, "महाशय, कितनी फीस लगेगी?"

मल्लू गोप ठठाकर हँसा और बोला, "फीस? कैसी फीस? फीस नहीं, प्यारे, चार्ज कहो, सर्विस चार्ज। यहाँ मालिस का चार्ज है सिर्फ सौ रुपए। घण्टा भर की सर्विस के लिए सिर्फ सौ रुपए। इन लड़कियों की तरफ देखो। उनमें से किसी को भी चुन सकते हो। चारों कॉलेज गर्ल्स हैं और हरेक अपने फन में एक्सपर्ट हैं।"

रसीला वर्मा ने पहली बार निश्शंक भाव से लड़कियों पर दृष्टिपात किया ; मल्लू गोप के भाषण के समय उनकी तरफ देखने का उसका साहस नहीं हुआ था। अब जब उसने उनकी तरफ दृष्टिपात किया तो उसके दिल की धड़कन तेज हो गई। चारों लड़कियाँ बीस से पचीस वर्ष की थीं, और चारों पके तरबूज की तरह रसपूर्ण और आकर्षक थीं। उनमें से दो साड़ियों में थीं और शेष दो ने फुल पैंट और शर्ट पहन रखी थी। रसीला वर्मा की नजर में पैंट और कमीजवाली वह मृगनयनी गड़ गई जिसके गाल सेब की तरह थे और पैंट में कमर तक सटे पैर केले के थम की तरह थे। उसने हाथ के हल्के इशारे से अपनी पसन्द मल्लू को बता दी।

मल्लू बोला, "अहा हा! तुम इस लाइन में नए लगते हो, लेकिन माल के अच्छे पारखी हो। यह मोना है, इस पॉर्लर की सबसे अधिक एक्सपर्ट लड़की। आधा घण्टा के अन्दर देह की सारी तकलीफ दूर कर देती है। निकालो पाँच सौ रुपए!"

रसीला वर्मा का मानसिक संतुलन कुछ इस तरह बिगड़ गया था कि उसने बिना एक क्षण देर किए पाँच सौ रुपए मल्लू गोप के हाथ में रख दिए। मल्लू ने बोलना जारी रखा–"हाँ, बहुत अच्छा। लगता है अच्छी कमाई कर लेते हो। यह बहुत चकाचक बात है। हाँ, अब मालिस के लिए कुप्पा चुनो। चार कुप्पे हैं और हर कुप्पे के दरवाजे पर नम्बर लगा है। सबसे कम किराया एक नम्बर के कुप्पे का है–सिर्फ सौ रुपए–और सबसे अधिक किराया चार नम्बर के कुप्पे का है। इस समय चारों खाली हैं क्योंकि पॉर्लर के बन्द होने का समय आ गया है। तुम्हें भी मालिश का काम आधा घण्टा के अन्दर करा लेना होगा। हम नियम के पाबन्द हैं, इस कारण आठ बजे के बाद पॉर्लर को खुला नहीं रखते।"

रसीला वर्मा को लगा कि यदि उसने देरी की तो उसके पाँच सौ रुपए चले जाएँगे। मल्लू गोप द्वारा लिए गए रुपए लौटने की उम्मीद व्यर्थ थी। पॉर्लर में आने के पहले उसने नहीं सोचा था कि मालिस के अलावे कुप्पे की भी फीस देनी होगी। लेकिन अब उपाय क्या था? अभी उसकी जेब में तीन सौ रुपए थे; उस दिन जीप ने कमाई अच्छी की थी। चारों कुप्पों के दरवाज़े बैठके की एक दीवार में एक पंक्ति में थे और बाहर से सभी एक जैसे लगते थे।

उसने कहा, "मुझे एक नम्बर का कुप्पा ही चाहिए।"

मल्लू ने हाथ आगे बढ़ाते हुए कहा, ''बढ़ाओ पैसे!'

रसीला वर्मा ने किराए के सौ रुपए मल्लू को दिए और मोना के साथ कुप्पे में प्रवेश किया। मोना ने कुप्पे को भीतर से बन्द किया, अपने सारे कपड़े उतारकर खूँटी पर रखा और बोली, ''देर मत करो। जल्दी कपड़े उतारो और अपना काम करो। ज्यादा समय नहीं है।''

कुप्पे में जीरो पावर का बल्ब जल रहा था जिसमें आसानी से सब कुछ देख पाना सम्भव नहीं था। यह आठ फीट लम्बा और चार फीट चौड़ा सन्दूकनुमा कमरा था जिसमें एक चौकी बिछी थी। चौकी के ऊपर एक दरी बिछी थी और एक तरफ एक तकिया रखा हुआ था। चौकी के पैताने एक छोटी-सी मेज थी जिस पर एक प्लास्टिक की बाल्टी में पानी, एक जग, एक तौलिया और एक साबुनदानी रखी थी। दीवार में आधा दर्जन तस्वीरें टँगी थी, और दरवाजे की दूसरी तरफ, छत से दो फीट नीचे, एक फुट लम्बा और उतना ही चौड़ा रोशनदान था। छत में खिलौने जैसा एक पंखा भी था।

मोना बोली, ''क्या गर्मी लग रही है? पंखा खोल दूँ? देर मत करो। जल्दी अपने कपड़े उतारो और उस खूँटी में टाँग दो। तुरन्त काम शुरू करना है। समय नहीं है।''

आधा घण्टा बाद जब वे कुप्पे से निकले तो मल्लू गोप ने रसीला वर्मा से कहा, ''काम हो गया न! निकालो पाँच सौ रुपए।''

रसीला वर्मा उसकी तरफ आश्चर्य से मुँह बाए देखने लगा। मल्लू बोला, ''बंदर की तरफ मुँह बाए मेरी तरफ क्या देख रहा है? क्या मैं यहाँ मुफ्त में काम करता हूँ? क्या तुम समझते हो कि सामाजिक न्याय का खूँटा दलितों, गलितों, हिजड़ों और पिछड़ों के बीच गाड़ने में कोई खर्च नहीं? रुपए निकालो! चार सौ रुपए मेरे हुए और एक सौ दरवान के।''

रसीला वर्मा ने जेब से सारे पैसे निकालते हुए कहा, ''मेरे पास इतने ही पैसे बचे हैं।''

मल्लू वर्मा ने पैसों को उसके हाथ से लेकर गिना और बोला, सिर्फ दो सौ बीस है। इतने पैसों से काम कैसे चलेगा। ऐं? इतने पैसे में क्या होगा?''

उसने मुँह में दो उँगलियों को डालकर जोर से सीटी बजाई। दूसरे क्षण दरवान हाथ में डण्डा लिए कमरे में हाजिर हो गया। मल्लू ने उससे कहा, ''भुजाली, इसकी घड़ी और अँगूठी उतार लो।''

भुजाली ने रसीला वर्मा की घड़ी और अँगूठी उतार कर मल्लू को दे दी। मल्लू ने दस रुपए रसीला वर्मा को लौटाते हुए कहा, ''यह रास्ते के खर्च के लिए है। रहते कहाँ हो? कुसुमपुर में ही न? तो ठीक है। सात दिनों के अन्दर तीन सौ रुपए लेकर आ जाना, और अपनी घड़ी और अँगूठी ले लेना और हाँ, कोई चाल मत चलना,

नहीं तो ऐसा धोबियापाट लगेगा कि तुम्हारे सारे दाँत बाहर आ जाएँगे। यह सामाजिक न्याय का पॉर्लर है। यहाँ सब कुछ पारदर्शी है। हर कुप्पे के दरवाजे में एक गोल शीशा लगा है। देख रहे हो न? उस शीशे से भीतर होनेवाले हर काम का मुआयना किया जाता है, और कैमरे से तस्वीर ली जाती है। इस कैमरे में तुम्हारी भी तस्वीरें हैं। अब जाओ। सोमवार तक पैसे जरूर पहुँचा देना।''

फिर उसने दरवान से कहा, ''भुजाली, इसकी कमीज उतार लो। पैसे लेकर आएगा तो लौटा दी जाएगी।''

रसीला वर्मा टैक्सी स्टैण्ड में अपनी टैक्सी में बैठता हुआ खलासी से बोला, ''सुखनंदन, मुझे नहीं मालूम था कि यहाँ भी चोर-उचक्के रहते हैं।''

सुखनंदन ने पूछा, ''क्या हुआ, भाईजी?''

रसीला वर्मा बोला, ''मैं होटल से खाना खाकर आ रहा था कि दो उचक्कों ने पिस्तौल दिखाकर मेरे रुपए, घड़ी, अँगूठी और कमीज छीन ली। यहाँ बहुत सावधानी से रहने की जरूरत है।''

जन-सेवा

कुसुमपुर का मुख्यमंत्री बनने के पहले ही मल्लू गोप ने घोषणा कर दी थी कि वह पचास वर्षों तक मुख्य-मंत्री बना रहेगा और इस अवधि में प्रदेश का हर क्षेत्र में उत्थान करेगा। सामाजिक न्याय दल, जिसका वह शीर्षस्थ नेता था, दलितों, गलितों, पिछड़ों और हिजड़ों के उत्थान पर सबसे अधिक जोर देता था, क्योंकि ये शताब्दियों से उपेक्षा और अत्याचार के शिकार थे, और मल्लू ने निश्चय किया कि अपने राज-काल के प्रथम चार दशकों में अपना ध्यान इन्हीं वर्गों के उत्थान पर लगाएगा। अपने मुसाहबों से गहन विचार-विमर्श के बाद वह इस निष्कर्ष पर पहुँचा कि किसी भी वर्ग के चतुर्दिक विकास की कुँजी उसके सांस्कृतिक उत्थान में है, इस कारण उसने दलितों, गलितों, पिछड़ों और हिजड़ों के सांस्कृतिक उत्थान को अपनी सरकार के कार्यक्रम में सर्वोच्च प्राथमिकता दी।

मल्लू गोप द्वारा सांस्कृतिक उत्थान पर विशेष जोर देने के विशेष कारण थे। मुख्यमंत्री होते ही, उसने कुसुमांचल के सरकारी खजाने को अपना व्यक्तिगत खजाना बन लिया था, और उसे जब जितने पैसे की जरूरत होती, खजाने से निकालकर अपने पास रख लेता, या अपने सगे-सम्बन्धियों में बाँट देता। उसने सरकारी खजाने से निकाल कर करोड़ों रुपए अपने बैंक खातों में रख लिए, करोड़ों रुपए के मकान और ज़मीन-जायदाद खरीद लिए, और करोड़ों रुपए अपने मनोरंजन और ऐशो-आराम पर खर्च करने लगा। दलितों, गलितों, पिछड़ों और हिजड़ों के सांस्कृतिक उत्थान को सरकारी कार्यक्रम का प्रधान अंग बनाकर उस पर बेहिसाब रुपए खर्च किए जा सकते थे, और इस खर्च का लेखा-जोखा उतना ही कठिन था जितना सड़े पानी में उठनेवाले बुलबुलों की गिनती करना, और सांस्कृतिक उत्थान पर होने वाले खर्च की किसी सम्भावित जिम्मेवारी से बचा जा सकता था। मल्लू द्वारा सांस्कृतिक उत्थान पर विशेष जोर देने का दूसरा कारण था उसकी सांस्कृतिक अभिरुचि, जिसे उसके बचपन से ही असाधारण रूप से प्रोत्साहन मिला था। वह आठ वर्ष की उम्र से अठारह वर्ष की उम्र तक एक भाँड नृत्य-मंडली का प्रधान नर्तक रहा था, और नृत्य के क्रम में नगाड़े की हर चोट पर ज़मीन से पाँच फीट ऊपर उठ जाता था। मुख्यमंत्री बनने

के बाद उसने तय किया कि सर्वप्रथम वह नृत्य कला के प्रोत्साहन पर ध्यान केन्द्रित करेगा, जिससे दलितों, गलितों, पिछड़ों और हिजड़ों के उत्थान के साथ–साथ उसको अपनी शक्ति और यश में भी वांछित अभिवृद्धि होगी। इसके लिए उसने एक योजना बनाई और उसका कार्यान्वयन प्रारम्भ किया। प्रान्त के विभिन्न नगरों में दलितों, गलितों, पिछड़ों और हिजड़ों के सांस्कृतिक उत्थान का कार्य सामाजिक न्याय दल के छोटे–बड़े नेताओं को सौंपा गया, लेकिन मल्लू गोप ने उनके लिए अनुकरणीय उदाहरण स्वयं प्रस्तुत किया। वह मुख्यमंत्री के बंगले पर ही सांस्कृतिक उत्थान के कार्य में लग गया, और उसके लिए विशेष नक्शे के अनुसार कमरे बनवाए।

नवनिर्मित कमरों में से एक में साड़ियों, साबुन, सुगंधित तेल, आलता, क्रीम, काजल, पाउडर और प्रसाधन के अन्य सस्ते समानों का अम्बार लगा रहता, जो सांस्कृतिक उत्थान के कार्यक्रम में भाग लेने के लिए आई महिलाओं के बीच बाँटे जाते। यह कार्य हर तीसरे दिन सम्पादित किया जाता था, जब किसी एक वर्ग की एक सौ महिलाओं को आमन्त्रित किया जाता था। सांस्कृतिक उत्थान के लिए बने कमरों के पार्श्व में दो दर्जन नल लगाए गए थे, जहाँ ये महिलाएँ साबुन से स्नान करती थीं, सुगंधित तेल, क्रीम और प्रसाधन की अन्य वस्तुएँ लगाती थीं, और रात्रि में सम्पन्न होने वाले उत्थान के कार्यक्रम के लिए तैयार होती थीं।

जब ये महिलाएँ स्नान और प्रसाधन कर रही होतीं, मल्लू गोप बंगले के किसी कमरे की खिड़की के पास बैठकर उन्हें निहारता और विभिन्न कोणों से उनकी तस्वीरें खींचता। वह इन तस्वीरों की, और कमरे में लगे शक्तिशाली दूरबीनों की, मदद से ऐसी बीस महिलाओं का चयन करता, जिनके सांस्कृतिक उत्थान के लिए उस रात को विशेष प्रयत्न करना होता।

मल्लू गोप रात के दस बजते-बजते नृत्य-कक्ष में प्रवेश करता जहाँ चार नगाड़ों की गड़गड़ाहट से उसका स्वागत होता। नगाड़ा मल्लू का प्रिय वाद्य था और जब वह अपना प्रसिद्ध महिष-नृत्य करता था तो आठ नगाड़े बजते थे। मल्लू के नृत्य कक्ष में प्रवेश करने के दस मिनट के अन्दर सांस्कृतिक उत्थान नृत्य का अनुष्ठान प्रारम्भ हो जाता था। मल्लू नगाड़ों के सामने चहलकदमी करता हुआ बारी-बारी से अपने सारे कपड़े उतारता, और प्रकृति-प्रदत्त वस्त्रों को धारण किए हुए नगाड़ों को भक्ति भाव से प्रणाम करता। तत्पश्चात नगाड़ों के वादक अपने कपड़े उतारते और प्रकृति-प्रदत्त वस्त्रों में नगाड़ों के सामने खड़े होकर उन्हें भक्ति भाव से प्रणाम करते। सांस्कृतिक उत्थान नृत्य के लिए चयनित महिलाएँ भी वही करतीं। वस्तुतः जाति का ही दूसरा नाम वर्ग था, इस कारण नृत्यांगनाओं के चयन में किसी कठिनाई की सम्भावना नहीं थी, और उत्थान नृत्य के जोश में किसी तरह की कमी नहीं होती। नृत्य के समाप्त होने पर उसमें भाग लेने वाली हर महिला को एक साड़ी, एक पेटीकोट और एक सौ रुपए मिलते।

मल्लू के हृदय में हिजड़ों के लिए विशेष कमजोरी थी, और वह उनके सांस्कृतिक उत्थान के लिए भी प्रयत्नशील था। इसके लिए वह हफ्ते में एक बार हिजड़ा-नृत्य का आयोजन करता था। हिजड़ा-नृत्य में भी उसी प्रक्रिया को अपनाया जाता, जो दलितों और पिछड़ों की महिलाओं के सांस्कृतिक उत्थान के लिए आयोजित नृत्य के लिए निश्चित थी; लेकिन नृत्य का स्वरूप कुछ भिन्न था। मल्लू हर हिजड़े की वैयक्तिक विशेषताओं का गहराई से अध्ययन करता और नृत्य के समय उसके साथ विशेष पद्धति का प्रयोग करता। हिजड़ों के सांस्कृतिक उत्थान की कला में उसे मर्मज्ञता हासिल थी, और वह इसका उपयोग पूरे मनोयोग से करता था। उनके बीच साड़ी, ब्लाउज, पेटीकोट, टिकुली, बिंदी, रिबन, सुगंधित तेल, काजल, सुरमा, क्रीम, पाउडर आदि का वितरण वह स्वयं करता था, और जो हिजड़ा उसे प्रिय लगता उसे सजाने में समय और श्रम के उपयोग में कोई कँजूसी नहीं करता था।

मल्लू गोप के द्वारा दलितों, गलितों, पिछड़ों और हिजड़ों के उत्थान के लिए किए जानेवाले कार्य की धूम न सिर्फ कुसुमांचल में, बल्कि पूरे सुदेश में थी। अधिकांश लोग इस बात को जानते थे कि यह सरकारी खजाने की लूट पर एक पर्दा के सिवा कुछ नहीं था, लेकिन इस बात को कहने की हिम्मत किसी में नहीं थी, क्योंकि इसके खतरनाक परिणाम हो सकते थे। मल्लू के जन-प्रेम की चर्चा हर जगह होती थी, और इतिहासकार उसके शासन की तुलना रोम के प्रसिद्ध सम्राट नीरो के शासन से करते थे। मल्लू को विरोध से भारी चिढ़ थी, और जो कोई भी अपनी बात या काम से उसे अप्रसन्न करने की गलती करता था, उसे कुचल डालने के लिए कदम उठाने में विलम्ब नहीं करता था।

लोगों को याद है कि एक बार भिखारी औरतों ने जब मल्लू के सांस्कृतिक उत्थान के कार्यक्रम में सहयोग देने से इन्कार किया था तब मल्लू ने उन्हें ऐसा सबक सिखाया था कि अन्य वंचित वर्गों के लोग भी थर्रा गए थे, और तत्पश्चात् उसके उत्थान के कार्यक्रम का विरोध करने की हिम्मत किसी ने कभी नहीं की थी। हुआ यह कि उस समय मल्लू भिखमंगों के उत्थान का कार्यक्रम चला रहा था, और स्थापित नियमों के अनुसार एक सौ भिखारी औरतों को मुख्यमंत्री के निवास पर इकट्ठा होना था। लेकिन प्रान्त में भिखारियों की संख्या तेजी से बढ़ रही थी, और एक सौ के बदले दस हजार भिखारी मर्द और औरतें इकट्ठा हो गईं। उन्होंने सोचा कि मल्लू ने उनके बीच साड़ी और धोती के वितरण के लिए उन्हें बुलाया है। उनका यह ख्याल था कि मल्लू, जो सरकारी खजाने का बिना किसी नियन्त्रण के उपयोग करता था, जितनी साड़ियाँ और धोतियाँ चाहे लोगों के बीच बँटवा सकता था। इस योजना में चौगुना लाभ था; वह पचीस रुपए की साड़ी या धोती को एक सौ पचीस रुपए की बताकर चौगुने अर्थ और धर्म की उपलब्धि कर सकता था। लेकिन मल्लू हर काम करने के पहले उसके दूरगामी परिणाम का आकलन कर लेता था, और यद्यपि

लोगों को ऐसा प्रतीत होता था कि वह तात्कालिक मनोदशा से संचालित होता है, वात इसके विपरीत थी।

मल्लू ने अपने बंगले के बाहर भिखमँगों और भिखमँगिनों की भीड़ देखी, और वह क्रोध से आग-बबूला हो गया। इस भीड़ ने निरुद्देश्य अर्थ–व्यय के अलावे एक अन्य समस्या खड़ी कर दी थी, और वह थी सांस्कृतिक उत्थान ने कार्यक्रम के भाग लेने के लिए योग्य व्यक्तियों के चयन की। इतनी बड़ी भीड़ में इस कार्य के लिए बीस महिलाओं का चयन आसान नहीं था। मल्लू ने निश्चय किया कि वह समस्या का ऐसा समाधान करेगा कि यह दुबारा सिर नहीं उठाएगी।

उसने सामाजिक न्याय दल के सिपहसालारों से, जो हमेशा उसे घेरे रहते थे, चिल्लाते हुए कहा, ''क्या आप लोग देख नहीं रहे कि भुक्खड़ों की सेना ने हमला बोल दिया है, और इनकी योजना मुख्यमंत्री निवास पर कब्जा करने की है? क्या आप सामाजिक न्याय दल द्वारा कुसुमांचल में लाई गई क्रांति को इसी तरह धूल में मिलने देंगे? क्या आप लोग चाहते हैं कि भिखमंगे सत्ता पर हावी हो जाएँ और सामाजिक न्याय दल की सारी योजनाओं पर पानी फेर दें? नहीं, हम ऐसा कदापि नहीं होने देंगे। जाइए, इन भुक्खड़ों पर पूर्ण विजय प्राप्त करने में पुलिस की मदद कीजिए। मैंने फोन से प्रान्त के पुलिस प्रमुख को आदेश दे दिया है, और वह पुलिस की एक बटालियन के साथ आता ही होगा। सामाजिक न्याय दल के एक सहस्त्र जवानों को कहिए कि वे इस शुभकार्य में पुलिस का सहयोग दें, और दुनिया के दिल में सामाजिक न्याय दल के कार्यकर्ताओं के लिए भय का भूत बैठा दें।''

सामाजिक न्याय दल के नेताओं के दिल में मल्लू के प्रति भक्ति का प्रबल भाव था, और वे उसकी इच्छा की पूर्ति के लिए कुछ भी करने को तैयार रहते थे। मल्लू के आदेश के आधे घण्टे के अन्दर दो हजार सिपाहियों और सामाजिक न्याय दल के कार्यकर्ताओं ने बंदूकों और लाठियों से सुसज्जित हो, भिखारियों की भीड़ पर आक्रमण किया। भिखमंगे और भिखमंगिनियाँ जान लेकर भागे, लेकिन पुलिस के जवानों और सामाजिक न्याय दल के कार्यकर्ताओं ने उत्साह और सतर्कता से अपना कार्य सम्पादित किया, और दो दर्जन से ऊपर लाशें घटनास्थाल पर गिरीं। सैकड़ों के सिर फूटे और हाथ-पैर टूटे, और धरती मीलों तक लाल रंग की निराकार पेंटिंग से ढक गई।

इस घटना के बाद मल्लू के सांस्कृतिक उत्थान के कार्यक्रम में वांछित व्यवस्था आ गई, और कभी किसी ने उसमें अड़चन पैदा करने का साहस नहीं किया।

सद्भाव

कुसुमांचल का मुख्यमंत्री बनने के पहले ही मल्लू गोप ने निश्चय कर लिया था कि वह पचास वर्षों तक गद्दी नहीं छोड़ेगा और इस उद्देश्य की प्राप्ति के लिए दूरगामी उपाय करेगा। वह अपराधकर्मियों की एक बड़ी फौज बनाएगा और जितना बड़ा अपराधकर्मी होगा उसे प्रशासन में उतना ही ऊँचा स्थान देगा। उसका विश्वास था कि अपराधकर्मियों की फौज, स्वयं अपने हित में, अनंतकाल तक उसका समर्थन करती रहेगी, और वह जीवनपर्यंत कुसुमांचल का मुख्यमंत्री बना रहेगा।

सामाजिक न्याय दल के राजनीतिक और नैतिक दर्शन का विस्तार करते हुए मल्लू ने अपनी सरकार के सामने द्विसूत्री कार्यक्रम रखा। कार्यक्रम का पहला भाग यह था कि स्वार्थपरता को मानव जीवन के सबसे बड़े आदर्श के रूप में प्रतिष्ठित किया जाए। प्रेम, दया, उदारता, त्याग, पर-सेवा और ऐसी कमजोरियों को सर्वथा त्याज्य और अस्पृश्य बना दिया जाए ताकि सभी स्वार्थ-सिद्धि के लिए किसी भी नीचता पर उतरने के लिए तैयार रहें, और सबके हृदय में अपराध और अपराधकर्मियों के लिए आदर की भावना वर्तमान रहे। उसके कार्यक्रम का दूसरा भाग था समाज में हर तरह के विद्वेष और संघर्ष का प्रोत्साहन। वह चाहता था कि लोग जाति और धर्म के नाम पर; संस्कार और संस्कृति के नाम पर, बोली और भाषा के नाम पर, एक-दूसरे का गला काटते रहें, और कुसुमांचल में रक्तपात और विध्वंस की ऐसी समां बनी रहे कि सभी रक्षा के लिए उसकी शरण में दौड़ें। तब ऐसी स्थिति आ जाएगी कि उसका विरोध करने का साहस किसी में नहीं रहेगा, वह जीवनपर्यन्त राज करेगा, और उसके बाद उसके वंशज शताब्दियों तक गद्दी पर रहेंगे।

अपने परामर्शदाताओं से विचार-विमर्श करने के बाद मल्लू इस निष्कर्ष पर पहुँचा कि अपने दूरगामी उद्देश्यों की सिद्धि के लिए कुसुमांचल के प्रशासन को पूरी तरह से भ्रष्ट बना देना आवश्यक है ताकि वह उसे सत्ता में बनाए रखने के लिए निरन्तर प्रयत्नशील रहे। हर सरकारी कर्मचारी को इस तरह पतित बना देना आवश्यक था कि वह अपमान और लज्जा की कमजोरियों से ऊपर उठ जाए, और सिर्फ अपने स्वार्थ की बात सोचे। इससे ऐसे शासन-तन्त्र का विकास होगा जिसकी रीढ़ नहीं

होगी और जो इतना अधिक भय-ग्रस्त रहेगा कि हमेशा उसकी भ्रू-भंगिमाओं की भाषा पढ़ने के लिए आतुर रहेगा ताकि उसकी किसी इच्छा की पूर्ति में विलम्ब न हो।

मल्लू के गण कुसुमांचल के सरकारी अफसरों की बीवियों और बेटियों पर विशेष नजर रखते थे क्योंकि वे जानते थे कि उनका उपयोग सरकारी माल की तरह करने पर ये अफसर स्वयमेव नैतिक मर्यादाओं से ऊपर उठ जाएँगे और उनकी हर आज्ञा का पालन पूरी लगन से करेंगे। ये गण इन औरतों को पहले मल्लू की सेवा में प्रस्तुत करते थे और उसके बाद उनका उपभोग स्वयं, मन्दिर की देवदासियों की तरह, करते थे। ऐसी हर स्त्री के सम्बन्ध में पूरा विवरण मल्लू का पास पहुँचा दिया जाता था और जो स्त्री उसे पसन्द आ जाती उसे यथाशीघ्र उसकी सेवा में भेजने की व्यवस्था की जाती। लेकिन कुछ कटु अनुभवों के बाद उसने अपने गणों को आदेश दिया कि किसी भी माल की पूरी जाँच करने के बाद ही उसे उसकी सेवा में उपस्थित किया जाए। यहाँ जिस घटना का वर्णन किया जा रहा है वह उन्हीं में से एक है जिनके कारण मल्लू ने अपने गणों को नए निर्देश निर्गत किए।

मल्लू की नजर ऐसे अफसरों की पत्नियों और बेटियों पर विशेष रूप से रहती थी जो उसकी इच्छा के बदले नियम और कानून को अधिक महत्व देते थे। वह ऐसे लोगों से घोर घृणा करता था और कोशिश करता था कि उन्हें अपमान के ऐसे दलदल में ढकेल दिया जाए जिससे मुक्ति का कोई मार्ग न हो। उसे एक ऐसे अफसर की ख़बर मिली जो एक जिलाधिकारी था और जो शांति और प्रगति के लिए नियम—कानून के पालन में विश्वास करता था। वे थे अमल सेन जो कुसुमांचल की प्रशासकीय सेवा के एक ऊँचे अधिकारी थे। मल्लू को वह कदापि पसन्द नहीं था कि विधि-सम्मत नियमों का पालन किया जाए और कोई ऐसा काम किया जाए जिसमें समाज में व्याप्त अराजकता और असंतोष में कमी हो। यह बात कुसुमांचल के शासन—तंत्र के लिए मुश्किलें पैदा कर सकती थी। मल्लू ने अमल सेन के पारिवारिक जीवन से सम्बन्धित आवश्यक सूचना एकत्र की और तत्पश्चात् उनका तबादला कुसुमपुर में, प्रांत के सचिवालय में, कर दिया। उसने उनके निवास के लिए कुसुमपुर में एक बड़ा सरकारी बंगला आवंटित करवाया जो मुख्यमंत्री के निवास से दो फर्लांग की दूरी पर था।

नए बंगले में अमल सेन को हर सुख-सुविधा थी, और वे समझ नहीं पाए कि उनके प्रति मल्लू की विशेष कृपा किस कारण है। उन्होंने एक जिलाधिकारी के रूप में मल्लू के आदेशों को, जो हर तीसरे दिन पहुँचते रहते थे, अनसुना कर दिया था, और विधि-सम्मत नियमों का पालन किया था। जिलाधिकारी के पद से हटाकर सचिवालय में पद-स्थापन, जो मल्लू की अप्रसन्नता का परिचायक माना जाता था,

उनकी मानसिक उलझन को अधिक बढ़ा रहा था, क्योंकि यहाँ उन्हें उस उपेक्षा का सामना नहीं करना पड़ा था जो ऐसे पद-स्थापन से जुड़ी हुई थी। उनका विश्वास था कि इस पद–स्थापन के पीछे कोई योजना थी, लेकिन बहुत प्रयत्न के बाद भी वे इस योजना को समझ नहीं पा रहे थे। उनके सामने एक ही विकल्प था–प्रतीक्षा। वे मल्लू से दूरी बनाए रखना चाहते थे, लेकिन इसके लिए उनके पास कोई रास्ता नहीं था। वे जानते थे कि मल्लू एक धूर्त और क्रूर व्यक्ति है, और उसका कोई क़दम निष्प्रयोजन नहीं होता; लेकिन वे परिस्थितियों के चंगुल में इस तरह फँस गए थे कि मुक्ति का कोई मार्ग दृष्टिगोचर नहीं होता था।

अमल सेन के परिवार के नए बंगले में आने के चार दिनों के बाद ही मल्लू गोप ने उन्हें अपनी कोठी में चाय पर आमन्त्रित किया। अमल सेन की पत्नी नेहा सेन, जो तीस वर्ष की थी और दो बच्चों की माँ थी, एक सुन्दर और मिलनसार महिला थी। वह मल्लू द्वारा की गई आवभगत से बहुत प्रभावित हुई। मल्लू की भाँड–लीला ने इसमें सोने में सुहाग का काम किया, और वह जब तक मुख्यमंत्री निवास में रही, ठहाके पर ठहाके लगाती रही। अमल सेन गम्भीर और गुमसुम बने रहे, लेकिन नेहा सेन खुशी के सातवें आसमान पर थी। बातों के क्रम में मल्लू गोप ने जान लिया कि नेहा सेन, जो सुन्दर होने के साथ-साथ महत्त्वाकाँक्षी भी है, किसी सरकारी कॉलेज में व्याख्याता का पद पाने के लिए उत्सुक है।

एक हफ्ता बाद मल्लू गोप ने अमल सेन को सरकारी काम से देश की राजधानी देवल भेज दिया। देवल में दस दिनों का काम था, इस कारण अमल सेन वहाँ पर ही रूक गए। अमल सेन के देवल जाने के दूसरे दिन ही मल्लू गोप ने नेहा सेन का रात्रि भोजन पर आमंत्रित किया। नेहा सेन पहले तो हिचकी, लेकिन बाद में यह सोचकर कि मुख्यमंत्री के आमन्त्रण को ठुकराना उचित नहीं, उसने आमन्त्रण को स्वीकार कर लिया। उसके दोनों लड़के एक बोर्डिंग स्कूल में थे, इस कारण उनके चलते उसे कोई परेशानी नहीं थी। नेहा सेन ने मल्लू के आमंत्रण के सम्बन्ध में अपने पति को सूचित करने की, या उनसे परामर्श लेने की, कोई जरूरत नहीं समझी।

दूसरे दिन आठ बजे शाम को मुख्यमंत्री निवास से एक गाड़ी अमल सेन के बंगले पर गई। नेहा सेन, जो उसका बेसब्री से इन्तजार कर रही थी, तुरन्त गाड़ी में बैठ गई। लेकिन गाड़ी उसे मुख्यमंत्री के निवास पर ले जाने के बदले शहर के बाहर स्थित एक डाकबंगले पर ले गई जो मल्लू के रात्रि विश्राम के लिए रिजर्व रहता था।

मल्लू ने उसके कंधे पर हाथ रखकर उसका स्वागत किया, और उसे सोफे पर अपने पार्श्व में बैठाया। नेहा सेन सकते में आ गई, लेकिन उसका विरोध करने का साहस नहीं जुटा पाई। मल्लू बोला, ''नेहाजी, मैं जिसे चाहता हूँ उस पर अपनी जान की बाजी लगा देता हूँ। आपने किसी सरकारी कॉलेज में व्याख्याता की नौकरी

की इच्छा प्रकट की थी। मैंने आप की नौकरी शहर के सबसे नामी कॉलेज में लगा दी है। यह रहा आपका नियुक्ति पत्र।''

नेहा सेन ने सोचा था कि मल्लू गोप ने उसे खाने पर मुख्यमंत्री निवास में बुलाया है जहाँ उसके परिवार के अन्य सदस्य भी होंगे। अपने आप को मल्लू के साथ एक डाक बंगले में अकेले पाकर उसका उत्साह ठण्डा पड़ गया था। उसने मल्लू द्वारा दिए गए नियुक्ति-पत्र को ले लिया और बुझी हुई आवाज़ में कहा, ''धन्यवाद, महाशय।''

एक क्षण बाद उसने कहा, ''महाशय, आपने मेरे समान नारी को खाने पर बुलाया, इसके लिए धन्यवाद! मैंने आपकी आज्ञा का पालन किया और आ गई। लेकिन मैं कुछ खा नहीं सकूँगी। पिछले दो महीनों से मेरी तबीयत खराब है। अब आप मुझे मेरे घर भेजवा दें तो बड़ी कृपा होगी।''

मल्लू एक मिनट तक उसकी तरफ ध्यान से देखता रहा, फिर बोला, ''नेहाजी, जब आप की तबीयत खराब है तो खाना कैसे खाइएगा? नहीं, मैं खाना खाने के लिए जोर नहीं दूँगा।''

कुछ मिनटों के बाद एक नौकर दो कप कॉफी ले आया और मेज पर रखकर चला गया। मल्लू एक कप को स्वयं लाकर नेहा सेन को देता हुआ बोला, ''लीजिए, कॉफी पीजिए। मैं नहीं चाहता कि मेरे मेहमान मुझसे नाराज होकर जाएँ।''

कॉफी पीने के दो मिनटों के बाद नेहा सेन को बेहोशी-सी होने लगी और वह सामने की मेज पर सिर रखकर सो गई। मल्लू ने उसे उठवाकर शयन कक्ष में पलंग पर रखवा दिया, और रात उसके साथ बिताई। सवेरा होने के पहले ही उसने उसे गाड़ी से उसके बंगले पर भेज दिया।

अमल सेन को देवल गए एक हफ्ता ही बीता था; अभी उन्हें और तीन दिनों तक वहाँ रुकना था। नेहा सेन ने सोचा कि उन्हें सारी बात फोन पर कह दे और उन्हें घर बुला ले। लेकिन उसने पूरी घटना पर ठण्डे दिमाग से विचार किया और इस निष्कर्ष पर पहुँची कि उसे अपने ही स्तर पर समस्या का समाधान खोजना चाहिए। उसे समस्या का जो समाधान सूझा वह ऐसा था कि उसे दूसरों के सामने प्रकट करने से उलझन बढ़ सकती थी। उसका विश्वास था कि मल्लू अपने कार्यक्रम की सफलता से आह्लादित होगा, और इस बात के प्रति आश्वस्त होगा कि उसकी सफलता से उसमें भी मनोनुकूल परिवर्तन आया होगा। वह नए सम्बन्ध को विकसित करने की, और उसे स्थायित्व प्रदान करने की, कोशिश करेगा। इस कारण नेहा सेन ने उचित कार्रवाई के लिए पूरी तैयारी कर ली।

दो दिनों के बाद ही उसके पास रात के भोजन के लिए मल्लू गोप का आमन्त्रण आया। उसने बिना किसी विलम्ब के उसमें शामिल होने की स्वीकृति दे दी। रात

के नौ बजे मुख्यमंत्री निवास से गाड़ी आई और उसे उसी डाक बंगले में ले गई जहाँ उसे पिछली बार ले जाया गया था।

खाने की मेज पर अनेक पकवान थे और शराब की बोतलें थीं। नेहा सेन ने एक बोतल खोली, दो गिलासों में शराब ढाली, और एक गिलास मल्लू गोप की तरफ बढ़ाई। मल्लू ने गिलास को ऊपर उठाया, उसे नेहा सेन के गिलास से छुआया, और बोला, ''मेरी प्यारी, तुम नहीं जानती कि मैं तुमसे कितनी मुहब्बत करने लगा हूँ। मेरा वश चले तो मैं तुम पर सारी दुनिया लुटा दूँ। लो, मेरे गिलास की शराब तुम पीओ और तुम्हारे गिलास की शराब मैं पीऊँगा। मैं चाहता हूँ कि हमारे बीच की दूरी सदा के लिए मिट जाए।''

उसने अपनी गिलास नेहा सेन को दे दी, और उसकी गिलास उठा ली। नेहा सेन का चेहरा सफेद पड़ गया, लेकिन दूसरे ही क्षण उसने गिलास को खाली कर दिया।

दो मिनटों के बाद वह बेहोश हो गई और आधा घण्टा बीतते-बीतते उसके प्राण-पखेरू उड़ गए। उसने उस गिलास में अत्यन्त शक्तिशाली विष डाल दिया था।

मल्लू ने उठकर उसकी लाश को दो लात लगाई और बड़बड़ाया—''इसने मल्लू को लल्लू समझ लिया था।''

फिर उसने बाहर आवाज़ लगाई—''कोई है? इस लाश को उठा ले जाओ और पद्मावती में फेंक दो। उस दूसरी औरत को मेरे पास भेजो।''

मोक्ष

कुसुमपुर से एक सौ मील पश्चिम एक सामंती रियासत थी—पद्मपुर। देश की आजादी के कुछ साल बाद तक यह रियासत एक प्रगतिशील रियासत के रूप में जानी जाती थी। जनता खुशहाल थी और रियासत की आमदनी अच्छी थी। पद्म पुर में रियासत द्वारा संचालित एक शिक्षा-संस्थान था जिसमें शिशु वर्ग से लेकर स्नातक वर्ग तक की पढ़ाई की व्यवस्था थी। संस्थान में सह-शिक्षा होती थी, लेकिन अनुशासन इतना अच्छा था कि किसी तरह की अशांति की बात कभी नहीं सुनी गई। रियायत में हर दो गाँव पर एक प्राथमिक विद्यालय था और साक्षरता पचास प्रतिशत से ऊपर थी। पद्मपुर नगर में एक अस्पताल भी था जहाँ मुफ्त दवा मिलती थी, और जहाँ डॉक्टर लोग समय पर आते थे और अपने पूरे कार्य-काल तक उपस्थित रहते थे।

इसका श्रेय रियासत के मालिक समरेश सिंह को जाता था जो, पिता की मृत्यु के बाद, पचीस वर्ष की उम्र में, रियासत के मालिक हुए और जिनकी मृत्यु पचपन वर्ष पहले, विचित्र परिस्थितियों में हुई। समरेश सिंह के पिता ने अपने पुत्र को देश में उपलब्ध सर्वोत्तम शिक्षा दिलवाई थी, और जैसे ही बेटे की शिक्षा पूरी हुई, उन्होंने लड़की पसंदकर उसकी शादी कर दी। वे लड़के की शादी के दो महीने के अन्दर चल बसे, मानो इसी शुभ कार्य की प्रतीक्षा कर रहे थे। उनकी मृत्यु के महीने भर के अन्दर उनकी पत्नी ने दूसरे लोक में उनका अनुसरण किया, मानो उन्होंने इसकी तैयारी पहले से कर रखी हो।

समरेश सिंह के राजा होने के पहले पद्म पुर देश की अन्य पिछड़ी रियासतों की तरह था, जिसमें न शिक्षा का प्रसार था, न अच्छी सड़कें थीं, और न खेती के लिए पटवन की अच्छी व्यवस्था थी। रियासत की आमदनी चार लाख रुपए अवश्य थी, लेकिन इसके लिए किसानों और व्यापारियों को अपमानित और दण्डित होना पड़ता था। समरेश सिंह के शासन-काल में रियासत की आमदनी दस गुनी से भी अधिक हो गई, लेकिन उसके लिए किसी को अपमानित या दण्डित नहीं होना पड़ता था। किसानों और व्यापारियों में इतनी सम्पन्नता थी कि स्वेच्छा से, ठीक समय पर, कर चुका देते थे। समरेश सिंह ने रियासत की आमदनी को रास—रंग पर खर्च नहीं

किया—ऐसा लगता था कि रास-रंग में उनकी रुचि थी ही नहीं; उन्होंने उसे स्कूल और अस्पताल बनवाने में, सड़कों और नहरों के निर्माण में, बिना भेद-भाव के सुशासन और न्याय देने में, खर्च किया। उनकी एक ही कमजोरी थी—उनका महल; उन्होंने अपने महल का ऐसा पुनर्निर्माण कराया कि वह बड़े-बड़े रजवाड़ों और जागीरदारों की ईर्ष्या का कारण बन गया। महल में पुस्तकालय का जीर्णोद्धार कराकर उन्होंने उसमें ऐसी अच्छी-अच्छी पुस्तकें रखवाईं कि दूर-दूर से शोधकर्ता आने लगे। उनकी पत्नी रानी राजेश्वरी ने अपने पति का पूरा साथ दिया; लगता था कि दोनों ने एक ही संस्थान में ट्रेनिंग पाई थी, और दोनों की अभिरुचियाँ समान थीं।

पद्मपुर की रियाया का सबसे बड़ा दुःख था राजा समरेश सिंह और रानी राजेश्वरी का निस्संतान होना। यद्यपि राजा और रानी के माथे पर इस कारण बल पड़ा हो, यह किसी से नहीं देखा था। महल में भी किसी भृत्य या दासी ने संतान के सम्बन्ध में बातें करते उन्हें कभी नहीं सुना, मानो संतान की बात उनके मस्तिष्क में कभी आती ही नहीं थी। रानी राजेश्वरी का धर्मग्रन्थों से अपने पति की अपेक्षा कुछ अधिक लगाव था, और जब वे महल में अकेली होतीं अपना अधिक समय उनके पारायण में लगातीं।

देश स्वतन्त्र हुआ और अधिकांश राजे-रजवाड़े किसी न किसी राजनीतिक दल में शामिल होकर संसद और विधान-सभाओं के सदस्य, और केन्द्र और राज्यों में मन्त्री, बन गए। लेकिन राजा समरेश सिंह और रानी राजेश्वरी देवी ने ऐसी कोई अभिरुचि नहीं दिखाई, और वे अपनी रियासत के लोगों के जीवन को बेहतर बनाने में इस तरह लगे रहे मानो उसी पर उनकी जीविका निर्भर करती हो।

देश की रियासतों के अधिग्रहण की बात हवा में आ गई, लेकिन राजा समरेश सिंह अपने दैनन्दिन कामों में इस तन्मयता से लगे रहे जैसे उन्हें अपने पद के ऊपर मंडराते खतरे की कोई जानकारी नहीं हो। वे अपनी रियासत की जनता के सुख-दुख से इस तरह बँध गए थे कि उन्हें उसके बाहर की दुनिया में कोई दिलचस्पी नहीं थी और न भविष्य के सम्बन्ध में कोई योजना थी। वे रानी राजेश्वरी से भी अपने या उनके भविष्य की कोई चर्चा नहीं करते, मानो सब कुछ पूर्वनिश्चित हो और उसके सम्बन्ध में बातें करने की कोई जरूरत नहीं हो।

उन्होंने एक दिन अपराह्न में अपने प्रिय ड्राईवर को बुलाया और कहा, ''राम प्रसाद, हम कल शिकार खेलने चलेंगे। बहुत दिनों से इच्छा थी, लेकिन कुछ तय नहीं कर पा रहा था। सुना है सुवर्णा के पार के जंगलों में तीतर और मयूर रहते हैं। कल सुबह आठ बजे तक नाश्ता करके तैयार रहना। लौटने में देर होने की सम्भावना है, इस कारण दो सुरक्षा प्रहरी रहेंगे। अधिक लोगों को साथ लेने की जरूरत नहीं।''

रानी राजेश्वरी भी उनकी बगल में बैठी हुई थी। ड्राइवर समझ गया कि रानी भी राजा के साथ शिकार खेलने जाएँगी। उसे ऐसे अभियान की बात सुनकर आश्चर्य

हुआ क्योंकि उसे स्मरण नहीं था कि इसके पहले राजा कब शिकार खेलने गए थे। उसका ऐसा अनुमान था कि उनका शिकार में या भोग-विलास में, कोई दिलचस्पी नहीं। इस कारण उनकी शिकार करने की योजना के बारे में सुनकर उसे सुखद आश्चर्य हुआ। राजा-महाराजाओं की ऐसी कमजोरी होनी ही चाहिए, अन्यथा उनमें और साधारण लोगों में क्या अन्तर रह जाएगा? लेकिन उसे जहाँ तक मालूम था, सुवर्णा के पार के जंगलों में तीतर और बटेर भी नहीं रहते थे, मयूरों के होने की बात कौन कहे? लेकिन क्या यह भी कम था कि राजा समरेश सिंह ने शिकार के लिए जाने की योजना बनाई थी? और कुछ हो या नहीं, इससे उनका मन, कुछ देर के लिए ही सही, अवश्य बहल जाएगा। उसने दो गाड़ियाँ तैयार करवाई, एक राजा समरेश सिंह और रानी राजेश्वरी के लिए, और दूसरी अंगरक्षकों के लिए, और दूसरे दिन सुबह में आठ बजते–बजते दोनों गाड़ियाँ महल के सामने लग गईं। राजा और रानी इस अभियान के लिए तैयार बैठे थे। ड्राइवर ने लक्ष्य किया कि दोनों के चेहरों पर प्रसन्नता की मुस्कराहट थी, मानो इस अभियान के कारण वे अपनी सारी चिन्ताओं से मुक्त हो गए हों। उनके साथ दो रिवाल्वर थे, एक राजा के हाथ में और दूसरी रानी के हाथ में। ड्राइवर को यह सोचकर अधिक सुखद आश्चर्य हुआ कि रानी भी शिकार करने के लिए तैयार थीं।

गाड़ियाँ बारह बजते-बजते सुवर्णा के तट पर पहुँची। तट के पार्श्व में स्थित झारखंडी शिव के मन्दिर के पास, जो शताब्दियों पुराना था और जिसकी दीवारों पर उगे अस्वत्थ और वट के वृक्ष आसमान के चंदोवे का स्पर्श करने के लिए एक दूसरे से होड़ लगा रहे थे, सड़क का अन्त हो जाता था। जब गाड़ियाँ मन्दिर के पास पहुँची, राजा ने कहा, ''आप लोग यहाँ पर ही रुकें। वन में अधिक लोगों के जाने से पक्षी उड़ जाएँगे, और हमारी मेहनत व्यर्थ हो जाएगी। मैं और रानी राजेश्वरी जंगल में जा रहे हैं। हम लोग चार-पाँच घण्टों में लौट आएँगे।''

फिर हँसकर बोले, ''यदि हम छह बजे शाम तक नहीं लौटें तो हमारी खोज कर लीजिएगा। इस जंगल में बाघ और शेर तो नहीं रहते, फिर भी कौन जाने।''

राजा और रानी ने झारखण्डी शिव की पूजा की, सागर जैसी पाटवाली सुवर्णा को पार किया, दूसरे तट से हाथ हिलाकर वाहन चालकों और अंगरक्षकों से विदा ली, और जंगल में प्रवेश किया। बसन्त का प्रथम चरण था, और झुरमुटों, झाड़ियों और पेड़ों ने रंग–बिरंगे वस्त्र धारण कर लिए थे। उनके हाथों में इत्रों से भरे पात्र थे जिनसे निकलनेवाली गंध से पूरा बन–प्रांतर सुवासित हो रहा था। राजा और रानी ने उनका अभिवादन स्वीकार किया और आगे बढ़े। सुवर्णा के तट से दस मील की दूरी पर, जहाँ जंगल बहुत घना था, वे एक वृक्ष के नीचे बैठ गए। दर्जनों तीतर और मयूर उनके पास आकर खड़े हो गए, क्योंकि उन्हें पता चल गया था कि राजा

और रानी उनका शिकार करने जंगल में आए हैं। वे नहीं चाहते थे कि राजा और रानी को उनकी तलाश में इधर-उधर भटकना पड़े।

राजा और रानी ने उन्हें देखा, हाथ जोड़कर और मुस्कराते हुए, उनसे विदा ली और अपनी कनपटी में रिवाल्वर सटाकर गोली चला दी।

छह बजे शाम के बाद जब राजा समरेश सिंह और रानी राजेश्वरी देवी झारखंडी शिव के मंदिर के पास नहीं लौटे तो उनके अंगरक्षक एवं चालक उनकी तलाश में निकल पड़े। उन्हें लाश को खोजने में बहुत कठिनाई नहीं हुई, और वे उन्हें लेकर राजमहल में लौट गए।

दूसरे दिन महल के अहाते के एक कोने में उनका अन्तिम संस्कार कर दिया गया। जहाँ उनका दाह-संस्कार हुआ, वहाँ बरसात आते–आते दो वट वृक्ष उग गए। अब वे वृक्ष बड़े हो गए हैं। लोगों का कहना है कि वे राजा समरेश सिंह और रानी राजेश्वरी देवी ही हैं। बसंत-पंचमी के दिन, जिस दिन राजा और रानी की मृत्यु हुई थी, वहाँ एक बड़ा मेला लगता है जो महीनों तक चलता है। लोग वट वृक्षों की पूजा करते हैं और मन्नतें मानते हैं। उनका विश्वास है कि वहाँ की गई कोई प्रार्थना वृथा नहीं जाती है।

पद्मपुर रियासत के अधिग्रहण के बाद राजा समरेश सिंह के आधा दर्जन से ऊपर उत्तराधिकारी प्रकट हो गए और तब से लम्बी कानूनी लड़ाई शुरू हो गई जो अभी तक जारी है, लेकिन महल पर किसी ने दावा नहीं किया। अब वह एक अस्पताल में बदल दिया गया है जहाँ हजारों रोगियों की दवा मुफ्त होती है। वहाँ जो रोगी जाता है उसे अपने कष्ट से मुक्ति जरूर मिलती है। लोगों का विश्वास है कि यह वट वृक्षों का स्पर्शकर बहनेवाली हवा के कारण है जिसमें दिवंगत राजा और रानी की आत्मा बसी है।

सत्याग्रह

रणजीत गोप अपने भाई मनजीत गोप से सिर्फ दस साल बड़ा था, लेकिन उसके हृदय में उसके लिए वैसा ही स्नेह था जैसा पिता के हृदय में पुत्र के लिए होता है। जब वह बीस वर्ष का था उसी समय उसके पिता और माता किसी अज्ञात बीमारी से, एक महीना के अन्तर पर, चल बसे थे। उसने उसे प्यार दिया, और उसकी सुख-सुविधा में किसी तरह की कमी नहीं होने दी। उसकी पत्नी हीरामन ने भी, जो सास-ससुर की मृत्यु के एक साल पहले ससुराल आई थी, और जिसकी कोई संतान नहीं हुई, मनजीत को अपने बेटे की तरह अपना लिया और उसे माँ का प्यार दिया।

परिवार की डेढ़ बीघे ज़मीन थी जिससे भरण-पोषण भर आय नहीं होती थी; लेकिन दो भैंसे भी थीं जिनका दूध बेचकर गुजारे के लिए पर्याप्त पैसे आ जाते थे। रणजीत गोप को खेती के साथ-साथ भैंसों की देख-भाल भी करनी पड़ती थी जिस कारण उनसे उतना लाभ नहीं होता था जितना होना चाहिए था। लेकिन जब मनजीत पन्द्रह साल का हुआ, तब उसने भैंसों की देख–भाल का भार सँभाल लिया; वह उन्हें खिलाता-पिलाता, उनका दूध दुहता, और हर सुबह दूध को दो कनस्तरों में भरकर दस किलोमीटर दूर स्थित कुसुमपुर शहर में बेचने के लिए ले जाता। रेलवे स्टेशन गाँव से एक किलोमीटर की दूरी पर था जहाँ से कुसुमपुर जानेवाली गाड़ी हर दो घण्टे पर मिल जाती थी, और गाँव के आधा दर्जन दूसरे लोग भी दूध बेचने जाते थे। दूध बेचनेवालों से टिकट या भाड़ा माँगने की हिम्मत कोई रेलवे कर्मचारी नहीं करता था, इस कारण कुछ पैसे बच जाते थे। रणजीत ने कुसुमपुर में कुछ ऐसे होटल खोज लिए जहाँ दूध का उचित दाम समय पर मिल जाता था। मनजीत के द्वारा भैंसों की देख-भाल और दूध की बिक्री से परिवार की आमदनी बढ़ गई, और साल बीतते-बीतते उससे शादी के लिए उत्सुक बेटीवाले रणजीत पर दबाव डालने लगे। रणजीत ने भाई के प्रति इस दायित्व के निर्वहन में विलम्ब नहीं किया, और हाथ-पाँव से मजबूत और देह से स्वस्थ लड़की देखकर उसकी शादी कर दी। मनजीत की पत्नी ने, जिसका नाम चम्पा था, घर के सारे काम सँभाल लिए और अपने व्यवहार से परिवार में सबको खुश कर दिया।

लेकिन सबसे अधिक खुश रणजीत की पत्नी हीरामन थी। उसे घर के कामों से छुट्टी मिल गई, और साथ-साथ इतनी इज्जत मिली जो किसी गोतिन को ही नहीं, सास को भी कम ही मिलती है। हीरामन ने अपना भाग्य सराहा, और चूल्हा—चाकी के कामों से मुक्त हो अपना अधिकांश समय साज-शृंगार में लगाना शुरू किया। शादी के दस वर्ष से ऊपर हो गए थे, और अभी तक उसे कोई संतान नहीं थी। यह कमी उसके लिए असहनीय मानसिक पीड़ा का कारण बन गई थी। जब वह घर के कामों में व्यस्त रहती थी, यह पीड़ा कुछ धीमी पड़ जाती थी; लेकिन अब, जब घर के सारे काम चम्पा सँभाल रही थी, इस पीड़ा का बोझ बहुत भारी हो जाता था और वह ईर्ष्या का रूप धारण कर लेती थी। यह ईर्ष्या चम्पा के प्रति थी जो न सिर्फ उम्र में उससे दस वर्ष से अधिक छोटी थी, बल्कि उससे अधिक सुन्दर थी। धीरे-धीरे उसे ऐसा लगने लगा कि चम्पा ने उससे अधिक जवान और सुन्दर होकर उसके प्रति अन्याय किया है, और इस घर में आकर अधिक अन्याय किया है। चम्पा दिन भर घर के कामों में व्यस्त रहती, और रात में सबको खिला-पिलाकर और जूठे बर्तनों को धो-पोंछकर, सोने के लिए जाती। लेकिन हीरामन को यह सोचकर ही पीड़ा होती कि वह अपने पति के साथ सोने गई है। पति के साथ होने से चम्पा को मिलनेवाले सुख की कल्पना कर उसकी पीड़ा द्विगुणित हो जाती।

जब शादी के वर्ष भर के अंदर ही चम्पा ने एक बेटे को जन्म दिया तो हीरामन की ईर्ष्या कई गुना हो गई और चम्पा से सम्बन्धित हर बात उसके अन्दर की आग में ईंधन का काम करने लगी। चम्पा का बेटा अमरजीत अपने पिता मनजीत का प्रतिरूप था, और जब वह 'बड़ी माँ' कहता हुआ अपनी माँ के पास से, जो हर समय घर के कामों में व्यस्त रहती, भागकर हीरामन की गोद में जा बैठता, तो उसे लगता कि उसने सब कुछ पा लिया है, और अब उसे किसी चीज की जरूरत नहीं रह गई है; लेकिन दूसरे ही क्षण उसका खोखलेपन का भाव अधिक गहरा हो जाता, और ईर्ष्या की आग, जो उसके हृदय के कोने में हर समय जलती रहती थी, प्रचण्ड हो जाती, और वह अमरजीत को अपनी गोद से अलग कर देती। वह अमरजीत से अलग रहने का यथासम्भव प्रयास करती, लेकिन उसका मन उसकी झलक पाने के लिए और उसकी आवाज सुनने के लिए बेचैन रहता। चम्पा की सेवा के बावजूद उसके व्यवहार में रूक्षता आती गई, और उसके अन्दर की कटुता उसके व्यवहार में परिलक्षित होने लगी।

शादी के बाद मनजीत ने दूध का कारोबार सँभाल लिया था, और दो वर्षों के अन्दर ही, उसने बैंक से कर्ज लेकर, दूध से मक्खन निकालनेवाली एक मशीन बैठा दी थी। उसका अपने ग्राहकों से व्यवहार इतना अच्छा था कि उसके दूध के पैसे ठीक समय पर मिल जाते थे, और मशीन से भी अच्छी आमदनी होने लगी। उसने कुसुमपुर में ही, जहाँ वह दूध बेचने जाता था, एक बैंक में खाता खोल दिया

और बचत के पैसे उसी में जमा करने लगा। बैंक का खाता उसके और रणजीत के नाम से साझा था, लेकिन चूँकि रणजीत पढ़ा-लिखा नहीं था, खाते का हिसाब मनजीत स्वयं करता था, लेकिन हर महीने आय-व्यय का पूरा ब्यौरा रणजीत को दे देता था।

मन की मैल के कारण हीरामन के व्यवहार की कटुता दिनोंदिन बढ़ती गई थी। जब कभी मनजीत बैंक के खाते का हिसाब रणजीत को देने के लिए बैठता, वह कमरे के बाहर दरवाजे के पास खड़ी हो जाती, और दीवाल की आड़ से ही कोई न कोई टिप्पणी अवश्य करती–

"बाप ने कपूत को ऐसा गोबरगणेश बना दिया कि अब दूसरों की आँखों से किताब पढ़ता है।"

"जब कुछ देख–पढ़ नहीं सकते तो कथा-कहानी सुनकर क्या करोगे? जाओ, चुल्लू भर पानी में डूब मरो।"

"इस कपूत से तो अच्छी दोनों भैंसें हैं। वे कम से कम डकरती तो हैं। यह तो काठ का उल्लू है। आँखें गोल करके बैठा रहता है, और चुपचाप कथा-कहानी सुनता रहता है।"

"जाओ, खेत कोड़ो और घास छीलो। दूसरों से पोथी-पत्रा पढ़ाने से क्या फायदा? कमानेवाले कमाएँगे और खानेवाले खाएँगे। घास छीलनेवाले पूरी जिन्दगी घास छीलेंगे।"

रणजीत और मनजीत हीरामन की टिप्पणियों को सुनते और अनसूनी कर देते। चम्पा उसके व्यवहार में बढ़ती हुई कटुता को लक्ष्य करती, लेकिन उसका अपना व्यवहार अधिक मधुर होता जाता। यदि वह कभी चाय बनाती तो पहले हीरामन को देती, और उसे खाना खिलाकर ही स्वयं खाती। लेकिन हीरामन की ईर्ष्या बढ़ती ही जाती थी, मानो चम्पा ने इस घर में आकर और मनजीत को उससे छीनकर, कोई ऐसा बड़ा अपराध किया हो जिसके लिए कोई क्षमा नहीं थी। धीरे-धीरे उसका व्यवहार अमरजीत के प्रति भी अन्यमनस्क हो गया, मानो उसने अपनी माँ को कोख से जन्म लेकर कोई अपराध किया हो।

मनजीत दिनभर दूध और मक्खन से सम्बन्धित कामों में ही व्यस्त रहता और शाम को घर लौटता। दिन में घर पर खाना खाने का समय उसे शायद ही कभी मिलता। लेकिन रात का खाना वह रणजीत के साथ खाता, और अमरजीत के लिए, जो अब पाँच साल का हो गया था, अलग पीढ़ा बिछाया जाता; दोनों औरतें उनके बाद खाना खातीं। रात में रोज रोटी और सब्जी ही बनती थी, लेकिन चूँकि उस दिन से अमरजीत ने स्कूल जाना शुरू किया था, इस कारण चम्पा ने खीर भी बनाई थी। रणजीत, मनजीत और अमरजीत खाने बैठे, और चम्पा ने एक–एक कटोरी खीर भी उनके सामने रखी।

उसी समय हीरामन आँधी की तरह आई, खीर की कटोरियों को खींच लिया, और अपने पति की तरफ ताकती हुई चिल्लाई, "हराम का घी पीते लाज नहीं आती? क्या वह खीर तुम्हारे लिए है कि निगलने के लिए तैयार हो? डूब मरो चूल्लू भर पानी में। जिसके लिए काला अक्षर भैंस बराबर है वह इस खुशी में खीर खाने चला है कि दूसरे का लड़का पढ़ाई करेगा। निठल्ले, इसी कारण भगवान ने तुम्हें संतान नहीं दी।"

दस मिनटों तक चिल्लाने और गालियाँ देने के बाद हीरामन बरामदे के एक कोने में बैठकर उस तरह जोर-जोर से रोने लगी, मानो उसका पति या पुत्र मर गया हो। सभी अवाक् हो देर तक चुपचाप बैठ रहे। किसी ने खाना नहीं खाया, अमरजीत ने भी नहीं।

सुबह उठकर मनजीत ने भैंसों की सानी-पानी की, और उन्हें दूहकर दूध को टीन में रखता हुआ बोला, "भैया, मुझे लगता है कि होटलवाले दूध के हिसाब में मुझसे गड़बड़ी करते हैं। मेरी प्रार्थना है कि हम काम की अदला-बदली कर लें। आज से दूध का, और मक्खन बनानेवाली मशीन का चार्ज आप ले लीजिए। वहाँ ताख पर बैंक का पासबुक है। उसे भी आप ही सँभालिए। खेत में गेहूँ की फसल तैयार है। मैं काटकर लाऊँगा और भैंसों को सँभालूँगा।"

रणजीत ने पूछा, "और अमरजीत?"

मनजीत ने कहा, "भैया, वह स्कूल नहीं जाएगा, और घर पर रहकर मेरी मदद करेगा। स्कूल जाकर करेगा भी क्या? क्या कोई उसे लाट—कलक्टर बना देगा? हर महीने पचास रुपए फीस के देने होंगे, और किताब-कॉपी और ड्रेस के अलग से। वह घर पर रहेगा तो पैसे भी बचेंगे और यहाँ के काम में मदद भी मिलेगी।"

रणजीत कुछ नहीं बोला। वह कुछ देर तक खड़ा रहा फिर दूध के दोनों टीनों को बहँगी में लटकाया, और शहर के लिए निकल पड़ा।

हीरामन ने अपने कमरे के दरवाजे के पीछे खड़ी होकर सब सुना, और जाकर खाट पर लेट रही।

दोपहर को जब चम्पा खाना खाने के लिए उसे बुलाने गई तो वह बोली, "मुझे भूख नहीं है। तुम लोग खा लो।"

चम्पा ने पूछा, "दीदी, क्या सिर में दर्द है? दबा दूँ?"

हीरामन ने कहा, "नहीं। अपने-आप ठीक हो जाएगा।"

वह दिन भर खाट पर लेटी रही। जब रणजीत शहर से लौटा तो उसे बिना खाए-पीए खाट पर लेटी देखकर भी कुछ नहीं बोला, और अपने काम में लग गया। शाम को जब खाने का समय हुआ तो उसने खाट के पास खड़े होकर उससे कहा, "चलो, खाना खा लो। भूख लगी होगी।"

हीरामन ने लेटे-लेटे ही कहा, "मुझे भूख नहीं है।"

रणजीत बोला, "सब कुछ तो वही हो रहा है जो तुम चाहती हो। फिर खटवास-पटवास की क्या जरूरत?"

हीरामन चीखी, "तुम चले जाओ यहाँ से! यदि कुछ बोले तो मैं फँसुली से अपनी गर्दन काट लूँगी।"

दूसरे दिन भी उसने कुछ खाया-पिया नहीं, और खाट पर लेटी रही। घर में किसी ने भी कुछ नहीं खाया। शाम को जब खाने का समय हुआ तब चम्पा ने अमरजीत से कहा, "बेटा, बड़ी मां को खाने के लिए बुला लाओ।"

अमरजीत हीरामन के कमरे में गया, और उसकी खाट पर बैठता हुआ सहमी आवाज में बोला, "बड़ी माँ, चलो खाना खा लो।"

हीरामन कुछ नहीं बोली। वह आँखें बन्द किए लेटी रही। अमरजीत उसकी गोद में सटकर लेट गया और बोला, "बड़ी माँ, चलो खाना खा लो। यदि तुम नहीं खाओगी तो मैं भी नहीं खाऊँगा।"

हीरामन ने अचानक उठकर उसे एक तमाचा लगाया, दूसरे क्षण उसे गोद में भींचकर जोर-जोर से रोने लगी। रणजीत जो बरामदे में था, अन्दर आ गया और बोला, "अब क्या हुआ?"

हीरामन चीखी, "कुछ नहीं हुआ! मेरे लिए जहर ला दो! मैं जहर खाऊँगी।"

हीरामन रोती हुई बोली, "मैंने कब कहा कि छोटू को स्कूल से हटा दो। क्या मैं चुड़ैल हूँ कि बेटे का गला दबा दूँगी? तुम मेरे माथे पर हाथ रखकर कहो कि अमरजीत कल से स्कूल जाएगा और जब तक चाहेगा तब तक इसे पढ़ाओगे।"

रणजीत बोला, "यह जब तक चाहेगा, तब तक इसे पढ़ाऊँगा।"

"नहीं, मेरे सिर पर हाथ रखकर कहो।"

"ठीक है। यह लो।"

"यह भी कहो कि मनजीत बाहर का काम देखेगा, और तुम खेती--बारी का काम सँभालोगे।"

"ठीक है। यह भी होगा। चलो खाना खा लो।"

हीरामन ने अमरजीत को गोद में सटाकर पुचकारते हुए कहा, "बेटा, माफ करना। मैं एक पागल औरत हूँ। तुमको तमाचा लगा दिया। मेरा हाथ गल जाए। चलो, खाना खा लो।"

●●●